诗词名家讲 第二辑

作词法

夏承焘——著

陈斐——整理、导读

中国出版集团
东方出版中心

图书在版编目（CIP）数据

作词法 / 夏承焘著；陈斐整理、导读． -- 上海：
东方出版中心, 2025.4
ISBN 978-7-5473-1940-6

Ⅰ. ①作… Ⅱ. ①夏… ②陈… Ⅲ. ①词学－研究
Ⅳ. ① I207.23

中国版本图书馆 CIP 数据核字 (2022) 第 030729 号

作词法

著　　者　夏承焘
整理/导读　陈　斐
责任编辑　刘玉伟
装帧设计　陈绿竞　　余佳佳

出 版 人　陈义望
出版发行　东方出版中心
地　　址　上海市仙霞路345号
邮政编码　200336
电　　话　021-62417400
印 刷 者　上海万卷印刷股份有限公司

开　　本　890mm×1240mm　1/32
印　　张　10
字　　数　240千字
版　　次　2025年4月第1版
印　　次　2025年4月第1次印刷
定　　价　68.00元

导读

陈斐

今天，我们主要把诗词作为一种历史文本来欣赏，对其研究，走的也主要是与"读词"匹配的文学史、文艺学的"体制外"理路。但在民国时期，尽管经历了"五四"新文化运动洗礼，创作诗词等传统文体的风气依然比较浓盛。因应广大民众的学习需求，市场上涌现出了一批指点门径的书籍。《作词法》即是现代词学宗师夏承焘花了狮子搏兔之力精心结撰的此类优秀读物。这本"大家小书"不仅是普通民众阅读、创作词的良师秘笈，也有足够的学术含量启示我们反思长期以来被视为共识的判断——"词学"与"学词"的分化是现代词学成立的前提或标志[1]，重审现代词学的全景和真面，从而为当代词学的发展寻找更好的出路。

---

[1] 刘兴晖、邓乔彬：《"学词"与"词学"的分化》，《暨南学报》2010年第2期。

一、《作词法》的成书与修订

《作词法》系夏承焘应世界书局总经理陆高谊约稿而撰。该局编辑胡山源编纂了一套讲解诗、词、曲、骈文等旧文艺作法和体制的《艺准丛书》。先期推出的是《词准》，其他《诗准》《曲准》等未见出版，应未编成。《词准·凡例》云："本书名《词准》，关于词之重要事项，包举殆尽。手此一卷，则填词诸法，可以左右逢源，无师自通。"①可见，这套丛书宗旨是向初学者传授填词的知识和技艺，包括作法（夏承焘撰《作词法》）、词谱（舒梦兰辑《白香词谱》）、词选（成肇麐编《唐五代词选》、朱孝臧编《宋词三百首》和《词莂》）、词韵（戈载辑《词林正韵》）四编。其中，《作词法》系新书，由陆高谊出重金亲自向在词坛颇负盛名的新秀——之江大学中文系教授、之江诗社社长夏承焘约稿。

关于此书的撰著经过，夏承焘日记有详细记载。1934年10月26日，夏承焘接到陆高谊的亲笔约稿函。当时他有点犹豫，因为志在撰著高深之研究论著，写普及读物，感觉是"枉费精力"，但在陆高谊以"二百金"的丰厚润笔反复劝诱下，夏承焘还是勉强答应了，于11月4日正式着手撰写②。他做事一向谨慎、认真，此书虽然是只有四五万字的入门书，但还是花了狮子搏兔之力，直到12月13日才完稿。因为耗费精力太多，夏承焘不断在日记中抱怨、反省："虽轻便之作，亦甚

---

① 胡山源编：《词准》，世界书局1937年版，第1页。

② 夏承焘日记1934年10月26日："接陆高谊快函，谓世界书局欲予编《词之作法》一书。嫌其名不雅驯，晚复一函，问可改《学词六论》否？时间可二三个月否？此等枉费精力事，不欲应也。"30日："接陆高谊复，属编词书。"31日："复高谊。"11月3日："发高谊函，应作稿，并问需《元明十家散曲选》否？"4日："著手为《作词法讲话》，高谊约定，四五万字，二百金。"（吴蓓主编：《夏承焘全集·夏承焘日记全编》，浙江古籍出版社2021年版，第2645—2646、2646、2646、2647、2647页）

费心""虚掷精神以贸利，甚悔之"①。不过，撰成之后，他还是挺满意的，总结道："写《作词法》完。此编撮取《词例》一部分为之，虽甚草率，然材料皆予所搜集，与坊间聊尔浅薄之书不同。惟费精神于此等短书，甚恨恨耳。"②

《作词法》于1937年4月初版③，反响不错。三四年后，同行唐圭璋还将其和陈匪石的名著《宋词举》并举，用为课徒教材。夏承焘日记1940年12月2日："接圭璋重庆沙埂坝中央大学函……圭璋以汪方湖邀任中央大学讲师，近以予之《作词法》及陈病树之《宋词引》课学子。谓《宋词引》虽仅五十二首，而首首有新解，皆深思力索而得，甚好，恨不得一见。"④半个世纪后，唐圭璋在其主编的《唐宋词鉴赏辞典》中仍然附录了《作词法》的修订版《读词常识》，足见其对此书的青睐⑤。

而夏承焘本人，也颇看重此书，在后半生不断地加以修订再版。

1943年3月，时任浙江大学龙泉分校教授的夏承焘，应诺为师范

---

① 夏承焘日记1934年11月5日："写《作词法》，已万余字矣。"6日："写《作词法》。接陆高谊函，属再写《作曲法》，体裁与《作词法》同。"8日："写《作词法》，虽轻便之作，亦甚费心。"12日："写《作词法》，虚掷精神以贸利，甚悔之。"16日："早六时即起。写《作词法》。"12月10日："写《作词法》，无谓之作，颇以为悔。复高谊。"11月7、9、10日和12月5、6、12日亦皆载"写《作词法》"。(《夏承焘全集·夏承焘日记全编》，第2647、2648、2648、2649、2650、2662—2663、2648—2663页)

② 夏承焘日记1934年12月13日，《夏承焘全集·夏承焘日记全编》，第2663—2664页。

③ 夏承焘日记1935年1月6日："接陆高谊函，附来《作词法》稿费契。二百金。"1937年6月14日："接世界书局寄《词准》二本，以予之《作词法》与成氏《唐五代词选》，朱氏《宋词三百首》《词莂》，舒氏《白香词谱》，戈氏《词林正韵》合为一编，胡山源编。"(《夏承焘全集·夏承焘日记全编》，第2672、2919页)

④ 《夏承焘全集·夏承焘日记全编》，第3463页。

⑤ 唐圭璋主编：《唐宋词鉴赏辞典》，江苏古籍出版社1986年版，第1374—1414页。

学院讲授词选。为备课，他借来《词准》，着手选词，并将《作词法》删改为《填词四说》，用为讲义①。其1943年3月16日、17日、18日、26日日记皆有修改《作词法》的记录，27日日记提到："以《填词四说》即《作词法》属宋晞钞作讲义。"②5月20日日记显示，他还对讲义（应是油印本）作了校对③。甚至三四年后，夏承焘仍在修改这篇旧作，其1947年1月13日日记云："上午改旧作《填词四说》。短书小记，亦不肯轻心掉之，此予生谨慎处。恨体力太弱，不能赴此心愿。"④《夏承焘集》第8册《词学论札》即收有《填词四说》，应据油印

---

① 夏承焘日记1943年3月10日："早师范学院学生持来前夕级会议决书，向校要求请予继续任彼院功课。晓沧主任问予肯否为教词选二小时，诺之。"11日："发徐渊若书，问假《词准》。"13日："着手选词，拟合《词史》《词例》《词选》为一编，惜旧稿不在手边。"22日："始在师范学院讲词。思合《词选》《词史》《词例》为一书，可选十四五家二三百首，令学生为笔记。"（《夏承焘全集·夏承焘日记全编》，第3836、3837、3838、3842页）夏承焘一向主张把阅读词选和学习词法结合起来，课余他和学生亦有诗词唱和。日记未见他这学期开设诗文创作课之记录（10月24日接到开"各体文习作"之课表），《填词四说》应是用作词选课的辅助讲义。《怎样读唐宋词》第1版《前言》云，本书"主要是讲体制格律方面的知识……书中引用了许多作品。这些作品不是因为它的思想性艺术性特别高而选录它，仅是作为例子来证明某种体制格律而用的。学词主要应多读作品。掌握了这些基本知识，就可以读词的选本。这本小册子就是为了配合我所选注的《唐宋词选》（中国青年出版社出版）而写的"（夏承焘、吴熊和：《怎样读唐宋词》，浙江人民出版社1957年版）。夏承焘日记1961年1月17日："接东莞杨友石函，问《怎样读唐宋词》，作复告无买处。今年拟并此书入《唐宋词选》中，大加删改。"1943年2月4日："授一课。同乡男生朱鹏、女生唐佩兰，皆解为诗词，佩兰《蝶恋花》一首甚好。午后杜梦鱼送来和予《好事近》一首，亦有隽句。"10月24日："教务处送功课表来，任师一文选、师二文学史、师三各体文习作，共九小时。"（《夏承焘全集·夏承焘日记全编》，第5821、3820、3920页）

② 《夏承焘全集·夏承焘日记全编》，第3840—3845页。

③ 《夏承焘全集·夏承焘日记全编》，第3868页。吴无闻《夏承焘教授学术活动年表》云，1943年，"《填词四说》印成油印本"（吴无闻编：《夏承焘教授纪念集》，中国文联出版公司1988年版，第248页）。

④ 《夏承焘全集·夏承焘日记全编》，第4265页。此时夏承焘仍开词选课，并在课余教学生作词。其日记1947年1月9日："授词选，学生要求多添一小时。（转下页）

手校稿整理[①]。

　　1956年，一些师友建议夏承焘整理自己的词学论著，加上有指导研究生撰写论文的需要[②]，于是他在11月25日"夕写一《读词须知》大纲，属吴熊和写成一书"，云："予所札《词例》及《填词四说》可增删为之。书成可名《读词初步》。（眉批：《读词须知》。）"[③]吴熊和即以此作为毕业论文[④]，次年5月便拿出初稿，交夏承焘审阅[⑤]。随后，此稿改为《怎样读唐宋词》，由浙江人民出版社于1957年12月出版，署"夏承焘、吴熊和编著"[⑥]。次年5月，作者征询师友意见修订后，推出

（接上页）予讲时，好推演为议论，往往每时只能毕小词一二首。"15日："吴广洋自松江来，与同过女生自修室，教诸生作词。"18日："早有理工学院二学生来问词，皆旁听予讲词选者，以其远道顾问，为讲说半小时，颇有启发处。一生疑天才难得，予谓真情即天才。"（《夏承焘全集·夏承焘日记全编》，第4263、4266—4267、4268页）

① 《夏承焘集》第8册，浙江古籍出版社、浙江教育出版社1997年版，第1—48页。夏承焘日记1973年8月29日："闻看《填词四说》讲稿。"（《夏承焘全集·夏承焘日记全编》，第6444页）

② 夏承焘日记1956年1月10日："心叔来……谓当整理词学诸书，稍稍休息再着手。夕研究生来，亦与谈此事，思集众力为之。"10月15日："夕研究生来商作论文，侯志明、倪复贤欲为予整理《词例》稿，一部份。吴熊和欲为予整理《词源注》稿。"（《夏承焘全集·夏承焘日记全编》，第5266、5354页）

③ 《夏承焘全集·夏承焘日记全编》，第5370页。

④ 李剑亮《吴熊和教授学术活动年表》云，1957年"8月，浙江师范学院中国古典文学研究班毕业，毕业论文《读词须知》"（陶然编：《吴熊和教授纪念集》，浙江大学出版社2014年版，第405页）。

⑤ 夏承焘日记1957年5月20日："晨往文化区，改吴熊和论文。"28日："夕阅吴熊和论文。"（《夏承焘全集·夏承焘日记全编》，第5434、5437页）

⑥ 夏承焘日记1957年7月29日："浙江人民出版社邹身城来，取去《怎样读唐宋词》稿一册，云十月底可出书。邹君要予与吴熊和同署名。"9月2日："改《怎样读唐宋词》……发宛书城芜湖安徽师院函，请以其《读词基础知识》为《怎样读唐宋词》之后录。"7日："过人民出版社访邹身城，交《怎样读唐宋词》稿，谓十月下旬可出书。"10月16日："浙江人民出版社寄来《怎样读唐宋词》合同。订至五九年年底，三万册为一限额，每千字十三元。"1958年1月2日："浙江人民出版社送来《怎样读唐宋词》十册，去年十二月出版。只印二千五百八十册。"（《夏承焘全集·夏承焘日记全编》，第5456、5464、5465、5477、5501页）

第2版①。

  《怎样读唐宋词》出版后，颇受读者欢迎，一时洛阳纸贵，不过，也有人撰文批评②。夏承焘一直有续写、修订的想法③，1961年7月27日，受一远道冒雨相访工人读者感动，遂与吴熊和正式约定修订再版④。不久，郑嘉治、陈向平等中华书局的友人到访约稿。夏承焘日记1961年9月21日云："郑嘉治来……属改《怎样读唐宋词》交中华出版。"10月23日云："午后中华书局陈向平、杨友仁及金、范二君来，谈……《怎样读唐宋词》再改普及些，或另写《词学常识》。三万字。"⑤此书遂由吴熊和修订、夏承焘审定，改题"读词常

---

① 夏承焘日记1958年4月29日："过笑梅，属为《怎样读唐宋词》提意见。"5月1日："夕笑梅来，谈《怎样读唐宋词》，警予著书勿草草，盛名难副云云。"3日："浙江人民出版社取去《怎样读唐宋词》改本。"6月27日："浙江人民出版社寄来《怎样读唐宋词》第2版二册，此次印一万六千册。"（《夏承焘全集·夏承焘日记全编》，第5532、5533、5547页）

② 夏承焘日记1959年3月27日："得陈友琴书，问《怎样读唐宋词》，谓有人写文批评。"12月28日："晨笑梅携示一文，评予《怎样读唐宋词》。"（《夏承焘全集·夏承焘日记全编》，第5618、5707页）

③ 《怎样读唐宋词》第1版《前言》云，本书"主要是讲体制格律方面的知识……（关于词的思想和艺术的分析，我们准备写续编）"。夏承焘日记1958年1月14日："得止水函，言《怎样读唐宋词》，拟年内写下篇。定另一稿，书名为《唐宋词答问》。"1959年12月2日："写《读词答问》大纲，预备明日讲课。拟改《怎样读唐宋词》另为一书。"1961年1月17日："接东莞杨友石函，问《怎样读唐宋词》，作复函告无买处。今年拟并此书入《唐宋词选》中，大加删改。"（《夏承焘全集·夏承焘日记全编》，第5504—5505、5700、5821页）分析词的思想和艺术之《怎样读唐宋词》续编终未成书，《唐宋词欣赏》（百花文艺出版社1980年7月初版）有不少相关内容，或可见其大概。

④ 夏承焘该日日记载："夕有上海化学工业研究院煤气工段青年工人丘小云建瓯人自长风公园远道冒雨涉水来访，云读予《唐宋词选》及《怎样读唐宋词》二书，两月前尝投书《文汇报》询予，昨见书登《文汇报》《贺新凉》词，乃来国际饭店十三楼。云毕业高中时已好古典文学。灯下为讲秦观《鹊桥仙》，殷勤道谢而去，云归途须行一小时余，尚须上十一时夜班工，其好学可感。熊和方宿予房，因与约删改此二书再印。"（《夏承焘全集·夏承焘日记全编》，第5871页）

⑤ 《夏承焘全集·夏承焘日记全编》，第5895、5907页。

识"①，由中华书局列入《知识丛书》，于1962年9月再版。借助中华书局的高端平台，此书影响力陡增，出版后两月（11月）即印至71000册，数年后便脱销②。日本学者小川环树撰文盛赞③，海外亦有印行④。1981年4月，中华书局请作者校改后，纳入《中国文学史知识丛书》，推出第2版简体版⑤，首印141000册，今日通行本多由此出。

由上可知，《作词法》出版后的修订，可分为两个阶段：第一阶段，由夏承焘亲自操刀，改为《填词四说》。第二阶段，由吴熊和修改、夏承焘审定，他们先是参考《词例》，增删《填词四说》，推出《怎样读唐宋词》，随后又将其修订为《读词常识》。

---

① 夏承焘日记1961年9月28日："得浙江人民出版社函，云《怎样读唐宋词》可转至中华出版。"12月20日："夕吴熊和来，以改写《怎样读唐宋词》稿见示。"1962年3月20日："吴熊和来，谈《读词常识》。"（《夏承焘全集·夏承焘日记全编》，第5897、5925、5952页）

② 夏承焘日记1966年1月12日："接桂林赵叔冶函，谓求予之《读词常识》甚艰，惜无以应之。"1973年9月16日："赣县桃江中学李凤山来信，彼渴思读《读词常识》和《怎样读唐宋词》二书，去函上海人民出版社，促其再版。"（《夏承焘全集·夏承焘日记全编》，第6225、6449页）

③ 夏承焘日记1964年8月10日："日本京都大学寄来《中国文学报》第十九期，六三年十月。有小川环树介绍予与吴熊和之《读词常识》一文。共五页。"13日："张金泉持所译小川环树介绍《读词常识》文来，嘱熊和来取去。"1965年6月13日："晨接笕文生夫妇上海大厦函……谓《读词常识》极为小川环树教授所推许。"（《夏承焘全集·夏承焘日记全编》，第6035、6036、6153页）

④ 夏承焘日记1973年6月13日："至华侨饭店访陈百庸，谓海外印予《读词常识》。"（《夏承焘全集·夏承焘日记全编》，第6415页）

⑤ 夏承焘日记1980年4月20日："中华书局寄来《读词常识》样本，嘱修订。"21日："《读词常识》样本挂号寄吴熊和。"5月5日："吴熊和寄还校对过的《读词常识》。"6日："《读词常识》挂号寄中华书局杨牧之。"1981年2月2日："中华书局寄来《读词常识》清样。"9日："阅校阅《读词常识》清样毕。"12日："嘱金淑敏送《读词常识》校样与杨牧之，黄克代收。"（《夏承焘全集·夏承焘日记全编》，第7216、7216、7220、7220、7300、7302、7303页）

二、《作词法》《读词常识》等书之异同

比勘可知，1943年3月，夏承焘将《作词法》改为《填词四说》，主要做了如下工作：

第一，删掉了一些章节，主要是：《引子》"词乐盛时填词的情形""融字法"二节，第一章《说"调"》末节"词谱平议"，第三章《说"韵"》"清人著词韵"节，第四章《说"辞"》之"当行本色""词诗不得互改""东坡功首罪魁""章法""写情""寄托"等节，以及附录二《辨四声表》和附录三《辨双声、叠韵表》。附录一《读词简要书目》，删掉了其中标注的版本信息。

第二，修润了一些阐释。个别修改系纠正以往疏误，如第一章《说"调"》"调名与词意"节提到："《女冠子》唐人本以咏当时妓女式的尼姑，后来填者不一定咏尼姑。"按，"女冠子"指女道士，非尼姑。《填词四说》改为："《女冠子》唐人本咏当时妓女式之女冠，而取以摹写景物。"多数修润是为了使表述更加准确、周密、凝练，如《填词四说》对《作词法·引子》"词乐亡后填词的情形"一节的修订。再如第一章《说"调"》"加字与减字"节，谈到有时为了文意，不妨稍稍通融，填词时加减一二字，"惟所加所减以一二字为限"。《填词四说》此下增补了"虑过多即破坏词体也"一句。

第三，删减或压缩了一些例证。比如第一章《说"调"》"所谓'选调'"节，谈到"选调"不是选调名，实是选调的声情时，删掉了《贺新郎》声情亢爽，前人以其写相思爱情，不合本色之例证。第二章《说"声"》"四声中去声最重要"节，谈到去声字不可改作上、入时，删掉了吴文英《惜黄花慢》二首之例证；"入声派入三声"节，提到宋词中的入声有时亦有定律，不可轻改他声时，删掉了杜文澜所举周美成《忆旧游》结句"东风竟日吹桃李"等例证。第三章《说"韵"》"方音作叶"节，删掉了林外作《洞仙歌》，按福建话以"锁"叶"老"

的故事。再如，第二章《说"声"》"填谱辨四声"节，谈到宋人填词，有用前人调依其四声时，将原先对周邦彦《塞垣春》及方千里和作声调的分析，压缩为"如南宋诸家和周邦彦词"一句。

1957年12月，夏承焘指导门人吴熊和以《填词四说》为基础，参考《词例》，增删成《怎样读唐宋词》。这次修订，主要做了如下工作：

第一，增加了一些章节。第二章《词调》"词谱"节、第三章《词与四声》"怎样分辨四声、阴阳及双声叠韵"节、第四章《词韵》"分部"节，应是在还原《作词法》被删相应章节的基础上修改而成。此外，新增的章节主要有：第一章《词的性质、特点和名称》（"曲子词""诗余""乐府""长短句"诸节），第二章《词调》"宫调与词调""择调""作谱与填词""词调分类和变格"（"慢、令、引、近""犯调""转调""摊破、减字、偷声""联章""调同名异""调异名同""调同句异""调异句同"）等多数节，第三章《词与四声》"字声与词调的关系"节，第五章《章句结构》"分片"节"就形式方面"解说的部分，第六章《词汇及其他》（"用典""檃括""集句""用字面""用代字""用虚字"诸节），后录《关于"词"的基础知识》（宛敏灏撰）。

第二，对一些节目调整位置、增删或重组内容、修订名称。这种情况比较少。比如《填词四说》在第一章《说"调"》末尾谈及句法，今则在第五章《章句结构》单列"句式"节详论。再如《填词四说》第一章《说"调"》论及加字减字，今则在第六章《词汇及其他》末尾附带谈及衬字（相当于加字）。另如第三章《词与四声》"字声的运用"节"四声"，相较于《填词四说》第二章《说"声"》，节目位置、内容、名称等皆有修改。第四章《词韵》"叶法"节"（十一）叶韵变例"删掉了"闭口韵"。

第三，增删、修润了一些阐释。这种情况也比较少。个别修改订正了先前讹误，如《填词四说》第二章《说"声"》论入声，云："若入作上读，宋时以为禁忌。《乐府指迷》有'上声字不可用入声字替'一语。故在词中较为少见。"今则在第三章《词与四声》"字声的运用"节"四声·入声"部分，明确指出，"宋词有'入派三声'例"，"《云谣集杂曲子》中已有"，"宋词中尤多"，随后详列戈载《词林正韵·发凡》所举入作上、去之例等。个别修改使先前表述更为周延，如《填词四说》第二章《说"声"》云："辛弃疾《水龙吟》'长安却早'，'早'字自注'去声'，又其《鹧鸪天》词'诗未成时雨早催'，'早'字亦注'去声'。上声作去声读，在唐宋元词中，仅此两见。"今则在第三章《词与四声》"字声的运用"节"四声·上声"部分，详论"阳上声字还可作去声字用（阳声就是浊声）"。个别修改或系论述重心或作者观点发生变化而致。如《填词四说》之《小引》指出，"词之初起，未成定型，字句长短，本无常制"，同一人作同一调而平仄不拘、字句多少不同，同一调而平仄韵脚不同。后世词乐既亡，"文人既不谙乐，惮于改易，于是仅取前人成作，依其字数平仄，字字填嵌，故为'词'不名作，而名'填'"。此等考察，颇有流变眼光。今则或因讨论的主要是词乐失传后的词，或因作者观点发生了变化，更加强调词体的声韵格律。第一章《词的性质、特点和名称》谈到词在形式上不同于近体诗的特点时指出，"每首词都有一个表示音乐性的调名……每个调都是'调有定句，句有定字，字有定声'"，"字声配合更严密"，"有些须辨四声阴阳"。第三章《词与四声》"字声与词调的关系"节云："词是合乐的歌辞，要按谱填作。一调有一调的律度。作词须守平仄四声，就是以文字的声调来相应地配合乐曲的声调，以文字本身的音乐性来加强乐曲的音乐性。歌辞的抗坠抑扬，全在四声的配合恰当。如果一首词的字声不能和乐谱密切配合，歌唱时必然拗口。宋代一般词人对审音用字都很注意，紧要处往往一个字要几经改易。"随后"字声的运用"节吸纳夏承焘《唐宋词字声之演变》一文的创获，对唐宋词人讲究四声的历史演变过程作了梳理。此外，这次修改还为了使论述更加充分或行文更加简明，增加或删减了一些阐释。如第四章《词韵》"叶法"节"（四）数部韵交叶"，删掉了探其滥觞的孔广森《诗声分例》之"两韵隔协例"及例证《国风·柏舟》；"（六）句中韵"追溯渊源时，只保留了《诗经》例证，删掉了汉唐："汉人常作一句韵文，如'不欲为论念张文''关西孔子杨伯起''解经不穷戴侍中'等是。唐宋诗中不多见。""（七）同部平仄韵通叶"大段增引了《词律·发凡》，删掉了晏幾道《西江月》（愁黛颦成月浅）、贺铸《水调歌头》（南国本潇洒）、苏轼《哨遍》（为米折腰）、杨弘道《六国朝》（繁花烟暖）等词例。

第四，增删、替换或拓展、压缩了一些例证。这类修订较多，集中在第三、四、五章。增加例证如第三章《词与四声》"字声的运用"节"四声·去声"部分，论"词中换韵处、承上启下的领句或上下相呼应的字"，多用去声，增加了姜夔《扬州慢》（淮左名都）；第四章《词韵》"叶法"节"（四）数部韵交叶"，新增了陆游《钗头凤》（红酥手）。删减例证如第五章《章句结构》"分片"节论宋词比较特殊的过片作法之"（一）下片另咏他事他物的"，删掉了苏轼《蝶恋花》（花褪残红青杏小）；第四章《词韵》"叶法"节"（八）四声通叶"，删掉了晏幾道《梁州令》（莫唱阳关曲）、王寂《感皇恩》（天地一浮萍）、黄庭坚《撼庭竹》（呜咽南楼吹落梅）等。替换例证如第四章《词韵》"叶法"节"（二）一首多韵"，将第一个例证由韦庄《荷叶杯》（记得那年花下），换为李煜《虞美人》（春花秋月何时了）。拓展、压缩例证如第四章《词韵》"叶法"节"（九）平仄韵互改"之"（丙）平韵与上去韵"，论上声韵改为平声韵，举陈允平《永遇乐》和《绛都春》之例，《填词四说》详列陈词（玉腕笼寒、秋千倦倚）和苏轼、赵彦端词（明月如霜、平生相遇）以为对比，今则仅引陈词自注；《填词四说》又云"陈允平有平韵《祝英台近》……亦皆本叶上去者也",今则详举辛弃疾及陈氏词(宝钗分、待春来)以为对照。

1958年5月,《怎样读唐宋词》推出第2版。相较于初版,主要删去了如下章节:第五章《章句结构》"句式"节(章题改为"结构"),第六章《词汇及其他》和后录《关于"词"的基础知识》(宛敏灏撰)。《前言》也相应地作了修订,但落款日期未改,仍署"一九五七年九月",只是前面增加了作者名"夏承焘"。其他保留的章节中,个别阐释有所修订。如第二章《词调》"词调分类和变格"节"犯调"之"(一)宫调相犯",初版提到:

> 宫调相犯有一定的规则。姜夔《凄凉犯》序……住字就是杀声、结声。每个宫调的住字都有一定。住字相同,方可相犯。
>
> 张炎《词源》"律吕四犯"中举出犯调有四类,即宫犯商、商犯羽、羽犯角、角归本宫。羽犯角、角归本宫的实例未见,宫犯商、商犯羽的词调现在还有几首可考。
>
> 属于宫商相犯的,如吴文英……这都是宫商相犯。

第2版云:

> 宫调相犯有一定的规则。姜夔《凄凉犯》序……住字就是杀声、结声。杀声、结声是全篇的末一字,是这个调的基音,是全谱中最重要的音符,它在全谱中出现的次数较多,并且多占重要位置;考察某谱是何调,杀声是个大标记。杀声相同的调子才可以相犯,因为它们的基音是相同的。如吴文英……故也可相犯。

再如第三章《词与四声》"字声的运用"节"五音及阴阳"，初版提到：

> 词中辨五音，分阴阳，北宋已有。李清照论词，说"诗分平侧，而歌词分五音，又分六律，又分清浊轻重"。五音是指发声部位，即唇、齿、喉、舌、鼻五类。清浊就是阴阳，阴声字清，阳声字浊。发声部位相同的就是双声字……

第2版云：

> 宋人论词要辨五音，分阴阳。五音是指发音部位，即唇齿舌牙喉（张炎《词源》作唇齿喉舌鼻）。清浊就是阴阳，阴声字清，阳声字浊。发音部位相同和发音方法相近的是双声字……

1962年9月，夏承焘又指导吴熊和将《怎样读唐宋词》修改为《读词常识》，纳入《知识丛书》出版。《怎样读唐宋词》的期待读者是"读过了唐诗，懂得了律诗绝句的格律"的"高初中学生"或"初学古典文学者"[①]。而《知识丛书》的编印说明则提到，"知识就是力量。一个革命干部需要有古今中外的丰富知识作为从事工作和学习理论的基础。《知识丛书》就是为了满足这个需要而编印的"，内容包括哲学、自然科学、历史、日常生活等多方面的知识。约稿者强调"再改普及些"，作者即遵照此要求修改。

---

① 参见《怎样读唐宋词·前言》，1957年初版云"高初中学生"，1958年第2版改为"初学古典文学者"。

　　结合上文提到的《怎样读唐宋词》两版差异比勘可知，《读词常识》应是在前者初版基础上修改而成的，上文提到的第2版所作的阐释修订并没有被吸纳，估计是作者觉得有些内容（如第六章《章句结构》"句式"节）需要根据初版恢复，故直接以初版为基础，因此忽略了第2版作的细节修订。这次修订，主要做了如下工作：

　　第一，增删、分合了一些章节。《怎样读唐宋词》第一章《词的性质、特点和名称》增补词早期（隋唐）的历史后分为第一章《词的起源与特点》和第二章《词的名称》两章。《读词常识》第三章《词调》"词调分类和变格"节增加了"叠韵"小节，"调同名异""调异名同"和"调同句异""调异句同"分别合并为一小节。第四章《词与四声》删去了"怎样分辨四声、阴阳及双声叠韵"节。此外，沿袭《怎样读唐宋词》第2版，删去了该书初版第六章《词汇及其他》和后录《关于"词"的基础知识》（宛敏灏撰）。还原《作词法》附录一《读词简要书目》，增补最新版本及介绍、评价文字，改为第七章《词书》（"一、词选""二、词集""三、词谱、词话、词韵"）。相应地，有些章题作了调整，改得更为显豁，如第五章由"词韵"改为"词韵的分部与协法"，第六章由"章句结构"改为"词的分片与句式"。

　　第二，增删、修润了一些阐释。这类修改较多，主要集中在前面三章。一些增补是为了更加通俗，给读者提供更多背景知识，以助其理解、领会。如《读词常识》第一章《词的起源与特点》"二、词的特点"论词与近体诗在形式上的区别，增补了"它们（词调——引者注）表明这首词写作时所依据的曲调乐谱，并不就是题目""诗基本上是偶句押韵的，词的韵位则要依据曲度"等文字。一些增补可能是受时风影响，弱化了词体的独立特性。如第二章《词的名称》"四、长短句"节在讲完诗与词的区别后，又增补了一段文字，指出"两者在本质上还是一致的"。第三章《词调》"三、择调"节论作词择调，应使声情与文情一致，增补道："但是宋代一般词人填词主要不是为了应歌，所以填词大都并不顾腔调声情。"一些增补是为了使阐释更为充分。如第三章《词调》"七、词谱"节增补了与之密切相关的介绍曲谱及其编纂历史的大段文字。第六章《词的分片与句式》"一、分片"节讲解词之"分片"，增补了"片与片之间的关系，在音乐上是暂时的休止而非全曲终了，在文辞上也就要若断若续有着有机联系"一句；该节讲解"单调"，也增加了说明其起源、特征的文字及例证。

为了压缩篇幅，作者删减了一些不太重要的内容。如第六章《词的分片与句式》"一、分片"节，《怎样读唐宋词》原从形式方面详细分析了分两片的词上下片之异同：上下片字句相同、上下片字句全异、上下片本异而改同、上下片本同而改异、部分相同或相异，今则大幅删削。再如第三章《词调》"六、词调的分类和变格"节论"摊破"，《怎样读唐宋词》对其方式撮合、破开、移字、加句也有举例详析，今则全部删除。第五章《词韵的分部与协法》"二、协法"节，为了更为直观，《怎样读唐宋词》原有表格展示词例的用韵情况，今亦全部删削。

个别修改系纠正先前讹误。如第五章《词韵的分部与协法》"二、协法"节论一首多韵，所举词例薛昭蕴《离别难》（宝马晓鞲雕鞍）后的分析，《怎样读唐宋词》云"'烛''曲''促''绿'为一韵……'别''咽''说''立''急'为一韵；共五部韵"，今则改为"'烛''曲'为一韵，'促''绿'为一韵……'别''咽''说'为一韵，'立''急'为一韵；共七部韵"。

个别修改系论述框架或观点发生了改变。如第三章《词调》"六、词调的分类和变格"讲"联章"，《怎样读唐宋词》分为数首合咏一事、数首分咏数事和数首合演故事三种方式，现改为普通联章、鼓子词和转踏三种，更符合词体的原生样貌。再如第五章《词韵的分部与协法》"一、分部"节，《怎样读唐宋词》所列韵目为吴梅再定者："近人吴梅

《词学通论》又根据戈氏分部，参酌沈谦《词韵略》，重为订礨。今录吴氏韵目于下（韵目名称依《广韵》，《广韵》是宋代初年陈彭年诸人著的韵书）:"今则还原为《作词法》所依戈载《词林正韵》:"词韵与诗韵不同，但它的来源是出于诗韵，是把诗韵再加以分合。戈载《词林正韵》的韵目是以《集韵》为本。因为词盛于宋，《广韵》《集韵》都是宋代的韵书，而《集韵》的纂辑较后，收字也较多。今录《词林正韵》的韵目于下:"

更多的修改是为了使表述更为准确、周密、严谨。如第二章《词的名称》"二、诗余"节，《怎样读唐宋词》云:"'诗余'的名称，在宋代已有。北宋廖行之的词集就叫《省斋诗余》，南宋时编的一本词的选集也叫《草堂诗余》。现传宋人词集称诗余的有二十七种。"现改为:"诗余的名称是晚出的，大约始于南宋。南宋初林淳的词集名《定斋诗余》，廖行之的词集名《省斋诗余》。如果说这些集名是后人所加，那末，至迟宋宁宗庆元间编定的《草堂诗余》，已经表示诗余这个名称的成立（元黄溍《金华黄先生文集》卷三《记居士公乐府》文中，以为《草堂诗余》乃胡仔所编，不可信）。"

此外，为了确切起见，作者还校改了一些引文，修订了一些术语、提法。如第六章《词的分片与句式》"二、句式"论一字作领字，《怎样读唐宋词》云"大都用仄声字"，今则明确为"去声字"。当然，也难免有偶尔改错的情况。如第六章《词的分片与句式》"一、分片"论"上片结句引起下片的"，改本于"下片"后衍"结句"二字，今日通行本亦然[1]。

第三，增删、替换或压缩了一些例证。这类修订较多，集中在第三、四、五、六章。《怎样读唐宋词·前言》提到，书中引用作品"不

---

[1] 夏承焘：《读词常识》，中华书局2016年版，第96页。

是因为它的思想性艺术性特别高而选录它，仅是作为例子来证明某种体制格律而用的"。今则对某些例证作了替换，所换例证适当兼顾"思想性艺术性"，多为更脍炙人口或更具代表性者。如第四章《词与四声》"二、字声的运用"节论在平仄的运用上，初期的词和近体诗并没有多大分别，《怎样读唐宋词》举白居易《忆江南》（江南好，风景旧曾谙）、牛希济《生查子》（春山烟欲收）和冯延巳《清平乐》（雨晴烟晚），今则将后两首替换为温庭筠《菩萨蛮》（小山重叠金明灭）和欧阳炯《南乡子》（画舸停桡）。通常是删除先前所引例证之词句，仅保留作者和调名，同时再增删或替换一些例证。如第五章《词韵的分部与协法》"二、协法"节论改平韵为上、去韵，《怎样读唐宋词》只举《醉太平》戴复古之作（长亭短亭）和辛弃疾之作（态浓意远），全引词句，虽例子少，但比较显豁，今则改为"如五代毛熙震有平韵《何满子》，北宋毛滂则改为上、去韵。又如辛弃疾《醉太平》，赵彦端《沙塞子》，杨无咎《人月圆》，晁补之《少年游》，宋祁、杜安世《浪淘沙》，曹勋《金盏倒垂莲》，陈允平《昼锦堂》等，都是把原调的平韵改用上、去韵"，例证虽增多了，但牺牲了直观性。

1981年4月，中华书局将《读词常识》纳入《中国文学史知识丛书》，用简体再版。结合前引夏承焘日记比勘章节目录可知，这次再版没有作大的修订，主要是校对文字。

综上所述，《作词法》《填词四说》《怎样读唐宋词》《读词常识》等前后相承的诸书，主要内容、结构相同，差异在于某些章节的分合削补或位置调整、例证的增删替换、一些观点表述的修润。虽然后出者某些地方转精，但由于诸书编撰目的（或指点"作词"，或指导"读词"）、读者定位（或为已懂近体诗格律者，或为"革命干部"）不同，考察角度、论述重心、所受时政影响等有异，先出者被删改掉的内容也有学术价值，如《作词法·引子》关于词乐犹盛时词体平仄、字句、韵脚不拘，乐工唱词用"融字法"的论述，第四章《说"辞"》基于肯定词体独立价值立场作出的"东坡功首罪魁"的判断，就颇值得重视。即使是先出者错误或不严密的地方，也有藉其一窥夏承焘治学完善经过的价值，予人以启示。况且，由于文本生成的复杂、周折，最后问世、今日通行的《读词常识》，亦有不如《怎样读唐宋词》第2版等先出者精善之处。因此，《作词法》《填词四说》《怎样读唐宋词》等书，皆有整理单行之必要。

三、《作词法》的主要内容与词学启示

《作词法》凡四章。卷首《引子》指出，唐五代及北宋词乐犹盛时，词作为一种合乐文学，具有平仄不拘、字数无定、押韵各异的文体特征。乐工唱词，可根据需要用"融字法"融变平仄、韵脚等字声。南宋以来，词乐失传，词变成"没有音乐性的纸上文字"，人们填词，"只好取词谱或前人的词，依他的字数、平仄、韵脚，一个一个字填上去，不敢稍有出入"。随后诸章，便从"选调""辨声""用韵""属辞"四个方面逐一讲解，认为"明白这四种方法，作旧词的能事尽矣"。

第一章《说"调"》开门见山，先指出："填词须依旧调，用一调须依其某句几字，某字何声，故谓之'填'。"接着介绍了词调的来源，点明唐五代人多作"本意"词，"北宋以后，词的内容变为复杂，即少有人作"。现在作词，"调名可以不必与词意相合"；所谓"选调"，"实是选调的声情"，以与词意相合，如《千秋岁》声情悲抑，不能望文生义，填作寿词。夏承焘参考龙榆生《研究词学之商榷》等学界最新研究成果，着重论述了辨别词调声情的三种方法：第一，根据唐宋人之记载。第二，根据唐宋人所作词，"细细总括分析其词情，若有十之七八相同，即可断定此调是某种声情"。第三，根据词调所用声韵及字句自行揣度。比如，"大抵用平声韵者，声情常宽舒，宜于和平婉转之

词";"用入声韵者,声情遒峭,宜于清劲或激切之词"。"用韵均匀者,声情宽舒;用韵过疏过密者,声情非弛慢即促数"。"字句平仄相间均匀者,声情安详;多作拗句者,声情雄劲"。每选一调,应先"揣量所欲抒写者为何种情绪,谨慎选调,而后着笔",才不致有声情扞格之弊。然后,夏承焘举例讲述了与词调相关的加字、减字和句法,并评议了已有的几部重要词谱。他说,依调填词,一般来说,字句不可增减,但遇文义牵强处,也可加减一两字。宋词元曲中的"衬字、减字,大抵多是虚字,实字不可随意增减"。又宋元人减字用得比衬字少。"现在作词,必不得已,可加一二个衬字,减字法亦以勿用为妥,因为这比'衬字'容易破坏词体"。字数以外,句法也要注意,比如《水龙吟》结尾四言句,中二字应相连成词,苏轼作"作霜天晓"、周邦彦作"与何人比"皆是如此。至于词谱,夏承焘认为,"在现在还未有一部最简易、最正确的词谱出来,《钦定词谱》算是最好的一部"。

第二章《说"声"》举例分析填词时须辨平上去入四声、阴阳,以及四声相融替用的情形。夏承焘首先提点最紧要的去声,细致讲析"去声字不可改作上入者""必'去上'连用者""必上去隔用者"等讲究。如他指出,"《三姝媚》一调的结尾两字,必须作去上结,才能发调",史达祖作"归来暗写"、吴文英作"斜阳泪满"、王沂孙作"蘋花弄晚"、张炎作"园林未暑"等,无一不作"平平去上",断不可填作"平平仄仄"。接着,他辨析、借鉴《词源》《乐府指迷》《词律》等书中的相关论说,逐一分析"入声派入三声""平作去读""上作平读""上作去读""拗句不可改""一句用四声""填谱辨四声""填谱辨阴阳""双声叠韵"等填谱时对声调的通融与恪守。比如,他指出,"上声作平声读,词中颇多",如欧阳修《越溪春》"有时三点两点雨霁"之"两点"、张元幹《夏云峰》"新堂深处捧杯"之"捧",依谱皆当用平声。再如,他强调,词中拗句,有时为全调音节所关,不能改作顺句,如词句有必作"平平平平平仄"者，如周邦彦《瑞龙吟》"纤纤池塘飞雨"，不可改作"仄仄平平仄仄"；有必作"仄仄平平平平仄"者，如柳永《归去来》"灯月阑珊嬉游处"，不可改作"仄仄平平平平仄"。词句，特别是煞尾句，有一句用四声者，如姜夔《暗香》结作"几时见得"，吴文英作"两堤翠匝"，张炎作"此时共折"，皆为"上平去入"。

第三章《说"韵"》先从整体上概述唐宋词的用韵情况，指出："词韵比诗韵稍宽，四声韵只分三类，即:(一)平声独用;(二)上去通用;(三)入声独用。"虽有一词中三声、四声通用者，但是变例。"唐宋时代本无一部作大家标准的词韵。一部分人用当时的诗韵（唐代用《唐韵》，宋代用《广韵》《韵略》《集韵》），而稍稍沟通之，一部分人则以方言土音为叶。(《四库全书提要》常说宋人有用古韵作词之例。这话不可信。)"接着，举例解析了唐宋词的各种用韵法，包括"一首一韵""一首用数平仄声韵""以一韵为主，中间叶他韵""数韵交叶""叠韵""句中韵""同部平仄通叶""四声通叶""平仄韵互改""平仄韵不可通融""叶韵变例"等。除了阐析具体用法，夏承焘还注意点明使用频率、源流演变或声情效果等。如他指出，唐宋词中，"一首一韵"者最为普通；"一首用数平仄声韵"交互错杂，如薛昭蕴《离别难》，"音节必甚繁促"；"以一韵为主，中间叶他韵"，《诗经》已有其例，孔广森《诗声分例》叫"间韵例"；"叠韵"有本不叠韵而改为叠韵者，如杨无咎《相见欢》，亦有本叠韵而后人不叠者，如晁补之《忆秦娥》；"句中韵"《诗经》已有，如《柏舟》"日居月诸"，汉人常作一句的韵文，如"关西孔子杨伯起""解经不穷戴侍中"，"唐宋人诗中，则不多见。在词，却时时用之。如苏易简《越江吟》"；"同部平仄通叶"，"以平与上去通叶为多，平与入通叶甚少"，"这因宋词入声韵独押不通他声的缘故"。最后，介绍了清人所著词韵，认为最晚出的戈载《词林正韵》"只可用作参考，不必奉为科律"，但为便利读者，附录了其分部目录。

第四章《说"辞"》开篇即申明作词要当行本色,"上不可似诗,下不可似曲"。因为"凡一体文学,必有一体的长处,非他体所能替代,其体始尊"。历史上虽有一些诗化之词,如东坡之作,拓展了词的内容,但破坏了词体的独立价值,不足效法。后面论"属辞",便从词与诗、曲不同的角度着眼提点。夏承焘先举例详细剖析小令、长调的"章法",强调要有层次脉络、离合呼应和腾挪变换。如吴文英《玉漏迟·瓜泾度中秋夕赋》,"以起首第二句'望'字为一篇之主,词中或明写,或暗写,或深写、浅写。过变三句为小开合,一起一结为大开合"。接着,他着重讲解了"换头"的作法。夏承焘指出:"长篇诗字数虽多于词,然总是一首自为头尾,其间波澜态度千变万化,仍是一首。词则一首分为二段或三四段。前段与后段似是一首,又似非一首;前段的末句,要似合又似起;后段的第一句,要似承又似转,最不易做。"如姜夔《一萼红·人日登定王台》、吴文英《三姝媚·过都城旧居有感》、史达祖《八归》(秋江带雨),"或以摇荡取姿,或以拗怒擅胜,或倒提而不隔,或平承而不率"。不过,宋词换头,也有变例,有"下片另咏一物一事,与上片无关者"或"全混上下片界限者",亦有"上片结句引起下片者"或"以下片申说上片者""上下片文义并列者""上下片文义相反者""上片问、下片答者",夏承焘分别举例作了阐说,但又指出,"前人偶一为之,不足为法"。此章最后,他还扼要解析了词之"写情"和"寄托"的技巧。他说,"诗可抒情,亦可记言述事;词则只宜于抒情";"唐五代人词,抒情有作直率语者","然词,尤其是小令,写情终以含蓄为上。要把情写得含蓄,把情语化作景语,或用景语烘托出情语";"大抵温词多上句写情,下句写景,韦词则反尔","景语用在情语后,倍见含蓄,用在情语前,因为情语道破,每易减色。韦氏词不如飞卿之细,即此点可见"。至于"寄托",夏承焘更是视为词保持文体特性、进行创新、丰富意蕴的重要手法。他认为："词能含蓄乃深，有寄托乃大。诗可以直叙身世或论议时事；词则不宜如此，必须托之风花雪月、美人香草，使其隐约。风花雪月诸字面，虽古人用之陈陈相因，惟因各人的寄托不同，所以仍能光景常新。前人有论'寄托'二语云：'词要有寄托入，无寄托出。'盖谓作词之先，立意须有寄托，及写出词句来，又要似乎无寄托一样，才是合作。""有许多好词，作者的主意固已不可考，而读者不妨见仁见智，自立解说。所谓'作者未必然，读者何必不然'也。""近人谓很巧妙的附会，功同创作。这话很有意思。"这些阐说，虽有所本，但更为深入、透辟。

卷末附录有三。其一为《读词简要书目》，分别集、总集、词话、词律词韵四类，开列要籍，并标示重要程度（"加◎者最要。加○者次要"）、注明版本，间或点评其人其书。如别集类所举"◎南唐李璟、李煜《二主词》"，注曰"赵万里影明本、商务《学生国学丛书》本"，评云"词至后主感慨始深，为词之第一变境"；词话类所举"○清况周颐《蕙风词话》"，注曰"《惜阴堂丛书》本"，评云"首卷论词心最佳"。其二为《辨四声表》，撷取传统音韵学表诀，如"东董冻笃"（平上去入）之类，认为"辨别四声，要在口头读熟"。其三为《辨双声、叠韵表》，乃据张文炜《张氏音辨》省去同声字而制，颇便初学翻检。

据前引夏承焘日记，《作词法》乃由《词例》删润修订而成。《词例》是他效仿俞樾《古书疑义举例》而撰的大型词学札记，发意于1932年1月2日[①]，此后两年间，札录甚勤。到1941年1月10日，已

[①] 夏承焘日记1932年1月2日："阅《古书疑义举例》，拟作一书曰《词例》。分他人制谱例……内有数例可删，其可增者当甚多。再翻各词集一过，举证不厌求多，再分类为一编，亦前人所未为者也。檃括为《辞例》《律例》《韵例》三卷。（眉批：论律论韵，有万、戈诸人所未及者，亦入之。）"（《夏承焘全集·夏承焘日记全编》，第2320页）

得"札记六本,约一千四五百条,声韵两类最多"①。随后虽有间断,但一直未能忘怀,临死还在整理②,正如他1941年5月1日日记所云:"剪排《词例》旧札记毕。平时每日札得一二条,无异得一二张钞票,今须动手理董,写为篇章,大以为苦矣。"③的确,《词例》凝聚了夏承焘毕生研治词学的心得,是具有"问题意识"的词学素材库,其论著多由此改出。此书"广征博引,除了常见的正史、词律、词谱、词选、词话、曲学著作外,还征引了学术论著、手札、信函、笔记等材料",其中不乏厉鹗手批《词律》等稀见文献④。草创之初,《词例》即引起学界关注。龙榆生主编《词学季刊》创刊号"词坛消息"栏目郑重报道,盛赞夏承焘"治词学最勤,亦最淹博",《词例》分析精密,"将贯全宋元词为一系统。如此伟大著作,甚望其能早完成"⑤。遗憾的是,由于时局动荡,加上编撰颇具难度,《词例》终未杀青付梓。不过,聊慰人意的是,夏承焘出版了《作词法》,此书是他由《词例》改出的与其规模最近、最为系统的著作。正是因为下了功夫、写出了心得,所以夏承焘在《作词法》完稿时很自信地感慨:"虽甚草率,然材料皆予所搜集,与坊间聊尔浅薄之书不同。"《词准·凡例》也赞美它"既汇众说之长,探骊得珠,又能出其心得,别抒所见,语语剖析毫芒、鞭辟入里,的为初学填词者之良导师"。我们自然不能把《作词法》和其时辗转因袭的同类普及读物等观并论,从而轻忽之。

放在近代以来词学史发展的脉络中审视,《作词法》一书主要有微

① 《夏承焘全集·夏承焘日记全编》,第3482页。
② 吴蓓:《〈词例〉出版说明》,《夏承焘全集·词例》,浙江古籍出版社2018年版,第1—5页。
③ 《夏承焘全集·夏承焘日记全编》,第3535—3536页。
④ 赵友永:《弥纶古今:夏承焘先生的词律研究——以遗著〈词例〉为中心》,《南阳师范学院学报》2021年第5期。
⑤ 《夏瞿禅草创〈词例〉》,《词学季刊》创刊号,1933年4月1日。

观和宏观两个方面的意义或启示。

微观而论，《作词法》证明、修正或补充、发明了不少词学义例、规律。

1935年，任二北在《词学研究法》中将治词方法概括为"归纳"与"揣摩"两种，他说："研究作词之法，不外两途：一揣摩前人之作，知作者确有此法，而由我立其说；二归纳前人之说，知作者确用此法，而由我定其说。"①此言实代表了当时一批既赓续传统文脉又浸受西方科学实证方法熏沐的学者的治学理路，梁启勋《词学·例言》说得更为显豁："是书之作，全部皆用严整之科学方法。于每一标题之下，无处而非用归纳法或比较法以求得其公例。"②

夏承焘《词例·凡例》云："辞不必自我出。""论韵、论律，戈载、万树已详者，此择其大者，并补其未备。""每大例分小例，愈细愈好。""例多者，举最奇特者，或举名家为例，如音律举白石、清真，俗语举山谷，腔调举柳永。""词在韵文之位置之体裁，与《三百篇》及汉魏乐府同，各例皆须参诗及乐府，可命学生作乐府辞声例，每例之中，皆须依时代述其变迁之迹及其原因。"③该书卷首还提到："书名上注数目皆《彊村》本……各大家词皆须再校。""《词学季刊》《词通》《词比》须参考（榆生论体亦须考）。""《彊村丛书》眉批当补入，取其重要者为《唐宋词艺术形式特征》，其余材料作札记。"④作为《词例》"升级版"的《作词法》，亦贯彻着这些理念或做法，甚至更为讲究。夏承焘广参古今学者的论说，并以诸家词作验之，是者肯定，非者修正，未备者补充、发明，梳理、明晰了不少词学义例、规律。

① 任二北：《词学研究法》，商务印书馆1935年版，第1页。
② 梁启勋：《词学·例言》，京城印书局1932年版，第1页。
③ 吴蓓主编：《夏承焘全集·词例》，浙江古籍出版社2018年版，第6页。
④ 《夏承焘全集·词例》，第2页。

比如，影响颇大的戈载《词林正韵》，曾讨论过有些词调押韵不可通融的情况："黄钟商之《秋宵吟》，林钟商之《清商怨》，无射商之《鱼游春水》，宜单押上声；仙吕调之《玉楼春》，中吕调之《菊花新》，双调之《翠楼吟》，宜单押去声。复有一调中必须押上、必须押去之处；有起韵、结韵宜皆押上、宜皆押去之处，不能一一胪列。"① 夏承焘《作词法》第三章《说"韵"》"平仄韵不可通融"节，通过对戈氏所举诸调名家之作的细致分析发现，其言多不然，如《清商怨》一调，周邦彦一首于"小""了""杳""早"上声韵之中，杂"照""到"二去声韵；《菊花新》一调，柳永一首则押"绻""短""暖""线""限""面"四上声、二去声韵。于是，他概括出"词中上、去韵之分，不如入声韵之严"的结论，不过，也指出，"但上去如果分别用之，音调尤佳"，并举陆游和曾觌《钗头凤》词上片押上声韵、下片押去声韵为证。夏承焘以词作验证前人之说正误的做法，无疑受到了现代科学实证精神的熏沐。

再如，关于北曲普遍使用的"四声通叶"，探寻源头时，王国维《人间词话》上溯至南宋，认为辛弃疾《贺新郎》"柳暗凌波路。送春归、猛风暴雨，一番新绿"以"绿"叶"雨"、《定风波》"从此酒酣明月夜。耳热"以"热"叶"夜"，韩玉《贺新郎·咏水仙》以"玉""曲"叶"注""女"、《卜算子》（杨柳绿成阴）以"夜""谢"叶"食""月"，已开北曲四声通押之例② 。夏承焘《作词法》第三章《说"韵"》该条则认为，唐代词体初萌时，已有入叶三声之例，《云谣杂曲子》里《渔歌子》（洞房深），全首皆用"悄""少"等上、去声韵，只第三句韵脚"寞"是入声；《喜秋天》（芳林玉露催）以

① 戈载：《词林正韵》，上海古籍出版社1981年版，第70—71页。
② 彭玉平：《人间词话疏证》，中华书局2014年版，第202—203页。

"触""促""菊""足"四入声韵为主,末尾押了一个上声的"土"字。然后,他简要梳理了此例流变,指出,北宋黄庭坚、晏幾道等词家也有如此押韵法,不过,金元两代人用之最多。据此,他得出一个关涉诗体流变的大判断:"词慢慢儿变作曲,在此等用韵方面,看得最明白。(词中的入声韵,绝对独立的;曲中的入声韵,则派入三声,有时作平声押,有时作上或去押,绝对不独立。两者本来相反。)"而朱敦儒《樵歌》、张野《古山乐府》、马钰《洞玄金玉集》等,"皆有入作三声押韵的例,多不胜举,皆是宋词与元曲的介体"。夏承焘讨论的虽然是词例,但具有探源竟流、通观全局的眼光。他曾有过"廓充《词例》兼及诗及曲,为《中国韵文例》"[①]、指导学生"作乐府辞声例"的计划,虽未如愿落实,但《词例》及《作词法》中已有不少"依时代述其变迁之迹及其原因"的例子。这种系统思维、通史观念和实证方法,是夏承焘治学的"底层逻辑"。

宏观来说,《作词法》启示我们重新审视长期以来被遮蔽的现代词学的"学词"之维,从而为当代词学的发展寻找更好的出路。

学界一般将"词学"与"学词"的分化,视为现代词学成立的前提或标志。其实,这只是片面继承了现代词学遗产的当代学者,基于自身素养、思维与体验,受"革命""现代性"等宏大叙事强调与传统变革、断裂的影响,作出的选择性、想象性建构,并不符合现代词学的全景和真面。

胡明曾将现代词学的研究队伍分为"体制外"和"体制内"两派。虽然这一划分主要以是否采用了"崭新的词学研究框架和词史的认识

---

① 参见夏承焘日记1933年2月8日;又1934年3月19日云:"十数日来为学有三径踌躇:……一专治韵文,为《诗骚比例》《汉魏六朝诗例》《杜诗例》(若合为一部,则总名《诗例》)《词例》《曲例》(总名《中国韵文例》)。"(《夏承焘全集·夏承焘日记全编》,第2458、2575页)

观念"为标准^①，没有考虑到"学词"之维，但大致符合历史实情。

所谓"体制外派"，以胡适为领袖，代表人物有胡云翼、郑振铎、陆侃如、冯沅君、薛砺若、刘大杰等。此派主要站在体制外论词，把词视为文学之一种，用西方传入的文学史、文艺学观念和模式进行研究，其词学乃胡适等人发起的"整理国故"运动之一部分。与他们把"国故"之"故"解释为"过去""死亡"一致^②，此派也给词"判了死刑"。他们一般反对填词，研究词的目的是生产科学的客观的文学史、文艺学知识，而不是"昌明词道"。胡云翼《词学ＡＢＣ》卷首《本书的主旨》郑重申明如下两点：第一，他写此书，"并没有意思提倡中国旧文学"。今日之所以研究词，"乃是认定词体是中国文学里面一个重要的部分，它有一千多年的历史，遗留下来了许许多多不朽的作家和不朽的作品，让我们去赏鉴享受"。"我们的和词发生关系，完全是建立在读词的目标上面。"因为要读词，所以需要"懂一点词的智识"。他写这本小册子，"便只是想告诉读者一些词的常识，做读词和研究词的帮助"，"绝不像那些遗老们，抱着'恢复中国固有文学之宏愿'，来'发挥词学'的"。第二，"这本书是'词学'，而不是'学词'，所以也不会告诉读者怎样去学习填词"。他"极端反对现在的我们，还去填词"，因为"曾经有过伟大的光荣的词体"，"在五百年前便死了"^③！郑振铎《"词"的存在问题》亦强调，"现在，对于古文学乃是一个总结账的时代"，应采用"较新的眼光"去研究，目的并不是"为了昌明词道"。"如果要藉讲授之便而散布毒素，而迷恋乃至追摹古作甚至要强

---

① 胡明：《一百年来的词学研究：诠释与思考》，《文学遗产》1998年第2期。
② 陈斐：《"国学热"与"国家文化安全"》，贾磊磊、黄大同主编：《守望文化江山：中国国家文化安全研究》，中国广播电视出版社2012年版。
③ 胡云翼：《词学ＡＢＣ》，世界书局1930年版，第1—2页。

迫一般青年们同路走，那便非反对不可了"①。可见，"体制外派"之词学，主要是一些反对填词、没有深切创作体验的学者，接受外来文学史、文艺学观念，与以"学词"为中心的传统词学划清界限而确立的新学术传统。

所谓"体制内派"，"即是《词综》《词律》以来一直绵延到'四印斋''双照楼''彊村'门下的正宗传统派的词学队伍"②。此派以龙榆生为核心，以《词学季刊》为主要阵地，代表人物有夏敬观、刘毓盘、梁启勋、吴梅、王易、汪东、顾随、任二北、陈匪石、刘永济、蔡桢、俞平伯、夏承焘、唐圭璋、龙榆生、詹安泰、赵万里等，阵营强大，兵马众多。他们强调"词"这一中国特有文体"上不似诗，下不似曲"的本体特质，研治路数比较多样，龙榆生所举"词学八事"图谱之学、词乐之学、词韵之学、校勘之学、声调之学、目录之学、词史之学、批评之学③，皆有涉及。他们中的不少人亦接受了西方传来的文学史、文艺学观念和实证的、系统的科学研究法，这在他们从事的词史之学、批评之学中有突出体现。缘此，今日学者亦将他们中的一些人，如龙榆生、夏承焘、唐圭璋等，公认为"现代词学奠基人和宗师"④。

值得注意的是，"体制内派"仍然脉延着传统词学的"学词"之维。他们不仅与同侪结社填词，还在课堂上或带徒讲授、函授词的作法，引导青年学子填词，唱和雅集不断，吴梅、汪东、顾随等都是和

① 此文原收于郑振铎《短剑集》（文化生活出版社1936年1月初版），引文据《郑振铎全集》第6卷，花山文艺出版社1998年版，第158页。下同。
② 胡明：《一百年来的词学研究：诠释与思考》。
③ 龙榆生：《研究词学之商榷》，《龙榆生学术论文集》，上海古籍出版社2017年版，第241—256页。
④ 刘扬忠：《二十世纪中国词学学术史论纲（上篇）》，《暨南学报》2000年第6期。

学生"文字因缘逾骨肉，匡扶志业托讴吟"（龙榆生《浣溪沙》）[①]的良师。这些举措，引起了提倡新文化者的强烈批评，如郑振铎《"词"的存在问题》云：

> 数十年来，词运总算是亨通的：四印斋、双照楼、彊村所刊的丛书，其精备是明、清人所未尝梦见的。为了他们的提倡，今日得其余沥的，也还足以"拥皋比"而做"大学教授"。因此便梦想着一个词学昌明的时代的到来。在猖狂的鼓吹着青年们的做词；尽管不通，他们会改得清顺的。即使完全不会做，也可以有人会代做，或马马虎虎混过去的。故大学之所谓"词"的讲座，几完全消磨在"词"的作法之中。
>
> 这不是把不正确的迷古的毒素向青年们输送么？

由此可见，尽管经历了"五四"新文化运动，民国时期的填词风气依然比较浓盛。我们绝不能以今日的文化、学术生态臆测历史。

因应授词之需，"体制内派"撰写了不少介绍词的作法的小册子，除夏承焘《作词法》外，还有谢无量《词学指南》、顾宪融《填词百法》、唐圭璋《论词之作法》等。此外，该派撰著的"词学概论"类著作，如王蕴章《词学》、吴梅《词学通论》、梁启勋《词学》、任二北《词学研究法》、汪东《词学通论》、龙榆生《词曲概论》《词学十讲》等，也有不少内容涉及作法。在他们看来，研究、讲授词学，不论、不教作法，难入堂奥，不可思议。

比如，詹安泰强调："苟未学词，侈谈词学；纵能信口雌黄，哗众

---

① 龙榆生：《苜蓿生涯过廿年》，《中国韵文史》附录二，商务印书馆2010年版，第258页。

取宠，只是沿袭，必无创获，譬犹'赤子随母笑啼，乡人缘剧喜怒'，又乌能穷其奥窔，得其旨归耶？"他既将"学词"视为狭义"词学"的根基，也看作广义"词学"的内容，其《词学研究·绪言》云：

> 声韵、音律，剖析綦严，首当细讲。此而不明，则虽穷极繁富，于斯道犹门外也。谱调为体制所系，必知谱调，方得填倚。章句、意格、修辞，俱关作法，稍示途径，庶易命笔。至夫境界、寄托，则精神命脉所攸寄，必明乎此，而词用乃广、词道乃尊，尤不容稍加忽视。凡此种种，皆为学词所有事。毕此数事，于是乃进而窥古今作者之林，求其源流正变之迹，以广其学，以博其趣，以判其高下而品其得失。复参究古今人之批评、词说，以相发明，以相印证，是者是之，非者非之。其有各是其所是而非其所非者，为之衡量之，纠核之，俾折中于至当，以成其为一家言。夫如是，则研究词学之能事至矣，尽矣。①

此书原计划作十二论，今存七论。前八论为"学词所有事"，分三块：体制（声韵、音律、调谱）、作法（章句、意格、修辞）和精神（境界、寄托）。后四论谈起源、派别、批评、编纂，为"研究词学之能事"。前者为后者的基础，二者合起来，构成了广义的"词学"体系，故詹安泰将全书命名为"词学研究"。

"学词"不仅是"体制内派"词学的重要组成部分，而且，作为一种思维或"问题意识"，也塑造了该派词学的格局样貌。这是他们对传统词学的继承和发扬。"在中国古代，'创作'在整个文学活动中处于

---

① 詹安泰著，彭玉平编选、导读：《词史与词境》，叶嘉莹主编，陈斐执行主编：《名家谈诗词》第1辑，生活书店出版有限公司2022年版，第230—231页。

核心位置，不仅文学的评论者、研究者兼具作家身份，有着深切的创作体验，而且，关于文学的评论、研究皆以提升创作能力为旨归，创作、评论、研究三者之间呈现出良好的互动局面。"① 就词学而言，虽然古代的绝大多数论说，以词话、序跋、书札等"碎片化"的形式存在，但自有其潜存的完整体系，而这个体系，又是以"学词"为中心建构起来的，也就是说，它是以传授、提升创作能力为鹄的，筛选、结晶并缔架相关知识与技艺的。

"盖天下有一事即有一学"②，词学几乎与词同步问世。早在南宋，张炎《词源》卷下所记杨缵"作词五要"，即已精要地概括了传统词学的大致规模："择腔""择律""填词按谱""随律押韵""要立新意"。在类似带有入门教材性质的读物中，传统词学体系呈现得尤其完整。因为入门教材要给一无所知者传授完整的知识与技艺，而精英词话、序跋之类，只是把最有心得、新意的内容表达出来。到了清代，随着学术积累的丰厚，出现了体系完整的词学汇编，以江顺诒、宗山合编的《词学集成》最为典型，该书《凡例》云，编者"条分缕析，撮其纲曰源、曰体、曰音、曰韵，衍其流曰派、曰法、曰境、曰品，分为八卷，以各则丽之"③。现代"体制内派"词学，即是在继承此等传统词学的基础上，吸纳经史之学的一些做法，借鉴西方舶来的文学史、文艺学理路及实证的、系统的科学研究法，增删合并，改造后生成的。龙榆生所谓"词学八事"便是其典型概括：图谱之学、词乐之学、词韵之学、声调之学、批评之学五事，大致与以"学词"为中心的传统词学对应，

① 陈斐：《数字化时代诗歌注释存在的问题及对策》，《唐诗三体家法汇注汇评》，凤凰出版社2023年版，第1145页。
② 顾广圻：《〈词学全书〉序》，《思适斋集》卷一三，清道光十九年（1839）上海徐氏刻本。
③ 杨柏岭：《江顺诒研究》，安徽师范大学出版社2019年版，第335页。

而校勘之学、目录之学则是从经史之学借用来的，词史之学主要是西方文学史观念刺激、影响下的产物，尽管龙榆生早期的理解还不是那么"现代"。而龙榆生本人的词学研究，方面颇多，遍及上述"八事"，正如张宏生、张晖所云：

> 龙榆生治词，涉猎很广。有词谱、词律、词调研究，有词史研究，有词学批评研究，有词学文献研究，有断代词研究，有专家词研究……他几乎穷尽了词学的一切领域，有点有面，点面结合，而又融会贯通，互相补充。这样，就真正突出了词的"上不似诗，下不类曲"的特点，并把这一特性贯串于任何一个部类的探讨之中。在龙榆生笔下，"深"是在"通"的前提下而存在的。①

此等格局、特点，从根本上说，乃基于"学词"之"问题意识"，而这又与传统词学一脉相承。

夏承焘治词，同样带有鲜明的"学词"思维。他的大型词学札记《词例》今存本凡七册，分字例、句例、片例、换头例、调例、体例、辞例、声例、韵例九大例②，亦大致与以"学词"为中心的传统词学对应。所以，他后来应邀撰写《作词法》（初拟名为"学词六论"），便直

---

① 张宏生、张晖：《龙榆生的词学成就及其特色》，《江西社会科学》2004年第3期。

② 夏承焘日记1932年11月5日："国学会函来，属自作新著提要，载《国学商兑》，余写五种。二年以内须努力完成此五书，然后作《词乐考》……《词例》八卷韵例、声例、调例、体例、片例、辞例、字例、句例，每例分数十子目（换头入片例）。"（《夏承焘全集·夏承焘日记全编》，第2416—2417页）《词学季刊》所刊《夏瞿禅草创〈词例〉》云《词例》"约分字例、句例、片例、辞例、体例、调例、声例、韵例诸门"。

接由《词例》删改，将章目归并调整为"选调""辨声""用韵""属辞"四章。《词例》卷首所记"字例、句例或分入辞例、体、调例中"的笔记^①、日记所载"换头入片例"，即展现了与这次修订有关的设想。在一定程度上说，《作词法》是夏承焘撰著的"中转站"：他先在《词例》中储备想法、材料，然后在《作词法》中进一步提炼、阐析，最后拓展、深化，撰成专题论文。《词四声平亭》《四声绎说》《"阳上作去""入派三声"说》《唐宋词声调浅说》等以及《唐宋词欣赏》中的不少文章^②，皆是如此。"在夏承焘先生意欲打造成的词学建构中，词史、批评史、词体（包括词的起源、词乐、词律、词韵等）、词人（包括年谱、传记等）、词作（包括作品系年、赏析等）、词论（包括词话、评论等）、词集（包括版本、校勘、笺注、辑佚等）等，靡不囊括。"^③这个规模庞大的词学体系，亦如龙榆生词学那样，是以传统词学为基础，借用或吸纳了经史之学与西方舶来的文学史、文艺学理路，并用西学实证的、系统的科学研究法加以改造的结果；赓续自传统的"学词"思维，无疑是统摄全局的重要"问题意识"。

需要指出的是，传统词学的"学词"思维，也易滋生门户偏见和主观臆断。不少"体制内派"学者，受西学客观性、实证性的熏沐，对此有所反省、纠正。龙榆生之所以强调"词学"与"学词"为二事，正是因为当时词学界弥漫着此等不良风气。他在《今日学词应取

① 《夏承焘全集·词例》，第2页。
② 《词四声平亭》初刊《之江中国文学会集刊》第5期（1940年4月），后改为《唐宋词字声之演变》，收入《唐宋词论丛》（上海古典文学出版社1956年初版）；《四声绎说》初稿作于1941年6月，后于1963年1月修改，1964年6月在《中华文史论丛》第5辑（中华书局出版）发表；《"阳上作去""入派三声"说》刊于《国文月刊》第68期（1948年6月）；《唐宋词声调浅说》刊于《语文学习》1958年第6期；《唐宋词欣赏》由百花文艺出版社1980年初版，所收文章多撰于五六十年代。
③ 吴蓓：《〈夏承焘全集〉前言》，《夏承焘全集·词例》，第13页。

之途径》的开篇，明确点明了如此区分的初衷："词学与学词，原为二事。治词学者，就已往之成绩，加以分析研究，而明其得失利病之所在，其态度务取客观，前于《研究词学之商榷》一文（本刊第一卷第四号），已略申鄙意矣。学词者将取前人名制，为吾揣摩研练之资，陶铸销融，以发我胸中之情趣，使作者个性充分表现于繁弦促柱间，藉以引起读者之同情，而无背于诗人'兴''观''群''怨'之旨，中贵有我，而义在感人。"在龙榆生看来，"治词学""务取客观"，而"学词""中贵有我"，两者标准不同，不宜混杂。这是他区分"词学"与"学词"的主要原因。我们不能不考虑其人立说的背景，仅根据《研究词学之商榷》中的只言片语，就笼统地认为龙榆生把"词学"与"学词"断为二事了，进而得出这种区分是现代词学成立的前提或标志的结论。

在民国时期，"体制外派"虽然借着新文化运动的影响，新人耳目，但势力有限，并非如胡明所言，"在词的现代学术史的演进上，他们无疑是一条主线"[①]；"体制内派"不论从阵容还是业绩来说，都是彼时词学的主流。但在1949年以后，学术、文化生态发生了很大转变。领袖明确表态，不提倡青年写作旧体诗词，"学词"在课堂上乃至社会上丧失了存在的合法性。夏承焘《作词法》改名为"怎样读唐宋词""读词常识"才获再版，从书名由"作"到"读"、由"法"到"识"的改动，即可看出风气的变革转移。在新环境中成长起来的新生代学者，匮乏创作体验，他们对词的研究没有"学词"思维，只能走与"读词"匹配的"体制外"理路。而老一辈"体制内派"学者，研究路数也顺应时势大幅收缩。这直接导致了当代学者对现代词学的继承越来越片面地向"体制外派"一脉靠拢。协助夏承焘撰改《怎样读

---

① 胡明：《一百年来的词学研究：诠释与思考》。

唐宋词》的吴熊和，后来著有《唐宋词通论》（浙江古籍出版社1985年初版），是书从词源、词体、词调、词派、词论、词籍、词学七个方面系统论述唐宋词。已有学者指出，这种章目设置和内容（也就是研治的"问题意识"），延续自《怎样读唐宋词》，体现了对夏承焘词学的师承[①]。但遗憾的是，此种路数至其而止。今日词学祭酒王兆鹏在20世纪末回顾百年词学的发展历程时指出，吴熊和《唐宋词通论》"代表着传统词学'过去时'的完美结束"，而杨海明《唐宋词史》（江苏古籍出版社1987年初版），则"代表着词学'将来时'的开端"[②]。所谓"词学'将来时'"，即"体制外派"一统天下，与"学词"彻底作别。

而丧失了"学词"之维的当代词学，也存在致命缺陷，就像研究生物，不到野外联系环境、气候、食物链等观察其真实的生长发育状况，而仅据标本臆测。举其大者而言，约有三端。第一，对词学史的考察难免片面。除了这里详论的现代词学以外，古代词学史亦然。彭玉平指出，当代学者撰写的几部词学史，多以"词论"代替"词学"，此等"作为学科的'词学'所损失的就不仅仅是音谱，而是连词韵、词律等包孕在早期'曲子词'与'倚声'中的内涵也一并消逝在学科之外了。无论如何，这都是对'词学'的一种残酷解构"[③]。第二，由于缺乏创作体验，今日学者对作品的感悟力和解读力大幅滑坡，这使他们的很多研究变成隔靴搔痒或空中楼阁。而一切研究，包括"体制外"研究，都必须奠基于对作品的准确解读之上。第三，研究的道路越来

---

① 李剑亮：《从〈怎样读唐宋词〉到〈唐宋词通论〉——论吴熊和先生的词学师承》，陶然编：《吴熊和教授纪念集》，浙江大学出版社2014年版，第159—166页。
② 严迪昌、刘扬忠、钟振振、王兆鹏：《传承、建构、展望——关于二十世纪词学研究的对话》，《文学遗产》1999年第3期。
③ 彭玉平：《词学的古典与现代——词学学科体系与学术源流初探》，《中山大学学报》2006年第1期。

越窄。当代学者主要接续"体制外派"文学史、文艺学研究的路数，在把研究对象由唐、宋拓展到金、元、明、清、民国、当代，由国内拓展到日本、韩国、越南等海外后，词学研究还能做什么，成了很多学者的焦虑。

要走出困境，当务之急是重新审视并赓续龙榆生、夏承焘、詹安泰等现代"体制内派"宗师既继承传统又借鉴西学的治词理路，重建"学词"之维。数年前，我曾在学界"提倡学诗，重构诗学"[1]，这也适用于词学。只有具备了一定的创作体验，我们才能提升对作品的感悟力和解读力，把"体制外"研究作得更加扎实、可靠，也才有兴趣和能力发扬图谱之学、词乐之学、词韵之学、声调之学等"体制内"绝学[2]，拓宽研究道路，阐发"词"这一中国特有文体的本体特质，还原其生发的鲜活语境及负载的文化信息，在词学领域落实"三大体系"建设。

四、本书整理说明

《作词法》由世界书局1937年纳入《词准丛书》初版。1971年，台湾台南的北一出版社又将《词准》纳入《古典文学基本读物丛书》，据首版影印再版，误署"舒梦兰辑"。大陆未见再版。这次整理，以初版为底本，参考他书出校勘记订正。同时，对校《夏承焘集》第8册《词学论札》所收《填词四说》，把观点上的改动出校勘记说明，措辞上的修润则忽略不计。另外，扼要出校勘记摘录了一些《读词常识》（中华书局1981年版）的重要改动。又《作词法》初版目录和正文中

---

① 陈斐：《古代文学研究的"观念""技术"和"路数"》，《文汇学人》2020年1月3日。
② 没有"学词"思维，即使勉力研究这些科目，也很难切中肯綮。今日此类研究的"症结"正在于此。

的章节标题非一一对应，目录比较合理，正文比较琐碎，现全依目录。

为便于读者拓展阅读，我们从《夏承焘集》中选录了与《作词法》论题相关的文章，亦按"选调""辨声""用韵""属辞"的顺序类编在一起，总题为"词调与声情"，作为附录。对于编校过程中发现的讹误，亦参照原刊本或他书等订正，并出校勘记。比如，在《唐宋词字声之演变》第二节《晏同叔辨去声，严于结拍》，我们加了这样一条校记："底本'断'前有'里'。按：此文前身为《词四声平亭》（《之江中国文学会集刊》第5期，1940年4月），后修订为此文，收入《唐宋词论丛》（上海古典文学出版社1956年版，P.56）。二者此处皆引《谒金门》三首，多一'弄晴相对浴　寸心千里目'例句，故后文言'里'云云。《唐宋词论丛》（中华书局1962年增订本，P.56）这一例句后，增加了小注：'王仲闻先生曰：此二句非韦词。'本书底本《夏承焘集》第2册（P.54—55）因此删去了这一例句，但未删后文阐释语中相关的'里'字。因删。"再如，《犯调三说》引文有不少脱误，我们据原书《姜白石词编年笺校》《钦定词谱》作了订正。

此外，我们附录了夏承焘（选）、蓝江注的《唐宋词录最》。此书由华夏图书出版公司1948年5月初版，收入《现代文库》第1辑。这套丛书的《凡例》说："本文库之性质为中华百科全书之始基，将世界学术最新之知识，析为数千题目，分请大学教授及各科专家执笔，内容注重清约，期能引人入胜，期于读者极有裨益。"知其以普及通识为宗旨。第1辑作者多为学界名流，如《世界局势》的作者张其昀、《近代中国文学》的作者任铭善和朱光潜等。

《唐宋词录最》凡选27人，84首。选词最多的12位词人是：苏轼（9首）、辛弃疾（8首）、姜夔（8首）、晏几道（7首）、欧阳修（5首）、温庭筠（4首）、李煜（4首）、周邦彦（4首）、吴文英（4首）、范仲淹（3首）、王沂孙（3首）、张炎（3首）。可见，夏承焘选唐宋词，偏重苏辛豪放一派（这与他论词崇尚清刚豪健一致），同时兼顾婉约、清雅等其他风格、流派，力图展现唐宋词的全貌。所选多名家名篇，题材、内容也比较多样，《前记》把唐宋词分为应歌、抒情、体物、造理四类，自称"兹编所录，各体略备"。这个编选倾向，夏承焘至老未渝。20世纪50年代，他和盛弢青合作选注的《唐宋词选》（中国青年出版社1959年初版，1962年第2版，1981年第3版），"既突出苏辛这一派词的杰出成就，又反映出唐宋词的丰富多采来"[①]。80年代，夏承焘与门人谋划新编《宋词三百首》，也强调："文章乃天下公器，遴选篇目，必须尊重读者的爱好与评家的公论，应广收各派能反映世情、风骨与词学发展历程的作品，倾向是偏于豪健，而不废婉约。"[②]不过，《唐宋词选》由于受时政影响，编选亦强调"能反映社会现实和人民的感情愿望"[③]，故它也像钱锺书《宋诗选注》那样，是面"模糊的铜镜"，没有"爽朗地显露"编者的"衷心嗜好"[④]；而谋划新编《宋词三百首》时，夏承焘已届垂暮，精力不济，只能高屋建瓴地指导门生编选，然后"首肯"选目[⑤]。这么来看，《唐宋词录最》成了最能体现夏承焘个人识见、趣味的唐宋词选本，堪称"一代词宗眼中最美唐宋词"。

《唐宋词录最》1949年后没有再版。这次整理，即以初版为底本，参考《全唐五代词》《全宋词》和《苏轼词编年校注》《清真集笺注》等进行校正，亦出校勘记。原版标点比较随意，现参考龙榆生《唐宋

---

① 夏承焘、盛弢青：《前言》，《唐宋词选》，中国青年出版社1981年版，第21页。

② 周笃文：《前言》，夏承焘选编，吴无闻、周笃文、徐晋如注析：《宋词三百首》，中华书局2018年版，第2页。

③ 夏承焘、盛弢青：《编例》，《唐宋词选》，第1页。

④ 钱锺书：《模糊的铜镜》，《随笔》1988年第5期。

⑤ 周笃文：《前言》，《宋词三百首》，第2页。

词格律》（上海古籍出版社2014年版）作了规范、统一。

最后，我们附录了京都大学小川环树写的《读词常识》书评。此文原刊《中国文学报》第19期（1963年10月），夏承焘颇为重视，张金泉曾在次年8月翻译过，可惜译稿下落不明。现在我们约王连旺重新翻译出来，附在书末，以备读者参考，并识中日学术文化交流之嘉话。

把《作词法》等和《唐宋词录最》整理合刊，可谓珠联璧合，符合夏承焘的"学词"理念。他一向主张把学习词法和阅读词选结合起来，自云《怎样读唐宋词》是配合《唐宋词选》而作，并考虑将两者并为一书，还计划"合《词史》《词例》《词选》为一编"。这种"学词"理念，亦是中国诗学的优良传统：周弼《唐诗三体家法》和李锳《诗法易简录》即合"法"与"选"于一体，大量选本的笺释、评点中更是包含着很多分析"诗法"的内容。而"诗法"从创作角度说是"作法"，从阅读角度说则是"读法"。现在我们把《作词法》等和《唐宋词录最》合刊，建议读者在学习知识、技艺的同时，揣摩名篇、佳作细细体会，这样效果更佳。期望本书能为读者提升创作和鉴赏词的水平、重建词学的"学词"之维、净化社会风气略尽绵薄！

本书整理受2024年度教育部哲学社会科学研究重大专项项目"古典诗教文道传统的当代阐释及教育实践"（2024JZDZ049）资助，蒲宏凌兄帮了一些忙，"导读"承蒙郑珊珊女史垂青，刊于《东南学术》2025年第1期，谨此致谢！

甲辰处暑完稿于艺研院

目录

唐宋词录最

作词法

引子

词乐盛时填词的情形

　　词，本是一种合乐的文学。普通人皆以为词的声律，比诗为严。这是指失了乐谱以后的词而言。在唐五代间词初发生及北宋词乐犹盛的时候，词不但不分阴阳四声，有时平仄亦不大拘，甚至字句之多寡亦无一定。盖当时会唱词的乐工，有一种"融字法"。

"融字法"

　　在一词中，遇到必定要唱平声的音调，他便可把词句的仄声字"融"作平声唱，同样亦能把平声字"融"作仄声唱。不但一调中的一两个字如此，即全调所最视为重要的韵脚，他亦可用这种方法去"融"变。平韵可以变作仄韵，仄韵可以"融"作平韵。（不过这有一种限制，就是：上声韵、入声韵可以与平声韵相"融"，去声韵却不可"融"作他声。虽偶有例外，究为数不多。至若姜白石集内有"融入去声"的话，则是指"融"词句中一二个字而言，非谓"融"

韵脚。)这种"融"字法，在南宋人口中，尚有说到，不过那时已少有人实行罢了。现在，举几个例来作证。

（一）同一人作同一调，而平仄不拘者。

温庭筠《河渎神》三首。字旁①加平仄字者，皆与他首平仄不同。

一

河上望丛祠，庙前春雨来时。楚山无限鸟飞迟，兰棹空伤别离。〔兰棹空伤：平平平平；别离：仄平〕　何处杜鹃啼不歇〔平仄平平平仄仄〕，艳红开尽如血。蝉鬓美人愁绝，百花芳草佳节。

二

孤庙对寒潮，西陵风雨潇潇。谢娘惆怅倚兰桡，泪流玉箸千条。〔泪流玉箸：仄平仄仄；千条：平平〕　莫天愁听思归乐〔平平平仄平平仄〕，早梅香满山谷。回首两情萧索，离魂何处飘泊。

三

铜鼓赛神来，满庭幡盖裴回。水村江浦过风雷，楚山如雨烟开。〔楚山如雨：仄平平仄；烟开：平平〕　离别橹声空萧索〔平仄仄平平平仄〕，玉容惆怅妆薄。青麦燕飞落落，卷帘愁对珠阁。

上举三首，每首上段结句及下段起句，平仄各不相同。出之一人之手，尚且不同，其余可不必举。换头（即下段起句）为音调所寄，尚且可改，其他字句可知。这因为温庭筠是唐末词乐正盛时候的人，并且他自己又是一位懂音乐的词家，所以不必拘泥平仄。

---

① "字旁"，底本繁体竖排，故称。此版改为简体横排，相关符号移置字下。下文不再说明。

（二）同一人作同一调，而字句多少不同者。

张泌《河传》二首。加△者，字句与他首不同。

一

渺莽云水，惆怅暮帆，去程迢递。夕阳芳草，千里万里，
雁声无限起。　　梦魂悄断烟波里，心如醉，相见何处是。锦
屏香冷无睡，被头多少泪。

二

红杏交枝相映，密密濛濛。一庭浓艳倚东风，香融，透帘
栊。　　斜阳似共春光语，蝶争舞，更引流莺妒。魂消千片玉
樽前，神仙，瑶池醉暮天。

张泌是五代时人，那时候词尚合乐，多几字少几字，唱的人可以自由
伸缩，同调而字句不①无不同。再早一点，若现在所传的一部唐词，名
叫《云谣曲子》，其中同调而字句不同的更多。迟一点，若北宋柳永
《乐章集》中，这种情形亦不少。小令如此，长调亦如此。

（三）同一调而平仄韵脚不同。这在唐五代、北宋词家的集中多不
胜举。本入声韵调而改作平韵者，有：

韦庄《天仙子》，孙光宪《望梅花》，晏殊《两同心》，秦观《忆秦
娥》《雨中花慢》，康与之《汉宫春》……

本平声韵而改押入声者，有：

顾夐、孙光宪《渔歌子》，黄庭坚《江城子》，秦观《雨中花慢》
《促拍满路花》，贺铸《柳梢青》……

其余上声韵改平声韵，平声韵改上声韵，以及上声韵改入声韵，

---

① "不"，底本无，据文意补。

入声韵改上声韵，尤难偻数。

以上所说：（一）平仄不拘，（二）字数无定，（三）押韵各异，皆是词乐盛时——北宋以前的情形。南宋虽有如姜夔改入声韵《满江红》为平韵等，只限于少数懂音乐的词家。

词乐亡后填词的情形

到了金人打破汴京，宋室南渡，徽宗时代一个国家音乐院——大晟乐府解散了，辛苦造成的乐器被金人搬走了，于是词谱渐渐散失，会唱词的人死丧殆尽，南宋的词便大半是没有音乐性的纸上文字了。南宋以后的词人，既没有会唱词的乐工帮忙，词谱虽留存几部，自己复唱不来，于是只好取词谱或前人的词，依他的字数、平仄、韵脚，一个一个字填上去，不敢稍有出入。更讲究一点的人，并且依他的四声阴阳，如方千里之和周清真词、吴梦窗之用姜白石调是。这时候的作家，比之唐五代那般十分自由的词人，总算够苦了。虽然有人说这种十分不自由的事情，其中也有特别的乐趣[①]！

我们现在所谓"填词"，仍是继续南宋以来这种情形。本编所论，即是解说这种情形。近来有人提倡用近代的音乐填作新词，把文学的音乐性重新挽回转来，这是十分值得做的事情，但不在本编所说范围之内，当另为文述之，此处不赘。

以下分说"选调""辨声""用韵""属辞"四种作旧词的方法。明白这四种方法，作旧词的能事尽矣。

① 此段《填词四说》作"后世词乐既亡，词非复伶人歌女口中之音乐，但为文人学士纸上之文字，但有文字本身之四声平仄，而无管弦之律吕。文人既不谙乐，惮于改易，于是仅取前人成作，依其字数平仄，字字填嵌，故为词不名'作'，而名'填'。异于此体初兴时之情状矣"。

第一　说「调」

所谓"填"词

填词须依旧调，用一调须依其某句几字，某字何声，故谓之"填"。

词调的来源

唐宋词调的来源，约有下列数处，有许多可从调名里看得出他的来路：

（一）自民间歌谣及祀神曲、军歌等变成的，如《竹枝》《渔歌子》《采莲子》(民歌)，《河渎神》《二郎神》(祀神曲)，《破阵子》《征部乐》(军歌) 等。

（二）自外国或边地传来的，如《甘州曲》《八声甘州》《梁州令》《氐州第一》《胡渭州》《霓裳羽衣曲》等。

（三）国家音乐院——大晟府制成的[1]，如《黄河

---

[1]　"国家……制成的"，《填词四说》作"宫廷创制者"。

清》《徵招》《角招》等。见宋人笔记。

（四）文人为妓女制作，或妓院中人自制的。柳永喜为教坊作词，其集中如《昼夜乐》《柳腰轻》《两同心》《惜春郎》《隔帘听》《殢人娇》等当是。

（五）词人自度曲，如姜白石《惜红衣》《淡黄柳》《扬州慢》《暗香》《疏影》等。

（六）截取隋唐法曲、大曲而成的。如《霓裳中序第一》《铟带长中腔》《六州歌头》《水调歌头》《法曲第二》《法曲献仙音》等。

调名与词意

这些来源及调名，我们现在作词时，可不必问。譬如《河渎神》本是祀神曲，而后人可以拿来填爱情词；《女冠子》唐人本以咏当时妓女式的尼姑，后来填者不一定咏尼姑①。这有如汉魏乐府有一调名《饮马长城窟》，原初想必是战歌，但现在流传一首名作"青青河畔草，绵绵思远道"，却是咏离别相思的，与调名全不相应。现在用词调的情形，亦复如此，即调名可以不必与词意相合。有若宋人好以《暗香》《疏影》咏梅花，好以《惜红衣》咏荷花，调名与词意相合，那是极少数的。

声情与词意

调名可以不必与词意相合，但调的声情却不可与词意相违。

所谓"选调"

古人所谓"选调"，不是选调名，实是选调的声情。今存的词调虽有一千左右，常用的不过数十。此数十调的声情，有高亢者，有沉郁者，

---

① "唐人……尼姑"，《填词四说》作"唐人本咏当时妓女式之女冠，而取以摹写景物"。

有欢乐者，有悲哀者，下笔之前，须先问自己要抒写的感情是那一种，然后选那一种调，不可随便乱用。试举《千秋岁》《贺新郎》二调为例。

《千秋岁》，论调名，填作寿词是最好没有的，但秦少游一词云：

> 柳边沙外，城郭春寒退。花影乱，莺声碎。飘零疏酒盏，离别宽衣带。人不见，碧云暮合空相对。　忆昔西池会，鹓鹭同倾盖。携手处，今谁在。日边清梦断，镜里朱颜改。春去也，落红万点愁如海。

声情悲抑，盖少游南迁时之作。其后黄山谷和云："洒落谁能会，醉卧藤阴盖。人已去，词空在。兔园高宴罢，虎观英游改。重感慨，波涛万顷珠沉海。"李之仪和云："红日晚，仙山路隔空云海。"周平仲和云："迟日暮，仙山杳杳空云海。"皆填作追悼少游之词。龙榆生先生谓："细案此调之声情悲抑，在于叶韵甚密，而所叶之韵，又为'厉而举'之上声与'清而远'之去声。其声韵既促，又于不叶韵之句，亦不用一平声字于句尾以调剂之，既失雍和之声，乃宜为悲抑之作。"

到了南宋周紫芝、辛稼轩、黄公度诸人，用此调作寿词，虽切合调名，却尽失声情了[1]。

《贺新郎》，依调名最好是作贺新婚词，但试看辛稼轩一首云：

> 听我三章约，有谈功谈名者舞，谈经深酌。作赋相如亲涤

---

[1] 《读词常识》（P. 19）云："但是宋代一般词人填词主要不是为了应歌，所以填词大都并不顾腔调声情。沈括《梦溪笔谈》卷五说：'今声词相从，唯共巷间歌谣及《阳关》《捣练》之类，稍类旧俗。然唐人填曲，多咏其调名，所以哀乐与声，尚相谐会；今人则不复知有声矣。哀声而歌乐词，乐声而歌怨词，故语虽切而不能感动人情，由声与意不相谐故也。'"

器，识字子云投阁。算枉把精神费却。此会不如公荣者，莫呼来、政尔妨人乐。医俗士，苦无药。　　当年众鸟看孤鹗。意飘然，直把曹吞刘攫。老我山中谁是伴，须信穷愁有脚。似剪尽还生僧发。自断此生天休问，倩何人、说与乘轩鹤。吾有志，在丘壑。

意气磅礴，声情非常亢爽。稼轩平生最喜欢填此调，亦最填得好。他的名句如"我见青山多妩媚，料青山见我应如是""不恨古人吾不见，恨古人不见吾狂耳"，及"岁晚凄其无诸葛，惟有黄花入手，更风雨东篱依旧。陡顿南山高如许，是先生拄杖归来后。山不记，何年有""右手淋浪才有用，闲却持螯左手"诸名句，皆是此调。前人有以此调写相思爱情的，已嫌不合本色。若真作贺新婚词而能作得好的，我却没有见过。可见选调不是选调名而是选声情。（唐五代人多作"本意"词，即以调名为题，如用《玉蝴蝶》调咏蝴蝶、用《柳枝》调咏杨柳、用《离别难》调咏别离等。在唐五代词的内容尚甚简单的时候，如此用调，尚无妨碍；到北宋以后，词的内容变为复杂，即少有人作"本意"词了。）

辨词调声情法

辨别词调声情的方法，约有下列几种。

（一）根据唐宋人记载。前人记载有论及词调声情者，其言若出于唐宋人，最为可靠。如《演繁露》记《六州歌头》云：

《六州歌头》，本鼓吹曲也。近世好事者倚其声为吊古[①]词，音调悲壮。又以古兴亡事实[②]之。闻其歌，使人慷慨，良不与

---

① 底本、《填词四说》"古"后衍"古"，据《演繁露校证》（P. 1062）删。
② 底本、《填词四说》"实"后衍"文"，据《演繁露校证》（P. 1062）删。

艳词同科。

可见《六州歌头》的声情是"悲壮""慷慨"的。又如毛开《樵隐笔录》云：

> 绍兴初，都下盛行周清真咏柳《兰陵王慢》，西楼南瓦皆歌之，谓之《渭城三叠》，以周词凡三换头。至末段声尤激越，惟教坊老笛师能倚之节歌者。

可见《兰陵王慢》，末段声情最为激越。此类记载，唐宋人著作中颇不多见，因为词乐盛时，每调声情人人能知，不烦记录；一至词乐失传，后人无从臆揣，又无能记录了。

（二）根据唐宋人所作词。这可依《历代诗余》诸书，于一调百十词中，细细总括分析其词情，若有十之七八相同，即可断定此调是某种声情。如前举《贺新郎》及《满江红》《念奴娇》等，十之八九以作豪放词，便可定豪情调了[1]。

（三）根据调中用声韵及字句。若前人词情不易分析，或一调而前人作品各种词情皆有，无从折衷，那只好在本调声韵上自行揣度。大抵用平声韵者，声情常宽舒，宜于和平婉转之词；用上声韵者，声情多高亢，宜于[2]慷慨豪放之词；用去声韵者，声情沉着，宜于郁怒幽怨之词；用入声韵者，声情遒峭，宜于清劲或激切之词。又用韵均匀者，声情宽舒；用韵过疏过密者，声情非弛慢即促数。一韵到底者，声情较简单；一调换数部韵者，声情较曲折。多用三、五、七字句相间者，声情较和谐；多用四字句、六字句排偶者，声情较重坠。字句平仄相

---

① 《填词四说》下有"《千秋岁》可断为悲抑一类"。
② "于"，底本脱，据文意补。

間均匀者，声情安详；多作拗句者，声情雄劲。每选一调时，能先自揣量所欲抒写者为何种情绪，谨慎选调，而后着笔，那不致有声情扞格之弊了^①。（《词学季刊》第一卷第四期龙榆生先生《研究词学之商榷》一文中有"声调之学"一章，论此最好，可以参阅。本篇论《千秋岁》调，即引其文。）

加字与减字

用调须依其字句，每调几句，每句几字，不可增减，此人人所知；但有时亦不妨稍稍通融，如遇文义牵强处，尽可加一个衬字，或减少一个字^②。试以宋词言之，词至南宋及元初，乐谱既亡，调既固定不能自由作长短句矣，但当时亦仍有人用加字减字法；惟所加所减以一二字为限^③。今举数例如下：加⊙者皆是衬字。

（一）史浩《鄮峰真隐词·浪淘沙令》上片："拈起香来玉也如手，拈起盏来金也如酒。"下片："松椿如此碧森森底茂，乌兔从他汩漉漉底走。"

（二）王质《雪山词·满江红》："试侧耳，山常如黛，水常如玉。"

（三）黎廷瑞《芳洲诗余·大江东去》结句："寄诗先与逋仙说。"

（四）王奕《玉斗山人词·贺新郎》上下片第五句："际五老落星烟渚。""吊锦袍公子魂何处。"又一首："忆少游回首斜阳树。""候清光夜半开玄圃。"又《沁园春》结："又安得，借蒙庄大瓢，酌泗水之源。"

（五）吴镇《梅花道人词·沁园春》下片第九句："都只到邙山土一丘。"

（六）黄公度《知稼翁词·卜算子》："又何况春将暮。"

（七）张炎《山中白云词^④·琐窗寒》："料应也孤吟山鬼。"

---

① 《填词四说》下有"否则'粉黛饰壮士，笙匏佐鼙鼓'，贻笑方家矣"。
② "如遇……一个字"，《填词四说》作"加衬一二字，以足文义者"。
③ 《填词四说》下有"虑过多即破坏词体也"。
④ "词"，底本脱，据《填词四说》补。

（八）王寂《兰轩词·鹊桥仙》："待调元受了庙堂宣。"

（九）王沂孙《花外集·露华》："胜小红临水湔裙。"

（十）周权①《此山先生乐府·贺新郎》："却说甚官为柱史。"

这都是南宋及元初的作品，若五代、北宋，更不胜数了。昔万氏《词律》，于吴梦窗的《唐多令》"纵芭蕉不雨也飕飕"句多一字，硬说词中不致有衬字。这真是迂阔之见②！

元曲中的"衬字"，即由词中来。乐府诗所以变成长短句的词，由"衬字""和声"而来。词所以变为曲，加"衬字"亦其原因之一。何必古人可用，我们便不敢用呢！不过用得太多，会破坏词的体制，那是又须顾到的。

词中本有"减字"之体，如《减字木兰花》一调，便是好例；亦有不名"减字"，而于固定词调中减去一二字者，举例如下：

（一）杨缵《八六子》下段"几许愁随笑解"句，比秦少游体少两字。

（二）吴梦窗③《凄凉犯》，比白石原词少一字。

（三）葛长庚《沁园春》结"稽首终南钟大夫"，"稽"上少一字。

（四）张镃《八声甘州》"唤汝东山归去"，"唤"上少一字。

（五）吴泳④《鹤林词·八声甘州》"明公一襟忠愤"，"明"上少一字。

（六）刘后村《汉宫春》下片"譬如河伯，观海盲洋"，"譬"上少一字。

（七）夏元鼎《蓬莱鼓吹·沁园春》上结"一琴一鹤"，"一"上少一字。

（八）陈德武《白雪遗音·沁园春》结"怎撇下相思两字，万里虚

---

① "周权"，底本、《填词四说》作"周熙"，据史实改。
② 此句《填词四说》作"由未广参宋元词也"。
③ "吴梦窗"，底本作"吴梦"，据《填词四说》改。
④ "吴泳"，底本、《填词四说》作"吴咏"，据史实改。

名"，"相"上少一字。

（九）王奕《玉斗山人词·贺新郎》"又谁省此时情绪"句，少一字。《木兰花慢》"尚年年生长儿孙"句、"有清谈还有斯文"句，皆少一字。

（十）李孝光《五峰词·满江红》起句"烟雨孤帆，又过钱唐江口"，结句"而今归去又重来，沙头柳"，皆少一字。

衬字、减字，大抵多是虚字，实字不可随意增减。又宋元人减字的例，比衬字来得少。我们现在作词，必不得已，可加一二个衬字，减字法亦以勿用为妥，因为这比"衬字"容易破坏词体。

句　法

填谱还有一点要注意的，即字数以外，还有句法，如五字句有"上二下三""上三下二"之分，七字句有"上四下三""上三下四"之分，不得乱填。明人作词谱，对此不甚注意，至万树作《词律》，始严加辨别。其例如下：

（一）七言"上四下三"句法：

《鹧鸪天》："小窗愁黛、淡秋山。"

《玉楼春》："棹沉云去、情千里。"

（二）七言"上三下四"句法：

《唐多令》："燕辞归、客尚淹留。"

《爪茉莉》："金风动、冷清清地。"

（三）五言"上二下三"句法：

《一络索》："暑气、昏池馆。"

《锦堂春》："肠断、欲栖鸦。"

（四）五言一字领句作"上一下四"句法：

《桂华明》："遇、广寒宫女。"

《燕归梁》："记、千金一笑。"

（五）四言中二字相连句法：

《水龙吟》："在青山外。"

《百宜娇》："访吹箫侣。"

上举五例，（四）（五）两例，更须留意，如（五）例所举《水龙吟》，此四言句为其结尾，凡一词的音律，最重结尾，不可几微差失。此句柳永作"有和羹美"，苏轼作"约相将去""作霜天晓""也参差是"，晁补之作"遣离魂断"，李之仪作"倩何人卸"，周邦彦作"与何人比"，吴文英作"傍西湖路"，翁元龙作"跨东风骑"，无不中二字相连。其有例外，若孔平仲作"又成春梦"，周紫芝作"又随风去"，皆由笔懈，不可为训①。《百宜娇》一例，亦是结句。

词谱平议

末了，对于各部词谱，略加批评。

词谱，即解说词调的书。明人有《啸余谱》等，芜陋不足观。清初万树（红友）作《词律》，始为此学开山，但其书榛楛未剪，闲话太多，体裁亦有缺点。康熙《钦定词谱》，较简明清楚多了，但亦限于时代，后出的唐宋人词集，皆未及见。清季杜文澜、徐本立二人补订万氏《词律》，拾遗补阙，可称万氏功臣，但仍不能弥补其体裁上的缺点。最简单的有《白香词谱》，初学词的贪其简便，其书只注平仄而不注四声，有些词的换头、结句必须辨四声、辨句法的，它皆未详注，那就非查词律、词谱不可了。在现在还未有一部最简易、最正确的词谱出来，《钦定词谱》算是最好的一部。

---

① "皆由……为训"，《填词四说》作"皆违律俪规矣"。

第二 说「声」

作诗只辨平仄，作词则须辨平上去入四声，有时且须辨阴阳声。（辨四声及辨阴阳的方法，详在附录。）[1]

填词何故平仄以外又要辨四声呢？因为词中上与去两声，分别最严；入声与上声有时可作平声用（上声亦有作去声用的，但甚少）；只去声独立自成一种[2]。我们不可以为旧词是仄声，即随意填作上去或入声。作《词律》的万红友说："论声虽以一平对三仄，论歌则当去对平上入。"

"去声字紧要"，宋人作《乐府指迷》虽曾说到，但明人作词谱的全不明白。万氏始发其精蕴，这是他的功劳。

---

[1] 此段《填词四说》作"作词于平仄之外，有时须辨四声，兼及阴阳。但非每词如此，亦非词中字字如此，其法差同元曲之'务头'，予别有《词声绎例》一文详此，兹不复赘"。

[2] 《填词四说》下有"不可通融"。

四声中去声最重要

词中分别四声，不单是为去声，但去声最重要，兹举例明之。

（一）去声字不可改作上入者。陆游《恋绣衾》云：

> 不惜貂裘换钓篷，嗟时人谁识放翁。归棹借风轻稳，数声
> 闻林外暮钟。　　幽栖莫笑蜗庐小，有云山烟水万重。半世向
> 丹青看，喜如今身在画中。

加⊙处皆是去声，其地位皆在韵脚之上，可见断不是偶合。宋元人虽间有不如此者，但总以陆游此体一律可从。又《太常引》的两结，辛弃疾作"被白发欺人奈何""人道是清光更多"，又一首作"却弹作清商恨多""且痛饮公无渡河"；杨果作"直推上淮阴将坛""道蜀道如今更难"；许有壬①作"笑画里凌波未真""也做得江湖散人"：与此同体。十首中八九作去，其一二作上入者不可效法。

吴文英有《惜黄花慢》二首，其中用去声字处，两首一一相同，兹分列如下：

第二句 正试霜夜冷	又一首 映绣屏认得
第四句 望天不尽	翠微高处
第五句 背城渐杳	故人帽底
第八句 翠香零落红衣老	避春只怕春不远
第九句 暮愁锁残柳眉梢	傍幽径偷理秋妆
第十句 念瘦腰沈郎旧日	殢醉乡寸心似剪
第十二句 怅断魂送远	斗万花样巧

---

① "许有壬"，底本作"许有"，据《填词四说》改。

第十四句 醉鬟留盼	露痕千点
第十六句 歌云载恨	寒泉半掬
第十八句 素秋不解随船去	雁声不到东篱畔
第二十句 梦翠翘^①	最断肠
第廿一句 怨红斜过南谯	夜深怨蝶飞狂

南宋末年的词家，惟吴文英守律最严，此词可见一斑了。姜白石改入声韵的《满江红》为平声韵^②，即为其中有一个平声的"心"字必须唱去声，不惜把全首的韵都改了，这亦足见去声字在词中的重要。

（二）必"去上"连用者。

此例在词中甚多。如《三姝媚》一调的结尾两字，必须作去上结，才能发调。史达祖作"归来暗写"，"暗写"是去上；吴文英^③作"斜阳泪满"，"泪满"亦是去上；王沂孙作"蘋花弄晚"，又一首作"花阴梦好"；张炎作"园林未暑"，又一首作"巴山夜雨"；薛梦桂作"相思寸缕"；无一不作"平平去上"，断不可填作"平平仄仄"。

《花犯》上段结句及下段结句皆须作"平平平去上"。周邦彦上结作"香篝薰素被"，下结作"黄昏斜照水"；王沂孙作"孤舟寒浪里""余香空翠被"；谭宣子作"云酣春帐暖""年年寻醉伴"；刘基作"阑干空自倚"。

他如^④《摸鱼儿》"无人自舞""功名浪语"，《凤来朝》的"酒香未断"，《永遇乐》的"尚能饭否"，皆如此。

---

① "翠翘"，底本作"翠涛"，据《全宋词》（P.2913）改。
② 《填词四说》下有"其原序云：'《满江红》旧调用仄韵，多不叶律，如周清真此调末句云'无心扑'，歌者将'心'字融入去声，方谐音律，予欲以平韵为之'，云云"。
③ "吴文英"，底本作"吴文"，据《填词四说》改。
④ "他如"，《填词四说》作"其在中间者，如"。

亦有必作"上去"连用者，万氏《词律》曾举吴文英之《尾犯》"晚树细蝉""偷赋锦雁留别"诸句为例，但在词中，"上去"连用比"去上"连用少，万树举吴文英词，按之周邦彦作，亦不甚合。

何故必"去上"连用不可作上上或去去呢？万氏说："上声舒徐和软，其腔低；去声激厉劲远，其腔高；相配用之，方能抑扬有致。大抵两上两去，在所当避。"今案周邦彦《花犯》一首，词中共十二处"去上"连用，如"照眼""净洗""胜赏""燕喜""更可""素被""望久""荐酒""正在""浪里""梦想""照水"皆是。梦窗、碧山作此调，亦无不如此。读来自有一种好音调。

（三）必上去隔用者。

周邦彦的《蕙兰芳引》，第一句"寒莹晚空点上青镜去"末三字必作"上平去"，证之方千里和作"庭院雨晴倚上斜照去"，陈允平和作"虹雨初收楚上天霁去"，皆合。又此调第三句周作"对去客入馆上深扃"，上三字作"去入上"，方千里和作"正去学入染上修蛾"，亦合。又第五句周作"倦游厌旅"，是"去平去上"，方千里此句亦作"绣去帘平半去卷上"。又下段第四句周词"更花管云笺"，首三字是"去平上"，方作"趁骄①马香车"，亦同。

《夜游宫》一调，前段第三句，周邦彦作"桥上酸风射眸子"，下段第三句"不恋单衾再三起"，末三字皆是"去平上"；陆游一首亦作"欲写新词泪溅纸"，仍是"去平上"。可见，此等去上隔用，亦是一种句法。此等皆是前人所谓"发调处"，不可随便用"仄平仄"三字填。

以上论去声。去声所以要特别注意者，因其声特为"激厉劲远"的缘故。万红友说："当用去者，非去则激不起，用入且不可，断断勿用平上也。"

---

① "骄"，底本作"娇"，据《全宋词》（P.2498）改。

入声派入三声

次论入声。

在元曲里，入声韵是派入"平上去"三声韵中的。即入声可读作平声，亦可读作上声或去声。

在唐宋词里，入作去声的，尚往往见之。如《词律》说《酒泉子》调，"隐映艳红修碧"一句的"碧"字，与"云鬟①腻"的"腻"字叶韵，"碧"字北音是作去声"闭"字读的。晏小山《梁州令》首句"莫唱阳关曲"的"曲"字，与"缕"字叶韵。《惜香乐府·柳梢青》的"嘱"字与"付"字叶，《卜算子》的"腹""曲"与"许""否"叶。皆是其例。

若入声作上声，在宋时尚以为禁忌。《乐府指迷》有"上声字不可用入声字替"一语可证，所以在词里很少见到②。

若入声当平声读，那就非常多了。《乐府指迷》说："平声却用得入声字替。"《四库全书·〈中原音韵〉提要》引《檀弓》注："文子名'木'，缓读为'弥牟'。""木"是入声，"弥牟"二字皆平声，说入声读平，古已有之。不过古人无四声之分，不必引此说解词。在词中，温飞卿的《菩萨蛮》云："翠钗金作股，钗上双蝶舞。"依调，"蝶"字应作平声。又和凝的《山花子》云："莺锦蝉縠馥麝脐。"依调，"縠"字也应作平。可见唐五代词已有入作平的例。在宋人词中，此例不胜枚举，今只取姜白石的《暗香》一首的入声各句，分注赵以夫、吴文英、陈允平、张炎诸人之作于下，聊以见例：

---

① "云鬟"，底本、《填词四说》作"鬟云"，据《词律》卷三（P.102）改。

② 《读词常识》（P.48）云："入派三声的现象早已开始，甚至可以上溯到唐代。敦煌词中已有把入声读作他声的，如《云谣集》中《渔歌子》'身心生寂寞'句，即以'寞'叶'悄'（上声）'妙'（去声）。这种例子在宋词中尤多。清戈载《词林正韵·发凡》说……"

旧时月色

吴作"昙花谁茸"　　　　　陈作"霁天秋色"

张作"无边香色"　　　　　同上①"猗兰声歇"

唤起玉人

赵作"独抱寒香"　　　　　陈作"涨绿浮空"

张作"剪剪红衣"　　　　　同上"洗耳无人"

同上"木叶吹寒"

正寂寂

吴作"送帆叶"　　　　　　陈作"信音寂"

张作"翠屏侧"　　　　　　同上"更离别"

同上"更情恶"

夜雪初积

吴作"卧虹平帖"　　　　　陈作"鹭汀沙积"

张作"背酣斜②日"　　　　同上"赋归心切"

同上"是君还错"

　　入声固可读作去、作平，但宋词中的入声，有时亦有定律，不可轻改他声者。近人汪东谓周美成《红林檎近③》词，下段起句"冷落词赋客，萧索水云乡"的"落""索"二字，他首作"步屧晴正好，宴席晚方欢"，"屧""席"二字仍是入声。又结句"夜长莫惜空酒觞"，他首作"放杯④同觅高处看"，"惜""觅"同是入声。（见汪氏校清真词。）大抵结句的四声，多不可改。杜文澜曾举美成《忆旧游》的结句"东风

---

① "同上"，指"张作"，因底本、《填词四说》繁体竖排，故称。下文类推。
② "斜"，底本、《填词四说》作"叙"，据《山中白云词》（P. 106）改。
③ "檎近"，底本作"擒近"，据《填词四说》改。
④ "杯"，底本作"怀"，据《填词四说》改。

竟日吹露桃"为例。吴文英作"残阳草色归思赊",方千里作"重寻当日千树桃",周密作"愁痕沁碧江上峰",王沂孙作"涓涓露湿花气生①",张炎作"阳关西出无故人""萧萧汉柏愁茂陵""遥知路隔杨②柳门""清声谩忆何处箫""千山未必无杜鹃",每句第四字必定要用入声,不可改他声。

四声中,去声独立,入声可读平,已讲过了。还有平声可读去声,上声可读平声。

平作去读

张炎《词源》说:"平声可作上入。"此例词中不多。只刘攽③《中山诗话》说"厮"字五代人读入声,引陶毅诗为证。最奇怪的,惟吴文英集中《过秦楼》句云"能西风老尽",又《探芳信》句云"藻池不通宫沟水","能"字、"通"字下皆注"去声"。平作去读,此为仅见。

上作平读

上声作平声读,词中颇多。万氏《词律》说:"上之为音,轻柔而退逊,故近于平。"并引元曲为证。其实引后来的元曲以证宋词,不甚妥当。在宋词里,此例本有明证,即姜白石的《莺声绕红楼》调,有"近前舞丝丝"一句,"近"字下注"平声";又其《解连环》词"又见在曲屏近底"句,"近"字他本亦注"平声"。从前人读白石集的,强说这"平声"的注是错底,由未精细宋词的缘故④。宋词里上作平,《词

---

① "生",底本作"重",据《全宋词》(P.3469)改。按:此为张炎词。
② "杨",底本作"阳",据《山中白云词》(P.47)改。
③ "刘攽",底本、《填词四说》作"刘邠",据史实改。
④ "从前……缘故",《填词四说》作"前者出作家自注,最可依据"。

律》引《宴清都》调两句，周美成作"庾信愁多，江淹恨极须赋"，何 籀一首则作"那更天远，山远水远人远"，以两"远"字填"多""淹" 两平声，程垓则以四"好"字填，皆是上声。现在再引几例如下：

欧阳修《越溪春》"有时①三点两点雨霁"，秦观《金明池》"过三 点两点细雨"，张元幹《夏云峰》"新堂深处捧杯"，苏轼《醉蓬莱》"好 饮无事"，朱敦儒"红杏开也未到"，杨万里《好事近》"看十五十六"， 辛弃疾《念奴娇》"玉斧重倩修月"，同上"似邹鲁儒家还有奇节"，陆 文圭《减字木兰花》"谁上贺表南衙"，高观国《东风第一枝》"香暗度， 照影波渺"。加⊙各字，皆是上声，依谱皆是当用平声的。

上作去读

辛弃疾集里《水龙吟》"长安却早"，"早"字自注"去声"；又其 《鹧鸪天》词"诗未成时雨早催"，"早"字亦注"去声"。上声作去声 读，在唐、宋、元词中，只见此两例；"早"字文义又无读上、去之别。 此不可解②。

拗句不可改

词中拗句，有时为全调音节所关，其平仄不可任意更改。明人作 词谱，常把拗句改作顺句，大为万红友所呵，我们不可蹈其覆辙。拗 句有：

必作"平仄仄平"者，如吕渭老《苏武慢》"谁念少年"，下段作

---

① "有时"，底本、《填词四说》作"时有"，据《全宋词》（P.145）改。
② 《读词常识》（P.44）云："词中上声字除可替代平声字外，阳上声字还可作 去声字用（阳声就是浊声）。元曲字声，有'阳上作去'之例，如'动'读作 '洞'，'似'读作'寺'，'动''似'都是阳上声。周德清《中原音韵》中把 '动''奉''丈''像''市''似''渐'等阳上声字，都列于去声部。这种用法 宋词里早有先例。例如晏殊的词，结句都严辨去声，其中就有些是阳上作去的。"

"闻道近来"，不可改作"仄仄平平"。

必作"平平平平平仄"者，如周邦彦《瑞龙吟》"纤纤池塘飞雨"句，方千里和作"斑斑①多于春雨"，杨泽民和作"春风梧桐秋雨"，吴文英作"楼前行云知后"，不可改作"仄仄平平仄仄"。

必作"仄仄平平平平仄"者，如柳永《归去来》"灯月阑珊嬉游处"，苏轼《少年游》"对酒卷帘邀明月""恰似嫦娥怜双燕"，不可改作"仄仄平平平仄仄"。举此数例，余可类推。

一句用四声

词有一句用四声者。如姜夔《暗香》结作"几时见得"，后人和者，赵以夫作"再调玉鼎"，吴文英作"两堤翠匝"，陈允平作"小舟泛得"，张炎作"卧横紫笛""此时共折""几曾忘却"，皆四字而用四声，声律极细②。此等多在煞尾，故填词煞尾声律最重要③。

填谱辨四声

其尤细者，用前人调，全首四声只数字不合；填词至此，已极用旧谱之能事。兹举周邦彦《塞垣④春》一词，附注方千里和词作小字于旁：加△皆四声偶异者。⑤

---

① "斑斑"，底本、《填词四说》作"班班"，据《全宋词》（P.2488）改。
② "后人……极细"，《填词四说》作"后人和者，吴文英作'两堤翠匝'，陈允平作'小舟泛得'，张炎作'此时共折''几曾忘却'，四字而用四声，皆为'上平去入'。赵以夫作'再调玉鼎'，张炎作'卧横紫笛'，虽排列次序不同，亦同用四声"。
③ "此等……重要"，《填词四说》作"上举各例，多在换头或结句，皆全词最关音节各处，原非一首中句句字字皆须如此"。
④ "垣"，底本脱，据下文补。
⑤ 此段《填词四说》作"然亦有一词上下片字字四声符合者，如万俟咏《春草碧》词。亦有用前人调依其四声者，如南宋诸家和周邦彦词。惟初学不宜好奇为此，致妨碍文义；词在今日，既不可歌，文义究重于声律也"。

塞垣春　　　周邦彦 方千里和

暮色分平野，傍苇岸，征帆卸。烟深极浦，树①藏孤馆，
四远天垂野，向晚景，雕鞍卸。吴蓝滴草，塞绵藏柳，

秋景如画。渐别离气味难禁也。更物象供潇洒。念多才，浑衰红
风物堪画。对雨收雾霁初晴也。正陌上烟光洒。听黄鹂，啼红

减，一怀幽恨难写。　　追念绮窗人，天然自风韵闲雅。竟夕
树，短长音□如写。　　怀抱几多愁，年时趁欢会渐尽。尽日

起相思，慢嗟怨遥夜。又还将两袖珠泪，沉吟向寂寥寒灯下。
足相思，奈春昼难夜。念征尘堆满襟袖，那堪更独游花阴下。

玉骨为多感，瘦来无一把。
一别鬓毛减，镜中霜满把。

填谱辨阴阳

又有填旧谱四声并辨阴阳声②者，李易安论词有云："盖诗文分平侧，而歌词分五音，又分六律，又分清浊轻重。""清浊轻重"即后来所谓"阴阳"。张炎《词源》记其父亲作一词，有"琐窗深"句，唱来"深"字不合律，改作"幽"字仍不合，最后乃改作"明"字才合。有人说"深""幽""明"同是平声，必再三更改者，即由清浊轻重的关系③。是宋人作词，本讲究及此。惟此法太嫌拘束，后人守者不多，初学尤不必求之太过④。

双声叠韵

最后说"双声""叠韵"。

凡两字同发声者叫做"双声"，同收声者叫做"叠韵"。（辨双声、叠韵法见附录。）双声、叠韵法，在《诗经》《楚词》里已有用过，汉赋、六朝诗及杜诗中尤多。约有两种：其一出于自然，如"伊威""蟏蛸"之

① "树"，底本作"寺"，据《清真集笺注》（P.272）改。
② "辨阴阳声"，《填词四说》作"细辨阴阳五音"。
③ 《填词四说》下有"（'深''幽'阴平，'明'阳平。）"。
④ "是宋人……太过"，《填词四说》作"又易安《声声慢》词，用齿声、舌声特多，是阴阳外又有五音之分，惟此究嫌拘束，初学者尤不必求之过深也"。

为叠韵兼双声，"仿佛"之为双声，"新陈"之为叠韵等是。其二出于造作，如"樽酒""高冈"之为双声，"所遇无故物"四字之为叠韵等是。宋人作词，间有用之。如姜夔"一叶夷犹"一句，四字双声，史达祖"因风飞絮，照花斜阳"两句，"风飞"双声，"花斜"叠韵。若吴文英《探芳新》词"叹年端连环转烂缦"八字皆叠韵，更为奇特。刘熙载论词，主张不用双声、叠韵字；王国维则主张："荡漾处多用叠韵，促节处多用双声。"我以为王说不妨试试。双声、叠韵固能助音节之美，但如吴文英一句皆如此，又反成"文家之吃"，亦不必学。

第三 说「韵」

唐宋词的韵书

词韵比诗韵稍宽，四声韵只分三类，即：（一）平声独用；（二）上去通用；（三）入声独用。（亦有一词中三声、四声通用者，如既押"支"，又押"纸""真"，或又加押"质"韵。此是变例，详后。）又同一平韵中"东""冬"可通，"庚""青"可通，同一仄韵中"陌""锡"可通，"巧""皓"可通，皆不似诗韵之严。其实唐宋时代本无一部作大家标准的词韵。一部分人用当时的诗韵，（唐代用《唐韵》，宋代用《广韵》《韵略》《集韵》。）而稍稍沟通之，一部分人则以方言土音为叶。（《四库全书提要》常说宋人有用古韵作词之例。这话不可信。试想柳永诸人为妓女做词，做成唱与狎客听，即懂古韵，何必在此等人前卖弄学问；若妓女、狎客等自做，则更不知何者为古韵了。）

宋词用古韵之说不可信

宋词中虽有"奏"字与"表"字叶，"酒"字与

作
词
法

"晓"字叶，合于"篆""有"古韵通用之例，乃是方言土音偶然与古韵合，非有意用古韵。我们稍稍理会宋词中用韵，觉得简直是无一定的分部①，譬如：

"余"叶"弦""天"——《云谣集·破阵子》

"绿"叶"盼""软"——《绿窗新话》引山谷《蓦山溪》

"红"叶"纷""辰""精"——洪希文《去华山人词·沁园春》

"者""也"叶"小""杳"——方岳《秋崖词·一落索》

"朵""火"叶"岛""帽""小"——赵必琭《覆瓿词·念奴娇》

"肯"叶"见""晚"——《翰墨大全》引赵文《莺啼序》

"远"叶"冷"——邓肃《栟榈词·菩萨蛮》

"住""许"叶"首""手"——段克己《遁庵乐府·满江红》

"儿"叶"家""些"——《山谷词·丑奴儿》

"窗"叶"中"——《稼轩词·一剪梅》

"言"叶"孤"——刘因《樵庵词·菩萨蛮》

"草"叶"暮"——葛长庚《贺新郎》

"咏"叶"梦""动"——王恽《水龙吟》

方音作叶

此等皆甚奇特，必是各处方音②，犹之林外作《洞仙歌》以"锁"叶"老"。这是一个故事：

南宋绍兴年间，有人发见垂虹桥上一首题词，笔画如龙蛇飞动，

---

① "我们……分部"，《填词四说》作"唐宋词用韵有大戾韵书分部者"。
② "此等……方音"，《填词四说》作"此类当纯是方音，故泛滥无归名尔，不尽由刊刻讹误也"，《读词常识》（P.56）作"这些或协方音，或由于协韵不很严格。因为他们作词的目的是为了抒情或应歌，自然不为当时的官韵所约束，我们更不能拿后人所定的词韵来限制它"。

不署姓名；当时喧传为吕洞宾来题。宋高宗看见，笑道："福州秀才做的。"左右请问其故，高宗说："这词上段结句'惟有江山不老'，后段'林屋洞门无锁'，'锁'字福建人读作'扫'。"

各种用韵法

词中用韵，约有数体：

（一）一首一韵者。此最普通，举一首为例。

忆王孙　　　陈克

秋千人散小庭空，麝冷灯昏愁煞侬。独有闲阶两袖风，月朦胧，一树梨花细雨中。（全首平声韵。）

（二）一首用数平仄声韵。

荷叶杯　　　韦庄

记得那年花下，深夜，叶"下"。初识谢娘时。水堂西面画帘垂，叶"时"。携手暗相期。叶"时""垂"。　　惆怅晓莺残月，相别，叶"月"。从此隔音尘。如今俱是异乡人，叶"尘"。相见更无因。叶"尘""人"。

此虽用二仄韵二平韵，实只用两部韵，在此体中犹算简单[1]。五代人薛昭蕴有《离别难》一调云：

宝马晓鞲雕鞍，罗帷乍别情难。那堪春景媚，送君千万

----

① "此虽……简单"，《填词四说》作"此用二仄韵二平韵，在此体中犹为习见"。

里。半妆珠翠落，露华寒。红蜡烛，青丝曲，偏能勾引泪阑干。　　良夜促，香尘绿，魂欲迷，檀眉半敛愁低。未别，心先咽，欲语情难说出，芳草路东西。摇袖立，春风急，樱花杨柳两凄凄。

此词"鞍""难""寒""干"为一韵，"媚""里"为一韵，"烛""曲""促""绿"为一韵，"低""西""凄"为一韵，"别""咽""出""立""急"为一韵，共用五部韵，交互错杂，音节必甚繁促[1]。

（三）以一韵为主，中间叶他韵。

《诗经》中已有此例，在孔广森《诗声分例》中这叫做"间韵例"，如《国风·桑中》一首：

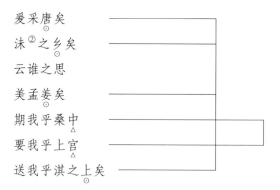

爰采唐矣

沬②之乡矣

云谁之思

美孟姜矣

期我乎桑中

要我乎上宫

送我乎淇之上矣

前后以"唐""乡""姜""上"一韵为主，中插入"中""宫"韵。在词如韦庄《定西番》：双线者是"主韵"，单线是"宾韵"。

---

① 《读词常识》（P.57）作"'鞍''难''寒''干'为一韵；'媚''里'为一韵；'烛''曲'为一韵；'促''绿'为一韵；'迷''低''西''凄'为一韵；'别''咽''说'为一韵；'立''急'为一韵，共七部韵，交互错杂，最为复杂少见"。

② "沬"，底本作"洙"，据《十三经注疏》（P.663）改。

挑尽金灯红烬，人灼灼，漏迟迟，

未眠时。(以上首片)

斜倚银屏无语，

闲愁上翠眉，

闷煞梧桐残雨，

滴相思。

此以一平韵"迟""时""眉""思"四字为主，间入一仄韵"语""雨"二字为宾。与上举《诗经》例同。

亦有一平韵中，间入数仄韵；或数仄韵中，间入数平者。兹举二韵者为例，其间三四韵者不复举。

韦庄《酒泉子》：双线者主韵，单线者宾韵。

月落星沉，

楼上美人春睡，

绿云倾，金枕腻。

画屏深。

子规啼破相思梦。

曙色东方才动。

柳烟轻，花露重。

思难任。

此以一平韵"沉""深""任"三字为主，间入"睡""腻"二字一仄韵，"梦""动""重"三字一仄韵为宾。

（四）数韵交叶。

史达祖《撷芳词》：

春愁远，

春梦乱，

凤钗一股轻尘满。

江烟白，

江波碧，

柳户清明，燕帘寒食；

忆忆。

莺声晚，

箫声短，

落花不许春拘管。

新相识，

休相失，

翠陌吹衣，画楼横笛；

得得。

此以上段的"远""乱""满"与下段"晚""短""管"相叶；又以上段的"白""碧""食""忆"与下段的"识""失""笛""得"相叶。

孔氏《诗声分例》的"两韵隔协例"，也与此差同，如《国风·柏舟》：

我心匪石
⊙

不可转也
△

我心匪席
⊙

不可卷也
△

威仪棣棣，不可选也
　　　　　△

在词中尚有三四部韵交互相叶的，不复举例。

（五）叠韵。

前引《撷芳词》上下段两结的"忆忆""得得"，及王衍《醉妆词》"者边走，那边走"叶两"走"字，顾夐《荷叶杯》"知么知，知么知"叶①两"知"字，王建《调笑令》"团扇团扇""弦管弦管"二"扇"二"管"字，皆是叠韵。兹复举《东坡引》一首如下：

东坡引　　　赵师侠

相看情未足，离筋已催促。停歌欲语眉先蹙。何期归太速，何期归太速。　　如今归也，无计追逐，怎忍听阳关曲。扁舟后夜滩头宿，愁随烟树簇，愁随烟树簇。

亦有本不叠韵而改为叠韵者，如杨无咎《相见欢》：

不禁枕簟新凉，夜初长。又是惊回好梦叶敲窗。　　江南望，江北望，水茫茫。赢得一襟清泪伴余香。

此调最早薛昭蕴一首，后段首三句，本作"卷罗幕，凭妆阁，思无

————————————

① "叶"，底本脱，据《填词四说》补。

穷","幕"与"阁"叶韵，杨无咎改叶为叠。其他如葛长庚《贺新郎》"一个飞从东际，一个飞从西际"，二"际"字本亦叶而非叠。张炎《青玉案》"尘留不住，云留却①住"，下片"园中成趣，琴中得②趣"，两"住"字、两"趣"字本皆不叠。其改叶为叠最多者，有鲜于枢《困学斋稿·鹊桥仙》一首，词云：

> 青天无数，白云无数，绿水绕湾无数。灞陵桥上望西川③，动不动八千里路。　来时春暮，去时秋暮，归去又还春暮。人生七十古来稀，好相看能得④几度。

上段三"数"字，下片三"暮"字，本皆不叠。

亦有本叠韵而后人不叠者。如《忆秦娥》一调，李白上段本作"秦娥梦断秦楼月，秦楼月"，两"月"字；下段"咸阳古道音尘绝，音尘绝"，两"绝"字。晁补之一首云：

> 牵人意，高堂照碧临烟水。清秋至，东山时伴，谢公携妓。　黄菊虽残堪泛蚁，乍寒犹有重阳味。应相记，坐中少个，孟嘉狂醉。

"至""记"二字，当叠不叠，这足见宋词押韵有时不甚拘束。初学看谱恐有迷惑，兹详述之如此。

---

① "却"，底本、《填词四说》作"不"，据《全宋词》(P.3521) 改。
② "得"，底本、《填词四说》作"成"，据《全宋词》(P.3521) 改。
③ "川"，底本、《填词四说》作"州"，据《全金元词》(P.820) 改。
④ "得"，底本、《填词四说》作"成"，据《全金元词》(P.820) 改。

（六）句中韵。

句中叶韵，《诗经》已有，如《柏舟》的"日居月诸"，《宾之初筵》的"有壬有林"，《甫田》的"婉兮娈兮"，《匏有苦叶》的"有渳济盈，有鷕雉鸣"，《晨风》的"鴥彼晨风，郁彼北林"，《九罭》的"鸿飞遵渚，公归无所"等皆是。汉人常作一句的韵文，如"欲[1]为《论》，念张文""关西孔子杨伯起""解经不穷戴侍中戴凭""五经纷纶井大春""难经伉伉刘太常刘恺""说经铿铿杨子行""五经无双许叔重""道德彬彬冯仲文"等皆是。唐宋人诗中，则不多见。在词，却时时用之。如苏易简《越江吟》：

> 非烟非雾瑶池宴，片片碧桃，冷落黄金殿。虾[2]须半卷天香散。　　奏云和孤竹清婉，入霄汉。红颜醉态，烂漫金舆转。霓旌影断箫声远。

此词上段结句中的"卷"字，与下段结句中的"断"字，是句中韵。又下段"烂漫金舆转"的"漫"字，亦是句中韵。下段起句若读作五字句两句，则"清婉入霄汉"为一句，"婉"字亦是句中韵。惜此词只苏氏一首，没有他作可校，不知究竟如何读法。

再举《木兰花慢》作例，此词上下段的第六七句，柳永作：

> 云衢见新雁过，奈佳人自别阻音书。
> 归涂纵凝望处，但斜阳暮霭满平芜。

---

① 底本、《填词四说》"欲"前衍"不"，据《汉书》（P.3352）删。
② "虾"，底本作"蝦"，据《填词四说》改。

又过变（下段起句）"陪都暗想欢游"，其第二字亦押句中韵。前人作无不如此。如吴文英上下片六七句云：

> 青丝傍桥浅系，问笛中谁奏^①鹤南飞。
> 依稀数声禁漏，又东华尘染帽檐缁。

过变云：

> 清奇好借秋光。

周端臣上下片六七句云：

> 梅梢尚留顾藉，滞东风未肯雪轻飘。
> 河桥柳愁未醒，赠行人又恐越魂销。

过变云：

> 清标会上丛霄。

李莱老^②上下片六七句云：

> 双岑倚天翠湿，看浮云收尽雨边晴。
> 分明晋人旧隐，掩岩扉日午籁沉沉。

---

① "奏"，底本、《填词四说》作"见"，据《全宋词》（P.2917）改。
② "李莱老"，底本作"李莱老"，据《填词四说》改。

过变云：

> 闲情玉麈风生。

李彭老上下片六七句云：

> 田田满阶榆英，弄轻阴浅冷似秋天。
> 吟边梦云飞远，有题红都在薛涛笺。

过变云：

> 朱弦几换华年。

此等句中韵，皆须留意。张炎此调一首，作：

> 山川自今自古，怕依然认得米家船。
> 居廛闭门隐几，好林泉都在卧游边。

不但"川""廛"一叶，"然""泉"亦叶，又多两韵了。

他如汪元量《水云词·惜分飞》上段结"泪珠成缕眉峰聚"、下段结"断肠解赋江南句"的"缕"字、"赋"字；周邦彦《四园竹》"肠断萧娘，旧日书辞犹在纸"的"辞"字；杨无咎《玉烛新》"拌不寐勾牵幽思"的"寐"字；柳永《送衣》"吾皇诞弥月""鸾行趋上国""无间要荒华夏"的"皇"字、"行"字、"荒"字；周邦彦《兰陵王》"谁惜京华倦客"的"惜"字；《大酺》"双泪落笛中哀曲""况萧索青芜国"的"落"字、"索"字；程珌《六州歌头》"会从公曳杖其中"的

"公"字；柳永《佳人醉》"披衣重起临轩砌""尽凝睇依依无寐"的"起"字、"睇"字；苏轼《醉翁操》"琅然清圆谁弹"，辛弃疾"长松之风如公"的"然"字、"圆"字、"松"字、"风"字皆是。有在两段中的，有①在换头（即过变）的，以在换头的为尤多。

（七）同部平仄通叶。

同部平仄押韵，即如"东"与"董""送"，"支"与"纸""真"，"麻"与"马""祃"等，此等平仄相押，在词中最普通的，有《西江月》《水调歌头》《哨遍》等调。（加△的都是仄韵。）

西江月　　　晏幾道

愁黛颦成月浅，啼妆印得花残。只消鸳②枕夜来闲，晓镜心情更懒。　　醉帽帘头风细，征衫袖口香寒。绿江春水寄书难，携手佳期又晚。

"残""闲""寒""难"都是平声，"懒""晚"都是仄声，因在同部——同是第七部韵，故可通押。

此等平仄通叶的调，以平与上去通叶为多，平与入通叶甚少。《西江月》调中，只欧阳炯一首，以"衣""眉""期""枝"叶"力""色"两入声韵，余人皆不如此。这因宋词入声韵独押不通他声的缘故。

水调歌头　　　贺铸

南国本潇洒，六代浸豪华。台城游冶，襞笺能赋属宫娃。云观登临清夏，碧月留连长夜，吟醉送年华。回首飞鸳瓦，却

---

① "有"，底本作"又"，据文意改。
② "鸳"，底本、《填词四说》作"惊"，据《全宋词》（P.256）改。

羡井中蛙。　　访乌衣，成白社，不容车。旧时王谢，堂前双燕过谁家。楼外河横斗挂，淮上潮平霜下，墙影落寒沙。商女篷窗罅，犹唱后庭花。

此调苏轼体，仄韵各字本都不叶；贺铸此作，在此调是创格。（《诗人玉屑》二"平仄各押韵"一条，记唐末章碣[①]作八句的律诗，其第一三五七各句亦押仄韵。贺氏或即用章碣诗的叶法。）

哨遍　　苏轼

　　为米折腰，因酒弃家，口体交相累。归去来，谁不遣君归，觉从前皆非今是。露未晞，征夫指予归路，门前笑语喧童稚。嗟旧菊都荒，新松暗老，吾年今已如此。但小窗容膝闭柴扉，策杖看孤云暮鸿飞，云出无心，鸟倦知还，本非有意。　　噫！归去来兮，我今忘我兼忘世，亲戚无浪语，琴书中有真味。步翠麓崎岖，泛溪窈窕，涓涓暗谷流春水，观草木欣荣，幽人自感，吾生行且休矣，念寓形宇内复几时，不自觉皇皇欲何之，委吾心去留谁计。神仙知在何处，富贵非吾愿，但知临水登山啸咏，自引壶觞自醉。此生天命更何疑，且乘流，遇坎还止。

最奇的有元人杨弘道《小亨诗余·六国朝》一首，词云：

　　繁花烟暖，落叶风高，岁月去如流，身渐老。叹三十年虚度，月堕鸡号。痛离散人何在，云沉雁杳，浮萍断梗，任风水东泛西漂。万事总无成，忧患绕。　　虚名何益，薄宦徒劳，得

---

① "章碣"，底本作"章竭"，据《填词四说》改。下文径改。

预俊游中，观望好。谩能①出惊人语，瑞锦秋涛。莫夸有如神句，鸣禽春草。干戈满地，甚处用儒雅风骚。援笔赋归田，宜去早。

全词一仄一平相间叶韵，算平仄通叶体中又一创格。(《六国朝》调名亦不见于词律、词谱诸书，或是杨氏的自度曲。)

（八）四声通叶。

词至金元，平仄通叶之体渐渐盛了，于是平上去三声通叶之外，又有平上去入四声通叶之例。王国维《人间词话》谓辛弃疾《稼轩词·贺新郎》《定风波》，以"绿"叶"雨"，以"热"叶"夜"；韩玉《东浦词·贺新郎》以"曲""玉"叶"女"，《卜算子》以"夜""谢"叶"食""月"，已开北曲四声通押之例。

今案：此例不始于辛弃疾、韩玉二家，最早当始于《云谣杂曲子》里《渔歌子》《喜秋天》两曲：

渔歌子

洞房深，空悄悄。虚把身心生寂寞。待来时，须祈祷，休恋狂花年少。　　淡匀妆，周旋妙。只为五陵正渺渺。胸上雪，从君咬，恐把千金买笑。

此调全首皆上去声韵，只第三句"寞"字是入声，此调上下两段相对，"寞"字对下段"渺"字，皆是韵；同书另一首起首三句云"睹颜多，思梦误，花枝一见恨无路"，第三句亦是韵。知此首"寞"字与"悄""少"相叶无疑。

---

① "能"，底本、《填词四说》脱，据《全金元词》（P.602）补。

喜秋天

芳林玉露催，花蕊金风触。永夜严霜万草衰，捣练千声促。　谁家台榭菊，嘹亮宫商足。每恨朝愁不忍闻，早晚离尘土。杨铁夫校："菊"疑"曲"之讹。

前举《渔歌子》，乃以上去声为主，中间押一个入声"寞"字；此首则以"触""促""菊""足"四入声韵为主，末了押一个上声的"土"字。

《云谣杂曲子》是燉煌石室里的一本唐人写卷子，可见唐代词初萌芽时，已有入叶三声的例。在北宋，黄庭坚、晏幾道各家词也有如此押法的，并录于下：

撼庭竹　　黄庭坚

呜咽南楼吹落梅，闻鸦树惊飞，梦中相见不多时，隔城今夜也应知，坐久水空碧，山月影沉西。　买个宅儿住著伊，刚不肯相随，如今却被天嗔你，永落鸡群被鸡欺。空恁恶怜伊，风日损花枝。

此词全首每句皆押韵，上片第五句"碧"字入声，下片第三句"你"字上声，余皆平声。

梁州令　　晏幾道

莫唱阳关曲，泪湿当年金缕。离歌自古最销魂，于今更有销魂处。　南朝杨柳多情绪，不系行人住。人情却似飞絮，悠扬便逐春风去。

此调第一句必叶韵，则"曲"字确以入声押上去。据上数例，可知四声通叶，唐代、北宋已有之，不始于南宋的稼轩、韩玉了。

此例用之最多者，推金元两代人。如：

感皇恩　　王寂《拙轩词》

　　天地一浮萍，人生如寄，画饼功名竟何益。百年浑醉，三万六千而已，过了一日也，无一日。　　韶颜暗改，良辰易失，丝竹杯盘但如意。酕醄赏罢，更向牡丹丛里。戴花连夜饮，花前睡。

词中"益""日""失"入声韵，"寄""意""睡"去声韵，"已""里"上声韵。《道藏》所载的金代诸道人的词集，如五峰白云子王先生《草堂集》的《踏云行·赠安山李秀才》上段云："已矣焉哉，之乎者也，悟来好把番番①舍，童蒙训授费精神，因循莫使头生雪。""雪"入声；下段用"设""诀""月"同叶。《鸣鹤余音》载无名氏《二郎神》，用"破""堕""何""呵"叶"乐""缚"；又无名氏的《玉抱肚》，用"邪""蛇""舍"叶"绝""说"。词慢慢儿变作曲，在此等用韵方面，看得最明白。（词中的入声韵，绝对独立的；曲中的入声韵，则派入三声，有时作平声押，有时作上或去押，绝对不独立。两者本来相反。）《稼轩词》、朱敦儒《樵歌》、丘处机《磻溪词》、李道纯《清庵先生词》、周权②《此山先生乐府》、张野《古山乐府》、谢应芳《龟巢词》、刘处玄《仙乐集》、马钰《洞玄金玉集》、刘志渊《启真集》等，皆有入作三声押韵的例，多不胜举，皆是宋词与元曲的介体。

　　（九）平仄韵互改。

　　甲、平韵改入韵。

---

①　"番番"，底本、《填词四说》作"翻翻"，据《全金元词》（P. 485）改。
②　"周权"，底本、《填词四说》作"周熙"，据史实改。

李易安论词说:"近世所谓《声声慢》《雨中花》,既押平声,又押入声。《玉楼春》平声,又押上去声,又押入声。"可见平入两韵,本可相通。今查《声声慢》调,晁补之"朱门深掩,摆荡春风,无情镇欲轻飞"一首,贺铸"园林幕翠,燕寝凝香,华池缭绕飞廊"一首,曹勋"素商吹景,西真赋巧①,桂子秋借蟾光"一首,皆押平韵;李易安自做的"寻寻觅觅,冷冷清清,凄凄惨惨戚戚"一首,却押入声。《雨中花》调,苏轼"今岁花时深院,尽日东风,荡飏茶烟"一首,柳永"坠髻慵梳,愁蛾懒画,心绪事事阑珊",皆押平韵;黄庭坚的"正乐中和,夷夏燕喜,官梅乍传消息"一首,秦观"指点虚无征路,醉乘斑虬,远访西极"一首,则皆用入韵。惟《玉楼春》只有押上去与押入两种,无押平韵者;若押平韵,便是《瑞鹧鸪》调了。不知是李易安说错,或平声《玉楼春》现在失传。现在再举一首最熟的《南歌子》作例:《南歌子》调,五代人皆填平韵,如温庭筠的"手里金鹦鹉,胸前绣凤皇,偷眼暗形相,不如从嫁与,作鸳鸯";毛熙震把他加一片作两片,亦仍是平韵;北宋末,周邦彦把句子加长,也仍是平韵,周词云:

> 腻颈凝酥白,轻衫淡粉红。碧油凉气透帘栊。指点庭花低映,云母屏风。 恨逐瑶琴写,书劳玉指封。等闲赢得瘦仪容。何事不教云雨,略下巫峰。

到了南宋的石孝友,便把他改作入韵了,石词云:

> 春浅梅红小,山寒岚翠薄。斜风吹雨入帘幕。梦觉西楼,

---

① "赋巧",底本作"巧赋",据《全宋词》(P.1235)改。

呜咽数声角。　　歌酒工夫懒，别离情绪恶。舞衫宽尽不堪著。若比那回，相见更消削。

沈伯时作《乐府指迷》说"平声字可以入声字替"，此指句中字；句中的字平入可以相替，则韵脚的平仄自然亦可相代了。

乙、入韵改平韵。

《忆秦娥》调本是入韵，秦观、贺铸有叶平韵的。各列于下：

忆秦娥 入韵　　　李白（？）

箫声咽，秦娥梦断秦楼月。秦楼月，年年柳色，灞陵伤别。　　乐游原上清秋节，咸阳古道音尘绝。音尘绝，西风残照，汉家宫阙。

又 平韵　　　贺铸

晓朦胧，前溪百鸟啼匆匆。啼匆匆，凌波人去，拜月楼空。　　去年今日东门东，鲜妆辉映桃花红。桃花红，吹开吹落，一任东风。

此首与李白入韵一首，字句平仄无一不同，只改了韵脚而已。

又 平韵　　　秦观

曲江花，宜春十里锦云遮。锦云遮，水边院落，山下人家。　　茸茸细草承香车，金鞍玉勒争年华。争年华，青楼酒旆，歌板红牙。

此首不但改韵，并改字句平仄，如上片"曲"字、二"锦"字是。

又有只改半首韵脚的，如毛滂作此调云：

夜夜，夜了花朝也。连忙，指点银瓶索酒尝。　　明朝花落知多少，莫把残红扫。愁人，一片花飞减却春。

此词与李白一首有四异点：（一）全词韵四仄四平，李词则八韵皆入。（二）全词用"夜""也"、"忙""尝"、"少""扫"、"人""春"四部韵，李词只用一部韵。（三）字句减少。（四）句中平仄不同。此犹陆游《钗头凤》词，本全用入声韵，而他夫人的和作，却把每片后数句改作平韵，亦是改半首韵脚之例。（陆氏夫妇的词事，虽有人证明它非实。但其词见于宋人小说，总是宋人作的。）

　　考此例有时很困难，即对于某词，我们不能考定其最早一首的到底是平韵的或是入韵的。譬如《天仙子》一调，皇甫松一首叶入声，词云：

　　晴野鹭鸶飞一只，水蕨花发秋江碧。刘郎此日别天仙，登绮席，泪珠滴，十二晚峰高历历。

和凝一首也用入韵。但韦庄两首却是平韵，其一云：

　　怅望前回梦里期，看花不语苦寻思。露桃宫里小腰肢，眉眼细，鬓云垂，惟有多情宋玉知。

皇甫松、和凝、韦庄，同是五代时人，我们无法可考这两体《天仙子》那一体是本体。所以若要找最靠得住的例，能找到作者在词题中自己说明的，如姜夔的《满江红》、陈允平的《三犯渡江云》等最好。《满江红》本是用入声韵的，姜夔一首用平韵，他的自序道："《满江红》旧词用仄韵，多不协律，如末句云'无心扑'三字，歌者将'心'字融入去声，方谐音律；予欲以平韵为之，久不能成；因泛巢湖，闻远岸箫鼓声，问之舟师，云：'居人为此湖神姥寿也。'予因祝曰：'得一席风径至居巢，当以平韵《满江红》为迎送神曲。'言讫，风与笔俱驶，顷刻而成。"《三犯渡江云》本来是平声的，陈允平《日湖渔唱》一首题云："旧平声，今改入声，为竹友谢少保寿。"这很确实晓得平韵《满江红》始于姜夔，入韵《三犯渡江云》始于陈允平了。不过这种材料在词中很少。某调以某词为本体，词律、词谱所说多不可靠，这件考定的工作，要有人好好地去做。

在宋人词集之外，还有一处，提到平入通押，即张炎《词源》附载杨守斋《作词五要》，其中第四条云："要随律押韵。如越调《水龙吟》、商调《二郎神》，皆合用平入声韵，古词俱押去声，所以转折怪异，成不祥之音。昧律者反称赏之，真可解颐而启齿也。"杨守斋名缵，是南宋一位懂音乐的词家，周密尝从之问乐，其言自极可据。案今所传一百二字的《水龙吟》，《词谱》三十谓"姜夔词注'无射商'，俗名越调"，当即是杨守斋所指的，但南北宋各词家填此调者，十之八九填上去韵，苏轼、秦观、晁补之、李之仪、孔平仲、武仲、周紫芝、晁端礼、吕渭老、向子諲、杨无咎、辛弃疾、韩元吉、刘克庄、袁去华、赵彦端、卢祖皋、高观国、史达祖、方岳、陈允平诸人无不如此。即深知音律的作家如柳永、周邦彦、姜夔、吴文英、周密、张炎诸家，亦复如此。用入韵的只赵长卿"烟姿玉骨尘埃外"一首，《高丽史·乐志》"洞天景色常春"一首而已。《二郎神》调今传一百四字体，《乐章集》正注"商调"，而柳永、徐伸、吴文英、赵以夫、曹勋、马庄父、汤恢诸家，亦皆用上去韵；用入声韵的只张安国"坐中客，共千里，潇湘秋色"一首及吕渭老"西池旧约，燕语柳梢桃萼"一首，绝对没有用平韵者。张炎称守斋持律甚严，一字不苟作。而其所论与南北宋各大家词相戾如此；使杨说而果确，则是周邦彦、姜夔、吴文英诸君的错了。可见，词律之学，在宋人已有各持一说、不能疏通的。

宋人间有改入声韵为上去者。如《霜天晓角》，本叶入声，所以黄机、蒋捷、赵长卿可把他改为平韵，但辛弃疾、葛长庚、赵师侠三人却把他改作上去。姜夔的《疏影》本是入声调，彭元瑞的《解佩环》即是《疏影》，却改用上去韵。李白的《秦楼月》，本亦是入声调；元人张小山《北曲联乐府》里有一首，用"屡""路""处""坞""去""雨"叶，亦是上去韵了。这等似皆前人偶误，不必学他。

丙、改平声韵为上去韵。

此体最早的，似是裴谈和沈佺期的《回波词》。《本事诗》载沈佺期《回波词》的本事云："佺期会以得罪谪，遇恩还秩，朱绂未复。尝内宴，群臣皆歌《回波乐》，撰词起舞，因是多求迁擢。佺期词云云，中宗即以绯鱼赐之……时佩鱼须有特恩。"词云：

> 回波尔时佺期，流向岭外生归，身名已蒙齿录，袍笏未复牙绯。

本用平声韵。裴谈一首云：

> 回波尔时栲栳，怕妇也是大好，外边只有裴谈，内里无过李老。

却改用上声了。又段成式的《闲中好》，本用平声，词云：

> 闲中好，尘务不萦心。坐对当窗木，看移三面阴。

郑符一首，则用上声，词云：

> 闲中好，尽日松为侣。此趣人不知，轻风度僧语。

上举两例，尚都是同时人作，本平本上，很难确定。若确是古时用平，后来改用上的，有五代毛熙震《河满子》一首，词云：

> 寂寞芳菲暗度，岁华如箭堪惊。缅想旧欢多少事，转添春思难平。曲槛丝垂金柳，小窗弦断银筝。　深院空闻燕语，满园闲落花轻。一片相思休不得，忍教长日愁生。谁见夕阳孤梦，觉来无限伤情。

北宋毛滂改作上去韵，云：

> 急雨初收珠点，云峰巉绝天半。辘轳金井卷甘冽，帘外翠阴遮遍。波翻水晶重箔，秋在琉璃双簟。　漏永流花缓缓，未放崦嵫晚晚。红荷绿芰暮天好，小宴水亭风馆。云乱香喷宝鸭，月冷钗横玉燕。

他如辛弃疾的《醉太平》，赵彦端的《沙塞子》，杨无咎的《人月圆》，晁补之的《少年游》，宋祁、杜安世的《浪淘沙》，曹勋的《金盏倒垂莲》，陈允平的《昼锦堂》等，皆是改平为上去，与毛词同例。

丁、改上去韵为平韵。

宋人词读上声字为平声，前已举姜白石《莺声绕红楼》的"近"字诸例为证。其改上声韵为平韵，可举陈允平《日湖渔唱》。

《日湖渔唱》页二《永遇乐》调自注云："旧上声韵，今移入平声。"

页二《绛都春》调自注云："旧上声韵，今改平声。"今录两调的上声韵与平声韵各一首于后，以为对勘：

永遇乐　　苏轼

明月如霜，好风如水，清景无限。曲港跳鱼，圆荷泻露，寂寞无人见。紞如五鼓，铮然一叶，黯黯梦云惊断。夜茫茫、重寻无处，觉来小园行遍。　　天涯倦客，山中归路，望断故园心眼。燕子楼空，佳人何在，空锁楼中燕。古今如梦，何曾梦觉，但有旧欢新怨。异时对南楼夜景，为余浩叹。

永遇乐　　陈允平

玉腕笼寒，翠栏凭晓，莺调新簧。暗水穿苔，游丝度柳，人静芳昼长。云南归雁，楼西飞燕，去来惯认炎凉。王孙远，青青草色，几回望断柔肠。　　蔷薇旧约，尊前一笑，等闲辜负年光。斗草庭空，抛梭架冷，帘外风絮香。伤春情绪，惜花时候，日斜尚未成妆。闲嬉笑，谁家女伴，又还采桑。

绛都春　　赵彦端

平生相遇，算未有笑语闽①山佳处。旧日文章，如今风味浑如许。眼前都是蓬莱路，但莫道有人曾住。异时天上，种种风流，待君如故。　　此自②君家旧物，看九万清风，为君掀举。举上青云，却忆梅花如旧否。故③人衰病今无绪④，只种得

---

① "闽"，底本、《填词四说》作"关"，据《全宋词》（P.1457）改。
② "自"，底本、《填词四说》作"是"，据《全宋词》（P.1457）改。
③ "故"，底本、《填词四说》作"古"，据《全宋词》（P.1457）改。
④ "绪"，底本、《填词四说》作"似"，据《全宋词》（P.1457）改。

梅花盈圃。待君一过山家，共斟露醑。

绛都春　　　陈允平

秋千倦倚，正海棠半坼，不耐春寒。弃雨弄晴，飞梭庭院绣帘闲。梅妆欲试芳情懒，翠颦愁入眉弯。雾蝉香冷，霞绡泪揾，恨袭湘兰。　　悄悄池台步晚，任红薰杏靥，碧沁苔痕。燕子未来，东风无语又黄昏。琴心不度春云远，断肠难托啼鹃。夜深犹倚，垂杨二十四阑。

依苏轼、赵彦端二词以观，知陈允平所谓"移上作平"实即"移上去作平"。苏词中"见"字、"遍"字、"燕"字、"怨"字、"叹"字，赵词中"处"字、"住"字、"故"字，皆去声。苏词全首只三字用上声，去多于上；赵词则上片去声，下片上声，皆非纯用上声。又陈允平平声《绛都春》，上下片"懒"字、"远"字仍用同部上声押，不全改平声，亦与《永遇乐》全改者不同。其余如吴文英有平韵的《如梦令》、平韵的《惜黄花慢》，石孝友有平韵的《蝶恋花》，陈允平有平韵的《祝英台近》，晁补之有平韵的《尉迟杯》，王诜有平韵的《花发沁园春》，赵彦端有平韵的《五彩结同心》，以上各调本皆叶上去韵，亦是此例。

现在所传绍兴二年刊的《菉斐轩词韵》，有上去入三声作平的，前清秦敦夫（恩复）疑其书是元明间人所伪造，专为北曲而设云云。今案：秦氏未知词中确有上去入作平之例，故有此说。《菉斐轩词韵》陶凫香曾见一本，有元人仇山村（远）的藏印，足破秦氏以为元明人伪造之妄。再以前举上去作平各例证之，此书当确是宋元间的词韵①。

---

① 《读词常识》(P. 60)"平仄韵互改"下，除"（甲）平韵与入韵""（乙）平韵与上、去韵"外，尚有"（丙）入韵与上、去韵改入韵为上、去韵的，在（转下页）

（十）平仄韵不可通融。

以上述上声、入声互押，入声、平声互押等例，词韵似乎漫无限制矣，但亦有必不可通融的，分述如下。

甲、有仄声调必押入声者。戈载《词林正韵[①]》曾载其目，有下列各词：

丹凤吟	三部乐
大酺	霓裳中序第一
兰陵王	应天长慢
凤凰阁	西湖月
解连环	侍香金童
曲江秋	琵琶[②]仙
雨霖铃	好事近
蕙兰芳引	六么令
暗香	疏影
凄凉犯	淡黄柳
惜红衣	尾犯
白苎	玉京秋
一寸金	浪淘沙慢

其他仄声韵而可改作平声韵者，其仄声韵亦必须用入声叶，不可漫用

（接上页）宋词中甚少。如《霜天晓角》，本协入声，辛弃疾、葛长庚、赵师侠三人却填作上、去。姜夔《疏影》本协入声，彭元逊改名《解佩环》，则改协上、去。不过这些都是前人偶误，不是通例"。

① "正韵"，底本作"词韵"，据《填词四说》改。
② "琵琶"，底本作"琶琶"，据《填词四说》改。

上去。如：

作
词
法

霜天晓角	庆宫春
忆秦娥	庆佳节
江城子	柳梢青
望梅花	声声慢
看花回	两同心
南歌子	满江红

皆是。虽宋人于此数调，亦有不尽用入声韵者，要是懒于守律，不可依据。金道人所作词，最不拘律矣，而《鸣鹤①余音》一书中所载郝太古、丘长春诸人所作《无俗念》六首，无一首不用入声韵，可见此调亦必须叶入声韵。

乙、仄声调有必押上去者。词中上去韵本可通押，而有时亦须分别。戈载云：

> 黄钟商之《秋宵吟》，林钟商之《清商怨》，无射商之《鱼游春水》，宜单押上声；仙吕调之《玉楼春》，中吕调之《菊花新》，双调之《翠楼吟》，宜单押去声。复有一调之中必须押上、必须押去之处；有起韵、结韵宜皆押上、宜皆押去之处，不能一一胪列。

今案：词中上去韵之分，不如入声韵之严。戈氏所举各词，除《秋宵吟》一首姜白石词全首用上声韵外，其余亦不尽然。如《清商怨》词，

---

① "鸣鹤"，底本作"鹤鹤"，据《填词四说》改。

周邦彦一首，于"小""了""杳""早"之中，杂"照""到"二去声韵；又一首于"暝""冷""影""静""永"之中，杂"映"字一去声韵。沈会宗一首，亦于"转""满""苑""卷""远"之中，杂一"怨"字去声韵。《鱼游春水》词，唐无名氏一首，确全用上声韵；然马庄父一首，上声中杂"到""耗""噪""操"四去声韵；卢祖皋一首用"去""处"二去声韵；赵闻礼一首用"翠""醉""泪""翅""试""未"六去声韵，去声韵且多于上声韵。仙吕调《玉楼春》词，见于柳永《乐章集》，前五韵用"羡""面""见""愿""乱"，皆去声，而末句"只恐被伊牵惹断"，实不全用去声①。《菊花新》词，张先全用去声韵；柳永一首则用"绻""短""暖""线""限""面"四上二去；杜安世一首用"老""小""沼""闹""好""了""恼"，亦上多于去，不尽用去声。戈氏之说不可尽信。上去之韵，宋人大抵不甚分别。

但上去如果分别用之，音调尤佳②。如陆游《钗头凤》词，前片首三句"红酥手，黄縢酒，满城春色宫墙柳"，皆上声韵；下片首三句"春如旧，人空瘦，泪痕红浥鲛绡透"，皆去声韵。曾觌填此调，亦上片用"闹""照""透"三去声，下片用"悄""小""袅"三上声。虽古人填此调者不尽如此，然此二词作法颇可仿效③。

（十一）叶韵变例。

甲、长尾韵。

辛弃疾有《水龙吟·用些语再题瓢泉》一首，每句末用"些"字，韵在"些"字之上，词云：

① "仙吕……去声"，《填词四说》作"至戈氏所举必叶去声之调，仙吕调《玉楼春》词，柳永一首，末句作'只恐被伊牵惹断'，犹可云阳上作去"。
② "但……尤佳"，《填词四说》作"宋词亦有半首叶上，半首叶去者"。
③ "虽……仿效"，《填词四说》作"当非偶合。特在词中，此例不常见耳"。

听兮清佩琼瑶些，明兮镜秋毫些。君无此去，流昏涨腻，生蓬蒿些。虎豹甘人，渴而饮汝，宁猿狖些。大而①流江海，覆舟如芥，君无助，狂涛些。　路险兮山高些，予块独处无聊些。冬槽春盎，归来为我，制松醪些。其外芬芳，团龙片凤②，煮云膏些。古人兮既往，嗟予之乐，乐陶陶些。

蒋捷《竹山词》六页亦有《水龙吟·效稼轩体招落梅之魂》一首，与辛词同体。这种押韵法，或叫做"长尾韵"，西洋诗叫"雌韵"③。

乙、"福唐独木桥体"。

黄庭坚集中有《阮郎归》一首，题云："效福唐独木桥体作茶词。"词共八韵，而中有四韵皆用"山"字。其体不知始于何人，"福唐独木桥"之名亦难索解。（福唐是地名，福建福清县，唐朝叫福唐县。不知与此有关否？）词云：

烹茶留客驻雕鞍，有人愁远山。别郎容易见郎难，月斜窗外山。　归去后，忆前欢，画屏金博山。一杯春露莫留残，与郎扶玉山。

元好问《遗山乐府》，亦有《阮郎归》"独木桥体"云："别郎容易见郎难，千山复万山。杨花帘幕晚风闲，愁眉澹澹山。　光禄塞，雁门关，望夫原有山。当时只合锁雕鞍，山头不放山。"与山谷体同。亦有稍变其体者，如元人张翥《蜕岩词》，《清平乐·酒后》二首其一云：

---

① "而"，底本作"如"，据《填词四说》改。

② "团龙片凤"，底本、《填词四说》作"龙团凤片"，据《御选历代诗余》卷七五改。

③ 《填词四说》下有"弃疾以前未尝觏也"。

先生醉矣，是事忘之矣。欲友古贤谁可矣，严子真其人^①矣。　问渠辛苦征鞍，何如自在渔竿。终办一丘隐计，西^②湖鸥鹭平安。

其二云：

先生醉也，甚矣吾衰也。万物不如归去也，陶令真吾师^③也。　篱边菊蕊初黄，为花准备壶觞。只恐不如人意，风^④风雨雨重阳。

这虽亦半首押同字韵，而位置与黄词不同。

丙、通首用同字叶，等于无韵者。

《草堂诗余》载黄庭坚《瑞鹤仙》一首，隐括欧阳修《醉翁亭记》，通首韵脚皆用"也"字。此又"福唐独木桥体"之变格，其词如下：

环滁皆山也，望蔚然深秀，琅琊山也。山行六七里，有翼然泉上，醉翁亭也。翁之乐也，得之心寓之酒也。更野芳佳木，风高日出，景无穷也。　游也，山肴野蔬，酒洌泉香，沸觥筹也。太守醉也，喧哗众宾欢也。况宴欢之乐，非丝非竹，太守乐其乐也。问当时太守为谁，醉翁是也。

---

① "其人"，底本为两方框，据《填词四说》补。
② "计西"，底本为两方框，据《填词四说》补。
③ "吾师"，底本为两方框，据《填词四说》补。
④ "意风"，底本为两方框，据《填词四说》补。

南宋方岳《秋崖词》中亦有《瑞鹤仙》"一年寒尽也，问秦沙，梅放未也"一首，赵长卿《惜香乐府》有"无言屈指"一首，亦同。石孝友《金谷遗音》有《惜奴娇》词，全首押"你"字。蒋捷《竹山词》有《声声慢》，全首押"声"字。辛弃疾《稼轩词》有《柳梢青》"赋八难之辞"，全首押"难"字。刘克庄《后村别调》有《转调二郎神》六首，全首押"省"字，皆学此体。

丁、闭口韵。

末了，说闭口韵。何谓"闭口韵"？古人读"侵""覃""谈""盐""沾""严""咸""衔""凡"诸部韵，皆闭口收韵，与今人不同。（现在只广东人犹如此读法。）宋词用闭口韵者，多不与他部杂用，如：丘崈《水调歌头·为赵漕德庄寿》，张镃《满庭芳·促织儿》，汪元量《长相思》，元好问《八声甘州》《鹧鸪天》《朝中措》《浣溪纱》。以上各词皆用"侵"韵，不杂入他部韵。又如：仲殊《蓦山溪》用"淡""占""黯""减"，蔡楠《满庭芳》用"酣""谈""衫""堪""岩""南""衔"，苏轼《满庭芳》用"帆""衫""凡""严""纤"，蔡松年《鹧鸪天》用"檐""甜""帘""厌""尖""纤"，元好问《朝中措》用"南""谈""男""衔""衫"，亦不杂用他韵。但宋人词不尽如此，即各大家有时亦不守此例①。《云谣集》有《凤归云》一首，以"深""心"与"缨""臣""贞"相叶，知唐词已不拘。现在更不必如此。不过研究宋词，此层亦不可不知②。

---

① "亦不杂用……此例"，《填词四说》作"亦不杂用开口韵。但此等或系遵沿诗韵，或偶尔暗合，必非有意依古韵"。
② "现在……不知"，《填词四说》作"若宋元各家杂叶开、闭口之例，则更不胜屡数矣"。

清人著词韵

　　词韵分部与现在所通用的诗韵不同。清人作词韵的，有沈谦的《词韵略》，李渔的《词韵》，胡文焕的《会文堂词韵》，许昂霄的《词韵考略》，吴烺、程名世的《学宋斋词韵》，郑春波的《绿漪亭词韵》诸书，分部皆不尽同。戈载的《词林正韵》最后出，自谓考订最严，用之者亦最多。其作此书时，见宋词尚不多，故多不尽然之说。我们只可用作参考，不必奉为科律。兹录其分部目录如下:(分部名称依《集韵》。)

第一部

平声一东　二冬　三钟

上声一董　二肿

去声一送　二宋　三用

第二部

平声四江　十阳　十一唐

上声三讲　三十六养　三十七荡

去声四绛　四十一漾　四十二宕

第三部

平声五支　六脂　七之　八微　十二齐　十五灰

上声四纸　五旨　六止　七尾　十一荠　十四贿

去声五寘　六至　七志　八未　十二霁　十三祭　十四太半　十八队　二十废

第四部

平声九鱼　十虞　十一模

上声八语　九麌　十姥

去声九御　十遇　十一暮

第五部

平声十三佳半　十四皆　十六哈

上声十二蟹　十三骇　十五海

去声十四太半　十五卦半①　十六怪　十七夬　十九代

第六部

平声十七真　十八谆　十九臻　二十文　二十一欣
二十三魂　二十四痕

上声十六轸　十七准　十八吻　十九隐　二十一混
二十二很

去声二十一震　二十二稕　二十三问　二十四焮　二十六图
二十七恨

第七部

平声二十二元　二十五寒　二十六桓　二十七删　二十八山
一先　二仙

上声二十阮　二十三旱　二十四缓　二十五潸　二十六产
二十七铣　二十八狝

去声二十五愿　二十八翰　二十九换　三十谏　三十一裥
三十二霰　三十三线

第八部

平声三萧　四宵　五爻　六豪

上声二十九筱　三十小　三十一巧　三十二皓

去声三十四啸　三十五笑　三十六效　三十七号

第九部

平声七歌　八戈

---

① “半”，底本脱，据《词林正韵·目录》补。

上声三十三哿　三十四果

去声三十八个　三十九过

第十部

平声十三佳半　九麻

上声三十五马

去声十五卦半　四十祃

第十一部

平声十二庚　十三耕　十四清　十五青　十六蒸　十七登

上声三十八梗　三十九耿　四十静　四十一迥　四十二拯
四十三等

去声四十三映　四十四诤①　四十五劲　四十六径
四十七证　四十八嶝

第十二部

平声十八尤　十九侯　二十幽

上声四十四有　四十五厚　四十六黝

去声四十九宥　五十候　五十一幼

第十三部

平声二十一侵

上声四十七寝

去声五十二沁

第十四部

平声二十二覃　二十三谈　二十四盐　三十五沾　二十六严
二十七咸　二十八衔　二十九凡

---

① "诤"，底本作"净"，据《词林正韵·目录》改。

上声四十八感　四十九敢　五十赚　五十一忝　五十二俨
五十三赚　五十四槛　五十五范

去声五十三①勘　五十四阚　五十五艳　五十六栝②
五十七验　五十八陷　五十九鑑　六十梵

第十五部

入声一屋　二沃　三烛

第十六部

入声四觉　十八药　十九铎

第十七部

入声五质　六术　七栉　二十陌　二十一麦　二十二昔
二十三锡　二十四职　二十五德　二十六缉

第十八部

入声八勿　九迄　十月　十一没　十二曷　十三末　十四黠
十五辖　十六屑　十七薛　二十九叶　三十帖

第十九部

入声二十七合　二十八盍　三十一业　三十二洽　三十三狎
三十四乏

---

① "三"，底本脱，据《词林正韵·目录》补。
② "栝"，底本作"捒"，据《词林正韵·目录》改。

第四 说「辞」①

当行本色

前人论作词，谓："上不可似诗，下不可似曲。"这句话虽不可据以评衡宋词，（宋词中有不少似诗、似曲的作品。）但作词确须如此，方是当行本色。凡一体文学，必有一体的长处，非他体所能替代，其体始尊。吾人论作诗，尚有某种情感宜作五古而不宜作七古，某种情感宜作七绝而不宜作五律的分别；诗、词、曲岂可混为一体？即以词论，当作小令的，必不可衍作长调；当作长调的，必不可缩为小令。（宋人论作词，谓缩大词为小词易，衍小词为大词难。这句话不对。）甚至同一长调，作《木兰花慢》的，必不可改作《贺新郎》；同一小令，作《浣溪沙》的，必不可改为《西江月》。某种情感必须恰合于某种音调的词牌，方是合作。前述"选调"篇，已举其要。

———————————

① "辞"，《填词四说》作"片"。

词诗不得互改

好词确有非诗所能替者，小令如李煜①的《采桑子》：

> 庭前春逐红英尽，舞态徘徊；细雨霏微，不放双眉时暂
> 开。　　绿窗冷静芳英断，香印成灰；可奈情怀，欲睡朦胧入梦来。

改作诗便嫌太弱，即不合诗的当行本色。长调如陆淞的《瑞鹤仙》：

> 脸霞红印枕，睡觉来冠儿还是不整，屏间麝煤冷。但眉峰
> 压翠，泪珠弹粉。堂深昼永，燕交飞风帘露井。恨无人说与相
> 思，近日带围宽尽。　　重省，残灯朱幌，淡月纱窗，那时风
> 景。阳台路迥，云雨梦便无准。待归来先指花梢教看，却把心
> 期细问。问因循过了青春，怎生意稳。

此尤非诗所能尽其曲折。

东坡功首罪魁

大抵宋词自东坡以后，始与诗不分。东坡以作诗的笔法作词，实
是功首罪魁。其功：在能放大词之内容，无论何种情感，皆可入词，
使词不限于《花间》《尊前》之作。其罪：在混合诗词为一，破坏词体
的独立的价值②。

---

① "李煜"，底本作"李复"，据文意改。
② 《读词常识》（P. 11）云："但是词和诗虽有区别，两者在本质上还是一致的。宋
　代有些词家主张严格划清诗词的界限，认为有些词虽然采用了长短句来写作，
　在内容与风格上却仍然是诗，不能算作词。例如苏轼的词，当时被人批评它只
　是'长短句中诗'（见《碧鸡漫志》卷二），辛弃疾、刘过的词也被认为是'长短
　句之诗'（见《词源》卷下），黄庭坚的词，被认为是'著腔子唱好诗'（转下页）

属辞的方法，千言万语不能尽。兹姑拈出词与诗、与曲不同的几点说说。

章　法

先说章法。唐人小令，布局谋篇有针缕极细，非诗之律绝所可比方者。如温庭筠《菩萨蛮》云：

> 小山重叠金明灭，鬓云欲度香腮雪。懒起画蛾眉，弄妆梳洗迟。　　照花前后镜，花面交相映。新帖绣罗襦，双双金鹧鸪。

开首，要写人，先写出一个富丽的环境，则其人之华贵可想。次句写人之形态，"鬓云欲度"并引起第四句的"梳洗"。三四两句则实写人之情态。一片之中，亦有次序。下片"照花前后镜"两句，承上言梳洗。上片"鬓云""香腮"句，单言其貌；"照花"两句则兼写心境；与人面相映对者，只花枝而已，则其心境可知。此为第一层。"新帖绣罗襦，双双金鹧鸪"则其第二层。独对花枝，而又瞥见罗襦之上，新绣金色的鹧鸪，亦双双成对，则其幽怨更复何如。下片四句即申说上片懒画眉、迟梳洗之原因。上下片层次，不可改易一句，全篇并无一语一字虚设。

长调尤重脉络，最忌堆垛。初学须从平正者入手。南宋词有极平正者，如张炎《壶中天》一首，题为"养拙夜饮，客有弹筝篌者，即事以赋"。词云：

（接上页）（宋吴曾《能改斋漫录》卷十六引晁补之词评）。这就把诗词之间可以适当承认的区别强调到了绝对化的程度，是囿于《花间集》以来文人词的传统风格的偏见。"

瘦筇访隐，正繁阴闲锁，一壶幽绿。

　　（从访养拙开端。）

乔木苍寒图画古，窈窕人行韦曲。

　　（路中景。）

鹤响天高，水流花净，笑语通华屋。

　　（到养拙。）

虚堂松外，夜深凉气吹烛。

　　（夜饮。）（以上前片。）

乐事杨柳楼心，瑶台月下，有生香堪掬。

　　（承前片。）

谁理商声帘户悄，萧飒悬珰鸣玉。

　　（客弹箜篌。）

一笑难逢，四愁休赋，任我云边宿。

　　（留宿。）

倚阑歌罢，露萤飞下秋竹。

　　（词成情景。）

以词论，此等究太平直，非张炎之极作。再举史达祖咏物二首，略有
层次者，《绮罗香》咏"春雨"云：

做冷欺花，将烟困柳，千里偷催春暮。

　　（未写雨，先写冷写烟。）

尽日冥迷，愁里欲飞还住。

　　（写雨只二句。）

惊粉重蝶宿西园，喜泥润燕归南浦。

（二句写被雨之物，一惊一喜不同。）

最妙他佳约风流，钿车不到杜陵路。

　　（二句写阻雨之人，笔法变换。）（以上前段。）

沉沉江上望极，还被春潮晚急，难寻官渡。

　　（二句写水。推开做。）

隐约遥峰，和泪谢娘眉妩。

　　（二句雨景，与前段"尽日冥迷"二句有深浅之别。）

临断岸新绿生时，是落红带愁流去。

　　（二句承上写水，而较"沉沉江上望极"三句意深；"新绿""落红"，一盛一衰，感慨无限。）

记当日门掩梨花，剪灯深夜语。

　　（末了又掉转到春雨，更不透漏。）

此词用推衍法，写雨而写雨前雨后，又写被雨之物、被雨之人，一结更胜。非如前首平铺直叙而已。

再举姜白石《念奴娇·咏吴兴荷花》一首云：

闹红一舸，记来时长与，鸳鸯为侣。

　　（先述旧游。）

三十六陂人未到，水佩风裳无数。

　　（一句略写。）

翠叶吹凉，玉容消酒，更洒菰蒲雨。

　　（三句详写。）

嫣然摇动，冷香飞上诗句。

　　（前写形色，此写神态。）（以上前段。）

日暮，青盖亭亭，情人不见，争忍凌波去。

（四句题外生情。）

只恐舞衣寒易落，愁入西风南浦。

（二句预想将来。）

高柳垂阴，老鱼吹浪，留我花间住。

（三句正写现在。）

田田多少，几回沙际归路。

（二句回忆过去。）

此首后段七句分写三层，格局比史词尤奇。

前举各调，犹明白易看，与作诗大同小异者；吴梦窗词最不易读，笔墨缜密，前人比为"金碧楼台拆下不成片段"。其实细细剖析，亦有脉络可寻。兹举其《玉漏迟·瓜泾度中秋夕赋》一首，乃想望情人之作。词云：

雁边风讯小，飞琼望杳，碧云先晚。

（三句望其人不到。"雁边"句言无消息。飞琼比其人。"碧云"句用江淹诗"日暮碧云合，佳人殊未来"，正切合"望"字。）

露冷阑干，定怯藕丝冰腕。

（想像其人此时之情状，比"望"深一层写。）

净洗浮空片玉，胜花影春灯相乱。

（望时之景。"片玉"谓月。）

秦镜满，素娥未肯，分秋一半。

（承前句写月，"分秋一半"句，切中秋。）（以上前段。）

　　每圆处即良宵，甚此夕偏饶，对歌临怨。

　　　　（再承前写月。首句推开一笔，二三句仍拍合。）

　　万里婵娟，几许雾屏云幔。

　　　　（写月被云遮，喻人隔于山川，暗写"望"字。）

　　孤兔凄凉照水。晓风起银河西转。

　　　　（"孤兔"自喻，此从夜望到晓。）

　　摩泪眼，瑶台梦回人远。

　　　　（缴回首三句意，不脱"望"字。）

此词以起首第二句"望"字为一篇之主，词中或明写，或暗写，或深写、浅写。过变三句为小开合，一起一结为大开合。

　　长调章法，比中调更难，梦窗长调尤其难读，兹举其《莺啼序》一首为例。词为悼杭州亡姬作。共四段，首段云：

　　残寒正欺病酒，掩沉香绣户。燕来晚飞入西城，似说春事迟暮。

　　画船载，清明过却，晴烟冉冉吴宫树。念羁情游荡，随风化为飞絮。

第二段云：

　　十载西湖，傍柳系马，趁娇尘软雾。溯红渐招入仙溪，锦儿偷寄幽素。倚银屏春宽梦窄，断红湿歌纨金缕。

　　暝堤空，轻把斜阳，总还鸥鹭。

第三段云：

幽兰旋老，杜若还生，水乡尚寄旅。

别后访六桥无信，事往花委。瘗玉埋香，几番风雨。

长波妒盼，遥山羞黛。渔灯分影春江宿，记当时短楫桃根渡。

青楼仿佛，临分败壁题诗，泪墨惨澹尘土。

第四段云：

危亭望极，草色天涯，叹鬓侵半苎。暗检点离痕欢唾，尚染鲛绡。鸊凤迷归，破鸾慵舞。

殷勤待写，书中长恨，蓝霞辽海沉过雁，漫相思弹入哀筝柱。

伤心千里江南，怨曲重招，断魂在否。

近人陈洵解此词云："第一段伤春起①，却藏过伤别，留作第三段点睛。燕子画船，含无限情事。清明吴宫，是其最难忘处。第二段'十载西湖'提起，而以第三段'水乡尚寄旅'作钩勒。'记当时短楫桃根渡'，'记'字逆出，将第二段情事尽销纳此一句中。'临分''泪墨''十载西湖'，乃如此了矣。'临分'于'别后'为倒应；'别后'于'临分'为逆提；'渔灯分影'于'水乡'为复笔，作两番钩勒，笔力最浑厚。'危亭望极，草色天涯'遥接'长波妒盼，遥山羞②黛'，'望'字远情，'叹'字近况，全篇神理，只消此二字。'欢唾'是第二③段之欢会，'离痕'是第三段之'临分'。'伤心千里江南，怨曲重招，断魂在否④'三句应起段'游荡随风化为飞絮'作结。通体离合变幻，一片凄迷，细绎之，正

---

① "起"，底本脱，据《梦窗词汇校笺释集评》（P.478）补。
② "羞"，底本作"分"，据《梦窗词汇校笺释集评》（P.478）改。
③ "二"，底本作"一"，据《梦窗词汇校笺释集评》（P.478）改。
④ "怨曲……在否"，底本脱，据《梦窗词汇校笺释集评》（P.479）补。

字字有脉络，然得门者寡矣。"

换 头

作词章法，有一点与作诗大不同。长篇诗字数虽多于词，然总是一首自为头尾，其间波澜态度千变万化，仍是一首。词则一首分为二段或三四段。前段与后段似是一首，又似非一首；前段的末句，要似合又似起；后段的第一句，要似承又似转，最不易做；此诗所无有。张玉田说"换头不可断了曲意"。所谓"换头"即指后段的第一句[①]。换头做好的，如姜白石《齐天乐·咏蟋蟀》云：

　　庚郎先自吟愁赋，凄凄更闻私语。露湿铜铺，苔侵石井，都是曾听伊处。哀音似诉，正思妇无眠，起寻机杼。曲曲屏山，夜凉独自甚情绪。

此段刻划蟋蟀，既已详尽，而其后段云：

　　西窗又吹暗雨。为谁频断续，相和砧杵。候馆吟秋，离宫吊月，别有伤心无数。豳诗漫与，笑篱落呼灯，世间儿女。写入琴丝，一声声更苦。

---

① 《读词常识》（P.63）云："词的段落有专门的名称，一段叫做一'片'，一片就是一'遍'，就是说，音乐已奏过了一遍。乐奏一遍又叫做一'阕'（乐终曰阕），所以片又叫做阕（一首词也可叫做一阕）。两段的词我们通常称呼第一段为上片或上阕、前阕，第二段为下片或下阕、后阕。片与片之间的关系，在音乐上是暂时的休止而非全曲终了，在文辞上也就要若断若续有着有机联系。所以词的分片和《诗经》的分'章'，古乐府的分'解'，都是音乐上的关系。现代的歌曲也有叠唱一次两次合为一曲的，词的分片正和这种情形一样。"

感慨比前段愈深愈大；过变"西窗又吹暗雨"一句，似承似转，最为前人所称。

兹录换头佳者数词于后，可为此法正格①：

一萼红·人日登定王台　　姜夔

古城阴，有官梅几树，红萼未宜簪。池面冰胶，墙腰雪老，云意还又沉沉。翠藤共闲穿竹径，渐笑语惊起卧沙禽。野老林泉，故王台榭，呼唤登临。　　南去北来何事，荡湘云楚水，极目伤心。朱户黏鸡，金盘簇燕，空叹时序侵寻。记曾共西楼雅集，想垂柳还袅万丝金。待得归鞭到时，只怕春深。

祝英台近　　张东泽辑

竹间棋，池上字，风日共清美。谁道春深，湘绿涨沙觜。更添杨柳青青，恨烟鞚雨，却不把扁舟偷系。　　去千里，明日几重山，后朝几重水。对酒相思。争似且留醉。奈何琴剑匆匆，而今心事，在月夜杜鹃声里。

木兰花　　晏幾道

东风又作无情计，艳粉娇红吹满地。碧楼帘影不遮愁，还似去年今日意。　　谁知错管残春事，到处登临曾费泪。此时金盏直须深，看尽落花能几醉。

---

① "兹录……正格"，《填词四说》作"换头名作，兹举数首如次，以须统觇上下文乃见其作法，故并全词录之"。

点绛唇·试灯夜初晴　　　吴文英

卷尽愁云，素娥临夜新梳洗。暗尘不起，酥润凌波地。　　辇路重来，仿佛灯前事。情如水，小楼熏被，春梦笙歌里。

高阳台·丰乐楼分韵得"如"字　　　前人

修竹凝妆，垂杨驻马，凭阑浅画成图。山色谁题，楼前有雁斜书。东风紧送斜阳下，弄旧寒晚酒醒余。自消凝，能几花前，顿老相如。　　伤春不在高楼上，在灯前敧枕，雨外熏炉。怕舣游船，临流可奈清朤。飞红若到西湖底，搅翠涛总是愁鱼。莫重来，吹尽香绵，泪满平芜。

三姝媚·过都城旧居有感　　　前人

湖山经醉惯。渍春衫啼痕酒痕无限。又客长安，叹断襟零袂，涴尘谁浣。紫曲门荒，沿败井风摇青蔓。对语东邻，犹是曾巢，谢堂双燕。　　春梦人间须断，但怪得当时，梦缘①能短。绣屋秦筝，傍海棠偏爱，夜深开宴。舞歇歌沉，花未减红颜先变。伫久河桥欲去，斜阳泪满。

八归　　　史达祖

秋江带雨，寒沙萦水，人瞰画阁愁独。烟蓑散响惊诗思，还被乱鸥飞去，秀句难续。冷眼尽归图画上，认隔岸微茫云屋。想半属渔市樵村，欲暮竞然竹。　　须信风流未老，凭持尊酒，慰此凄凉心目。一鞭南陌，几篙官渡，赖有歌眉舒绿。

---

① "缘"，底本、《填词四说》作"魂"，据《绝妙好词笺》卷四改。

只匆匆残照，早觉闲愁挂乔木。应难奈故人天际，望彻淮山，相思无雁足。

以上各首换头，或以摇荡^①取姿，或以拗怒擅胜^②，或倒提而不隔，或平承而不率。举此七^③首，可为隅反。

但宋人作换头，亦颇多例外之格，无有定式。其换头变例，共有数种。

（一）下片另咏一物一事，与上片无关者，如苏轼《贺新郎》：

> 乳燕飞华屋，悄无人槐阴转午，晚凉新浴。手弄生绡白团扇，扇手一时如玉。渐困倚孤眠清熟。帘外谁来推绣户，枉教人梦断瑶台曲。又却是，风敲竹。 石榴半吐红巾蹙，待浮花浪蕊都尽，伴君幽独。秾艳一枝细看取，芳心千重如束。又恐被西风惊绿。若待得君来向此，花前对酒不忍触。共粉泪，两簌簌。

下片另咏一物（石榴花）。又其《蝶恋花》云：

> 花褪残红青杏小，燕子飞时，绿水人家绕。枝上柳绵吹又少，天涯何^④处无芳草。 墙里秋千墙外道，墙外行人，墙里佳人笑。笑渐不闻声渐杳，多情却被无情恼。

下片另写一事。温飞卿《更漏子》"梧桐树三更雨"、李煜"剪不断，

---

① "摇荡"，《填词四说》作"摇曳"。
② "擅胜"，《填词四说》作"作气"。
③ "七"，底本作"六"，据文意改。
④ "何"，底本、《填词四说》作"无"，据《唐宋诸贤绝妙词选》卷二改。

是离愁"皆同此例。（诗中亦有此体，《古诗十九首》云："孟冬寒气至，北风何惨栗。愁多知夜长，仰观众星列。三五明月满，四五蟾兔缺。客从远方来，遗我一书札。上言长相思，下言久离别。置书怀袖中，三岁字不灭。一心抱区区，惧君不察识。""客从远方来"以下另记一事，宛似两首，与苏轼此词相似。）然此等犹通首写情，尚不大隔。最奇者辛弃疾《感皇恩·读〈庄子〉闻朱晦庵下世》一首云：

> 案上数编^①书，非庄即老，会说忘言始知道。万言千句，不能自忘堪笑。今朝梅雨霁，青天好。　一壑一邱，轻衫短帽。白发多时故人少。子云何在，应有玄经遗草。江河流日夜，何时了。

上片"读《庄子》"，下片"闻朱晦庵下世"，题与词皆分作两橛，毫不连络，甚为特别。

（二）全混上下片界限者。如辛弃疾《贺新郎·别茂嘉十二弟》云：

> 绿树听鹈鴃，更那堪鹧鸪声住，杜鹃声切；啼到春归无啼处，苦恨芳菲都歇。算未抵人间离别。马上琵琶关塞黑；更长门翠辇辞金阙。看燕燕，送归妾。　将军百^②战身名裂，向河梁回头万里，故人长绝；易水萧萧西风冷，满座衣冠如雪，正壮士悲歌未彻。啼鸟还知如许恨，料不啼清泪长啼血。谁共我，醉明月。

此词章法最奇：先说三种啼鸟，引出四件离别的故事，结尾又拍到啼

---

① "编"，底本、《填词四说》作"篇"，据《全宋词》（P. 1917）改。
② "百"，底本、《填词四说》作"万"，据《辛弃疾词编年笺注》（P. 1106）改。

鸟。上片结句及下片起句分叙故事，完全打破换头成法。同时刘过有《沁园春·寄辛承旨，时承旨招不赴》一首，即效辛作，刘词云：

> 斗酒彘肩，风雨渡江，岂不快哉。被香山居士，约林和靖，与坡仙老，驾勒吾回。坡谓："西湖，正如西子，浓抹淡妆临照台。"二公者，皆掉头不顾，只管传杯。　　白言："天竺去来，图画里峥嵘楼阁开。爱纵横二涧，东西水绕；两峰南北，高下云堆。"遁曰："不然，暗香浮动，不若孤山先探梅，须晴去，访稼轩未晚，且此徘徊。"

辛承旨即弃疾，时弃疾在绍兴，刘过在杭，过词借三个古人留他居杭，全词即铺叙此三人之言，亦极奇特①。又蒋捷《竹山词·虞美人》云：

> 少年听雨歌楼上，红烛昏罗帐；壮年听雨客舟中，江阔云低，断雁叫西风。　　而今听雨僧庐②下，鬓已星星也。悲欢离合总无情，一任阶前，点滴到天明。

亦以"少年""中年""而今"三者平列，不顾换头章法。许有壬《圭塘乐府·水龙吟·可翁点检③形骸，关心六事今犹可》一首，记病余尚可读书，可写字，可步园，可饮酒，可食肉，可听歌，每片分说三可，与蒋词差同。

此等换头变例，皆前人偶一为之，不足为法。

---

① "奇特"，《填词四说》作"横姿"。
② "庐"，底本、《填词四说》作"楼"，据《全宋词》（P.3444）改。
③ "点检"，底本、《填词四说》作"检点"，据《全金元词》（P.967）改。

又有数种换头做法，虽亦非正体，而尚不大背価规矩者^①，其例如下：

（一）上片结句引起下片者。（即换头紧接上片结句。）如冯延巳《长命女》云：

> 春日宴，绿酒一杯歌一遍，再拜陈三愿：　　一愿郎君千岁；二愿妾身长健；三愿如同梁上燕，岁岁长相见。

又如《词谱》卷十八^②引《古今词话》无名氏《御街行》词，上片写闻雁，结云"雁儿略住，听我些儿事"，下片接云：

> 塔儿南畔城儿里，第三个桥儿外，濒河西岸小红楼^③，门外梧桐雕砌；请教且与，低声飞过，那里有人人无寐。

下片叮嘱之辞，皆接上片结句。辛弃疾《念奴娇·赋傅岩叟香月堂两梅》，上结"试将花品，细参今古^④人物"，下片即引楚两龚、白香山、李太白为比，亦是此例。又苏轼《卜算子》上片结"缥渺孤鸿影"，下片皆咏鸿。《临江仙》"夜饮东坡醒复醉"一首，上片结"倚杖听江声"，下片皆写听江。《阳春白雪》谭宣子《浣溪纱》上结"藕花三十六湖香"，下片皆咏荷花，此等多不胜举。

（二）以下片申说上片者。程垓《宴清都》上片云："凭画阑，那更春好花好，酒好人好。"下片云：

---

① "又有……规矩者"，《填词四说》作"又有换头数法，前人偶一为之，亦有生新之趣"。
② "卷十八"，底本作"十八卷"，据文意改。
③ "楼"，底本、《填词四说》作"桥"，据《全宋词》（P.3841）改。
④ "今古"，底本、《填词四说》作"古今"，据《稼轩长短句》卷二改。

春好尚恐阑珊；花好又怕飘零难保；直饶酒好；酒好未抵意中人好；相逢尽拌醉倒；况人与才情未老。又岂关春去春来，花愁花恼。

下片申说上结春好、花好、酒好不及人好。辛弃疾有《玉楼春》一首，题云："乐令谓卫玠，人未尝梦捣虀、餐铁杵、乘车入鼠穴，以谓[1]世无是事故也。余谓世无是事而有是理，乐所谓无，犹云有也。戏作数语以明之。"词云：

有无一理谁差别，乐令区区浑未达。事言无处未尝无，试把所无凭理说。　　伯夷饥采西山蕨，何异捣虀餐杵铁；仲尼去卫又之陈，此是乘车穿鼠穴。

下片二故事，即申说上片"事言无处未尝无"之理。此与前举冯延巳《长命女》诸例似同，然一为引起下片，一为申说上片，稍有别异。

（三）上下片文义并列者。如朱淑真元夕《生查子》词：

去年元夜时，花市灯如昼，月上柳梢头，人约黄昏后。　　今年元夜时，花市灯如旧，不见去年人，泪湿青衫袖。

李纲《江城子》上片起云"去年九日在衡阳"，下片起云"今年佳节幸相将"。李元膺《茶瓶儿》上片起云"去年相逢深院宇"，下片起云"今年重寻携手处"。王迈《南歌子》上起"家里逢重九"，下起"官里逢重九"。皆与朱词同法。

───────────────

① "谓"，底本、《填词四说》作"为"，据《稼轩长短句》卷一〇改。

（四）上下片文义相反者。如吕本中《紫微词·采桑子》云：

> 恨君不似江楼月，南北东西；南北东西，只有相随无别
> 离。　恨君却似江楼月，暂满还亏；暂满还亏，待得团团是几时。

本中又有《浣溪纱》上片结云"迩来沉醉是生涯"，下片则云"不是对
君犹惜醉，只嫌春病却怜他"，意亦相反。

（五）上片问、下片答者。刘敏中《中庵诗余·沁园春·号太初石
为苍然》一首云：

> 石汝来前，号汝苍然，名之太初。问太初而上，还能记
> 否，苍然于此，为复何如。偃蹇难亲，昂藏不语，无乃于予太
> 简乎。须臾便，唤一庭风雨，万窍号呼。　依稀似道狂夫。
> 在一气何分我与渠。但君才见我，奇形怪状；我先知子，冷淡
> 清虚。撑住黄垆①，庄严绣水，攘斥红尘力有余。今何夕，倚长
> 风三叫，对此魁梧。

上片问石，下片石答。李孝光《满江红》上片"舟人道，官侬缘底，
驱驰奔走"，下片起"官有语，侬听取"，亦同。

凡此五例，皆前人取巧处，偶一为之则可，究非正体。

写　情

诗可抒情，亦可记言述事；词则只宜于抒情。（虽东坡以后，有以词记言
述事者，实是词之变格。）唐五代人词，抒情有作直率语者，如王国维所举：

---

① "垆"，底本作"墟"，据《填词四说》改。

甘作一生拚，尽君今日欢。——牛峤

换我心为你心，始知相忆深。——顾敻

衣带渐宽终不悔，为伊消得人憔悴。——欧阳修

许多烦恼，只为当时，一晌留情。——周邦彦

又如韦庄《思帝乡》云：

> 春日游，杏花吹满头。陌上谁家年少，足风流。妾拟将身嫁与，一生休；纵被无情弃，不能羞。

且作极端尽意语。然词，尤其是小令，写情终以含蓄为上。要把情写得含蓄，把情语化作景语，或用景语烘托出情语。所谓即景写情，亦是一法。如温飞卿《遐方怨》云：

> 凭绣槛，解罗帷，未得君书，肠断潇湘春雁飞。不知征马几时归。海棠花谢也，雨霏霏。

全首只"未得君书""不知几时归"二句是情，余皆景语。又其《蕃女怨》云：

> 万枝香雪开已遍，细雨双燕。钿蟮筝，金雀扇，画梁相见①。雁门消息不归来，又飞回。

则全首只"消息不归来"一句是情语，余皆景语。有时只要景语写得

---

① "画梁相见"，底本脱，据《温庭筠全集校注》（P.1028）补。

好，简直可以不著一句情语者，五代人有一词云：

空楼雁一声，远屏灯半灭。绣被拥娇寒，眉山正愁绝。

前人词话说"空楼"二句，用景写愁，已足凄凉之色，何必更加"眉山正愁绝"五字。这话甚是。用景写情，正欲其含蓄，末句出一"愁"字，便透露不含蓄了。

以景写情，各家作法不同，以温飞卿、韦端己为例。大抵温词多上句写情，下句写景，韦词则反尔。温词如：

谢娘无限心曲，（情）晓屏山断续。（景）——《归国谣》

心事竟谁知，（情）月明花满枝。（景）——《菩萨蛮》

春梦正关情，（情）镜中蝉鬓轻。（景）——同上

音信不归来，（情）社前双燕回。（景）——同上

相忆梦难成，（情）背窗灯半明。（景）——同上

人远泪阑干，（情）燕飞春又残。（景）——同上

春梦正关情，（情）画楼残点声。（景）——同上

当年还自惜，往事那堪忆，（情）花露月明残，锦衾知晓寒。（景）——同上

香作穗，蜡成泪，还似两人心意。（情）山枕腻，锦衾寒，觉来更漏残。（景）——《更漏子》

此等尚多，不必偻举。韦氏虽亦有如此者，如：

欲上秋千四体慵，拟教人送又心忪。（情）画堂帘幕月明风。（景）——《浣溪沙》

罗带悔结同心，独凭朱阑思深。（情）梦觉半床斜月，小窗风触鸣琴。（景）——《清平乐》

然究不甚多。韦氏多上句写景，下句写情。如：

柳暗魏王堤，（景）此时心转迷。（情）——《菩萨蛮》

凝恨对斜晖，（景）忆君君不知。（情）——同上

夜夜绿窗风雨，（景）断肠君信否。（情）——《应天长》

一夜帘前风撼竹，（景）梦魂相断续。（情）——《谒金门》

罗幕绣帏鸳被，（景）旧欢如梦里。（情）——《归国谣》

温氏词虽间有如此者，如：

红烛背，绣帘垂，（景）梦长君不知。（情）——《更漏子》

亦究不多。景语用在情语后，倍见含蓄，用在情语前，因为情语道破，每易减色。韦氏词不如飞卿之细，即此点可见。如飞卿《菩萨蛮》云："水精帘里颇黎枕，暖香惹梦鸳鸯锦；江上柳如烟，雁飞残月天。"毫不露一情语；"江上"二句景语，且作梦境写，尤迷离一片。若端己《女冠子》："不知魂已断，空有梦相随，除却天边月，没人知。"则直率说破，了无余意了。

寄　托

词能含蓄乃深，有寄托乃大。诗可以直叙身世或论议时事；词则不宜如此，必须托之风花雪月、美人香草，使其隐约。风花雪月诸字面，虽古人用之陈陈相因，惟因各人的寄托不同，所以仍能光景常新。前人有论"寄托"二语云："词要有寄托入，无寄托出。"盖谓作词

之先，立意须有寄托，及写出词句来，又要似乎无寄托一样，才是合作。昔人以屈原《离骚》比温飞卿词，（周之琦论飞卿词云："方山憔悴彼何人，《兰畹》《金荃》托兴^①新；绝代风流《乾撰子》，前身应是屈灵均。"）又谓其《菩萨蛮》各首，直似董仲舒的《士不遇赋》。是固尊之太过。然若陈廷焯论其《更漏子》"惊塞雁，起城乌，画屏金鹧鸪"是"悲者自悲，乐者自乐"，"兰露重，柳风斜，满庭堆落花"为"盛者自盛，衰者自衰"，则又别饶感慨。这数句正妙在似有寄托又似乎无寄托。有许多好词，作者的主意固已不可考，而读者不妨见仁见智，自立解说。所谓"作者未必然，读者何必不然"也。"附会"一辞，为史学家、考据家所大忌，但以之欣赏文学，则固不妨。近人谓很巧妙的附会，功同创作。这话很有意思。

　　他如"练字""对仗"，等等，词与诗皆没有很大的分别，不必^②多赘了。

---

① "托兴"，底本作"兴托"，据《论词绝句二千首》（P.327）改。
② "必"，底本作"心"，据文意改。

附录一 读词简要书目

　　加◎者最要。加○者次要。此谓初学读书次序，非于各书内容有所轩轾。

　　（一）别集

　　○南唐冯延巳《阳春集》四印斋本

　　　　冯词开北宋欧、晏作风，为南方词家之祖。

　　◎南唐李璟、李煜《二主词》赵万里影明本、商务《学生国学丛书》本

　　　　词至后主感慨始深，为词之第一变境[1]。

　　宋晏殊《珠玉词》《宋六十一家词》本

　　宋张先《张子野词》《彊村丛书》本

　　宋欧阳修《醉翁琴趣外篇》双照楼本、《宋六十一家词》本[2]

　　○宋柳永《乐章集》《彊村丛书》本

---

① "为词……变境"，《填词四说》作"《花间》以后第一变境"。

② "本"，底本脱，据体例酌补。

柳词有二种，一种为其士大夫本色，较雅；一种为平民作，有大俗者；俗者
虽通行一时，究多草率。

◎宋晏幾道《小山词》《彊村丛书》本、商务印本

北宋小令之极则，远胜乃父，佳者十之七八。

◎宋苏轼《东坡乐府》《彊村丛书》本、商务印本

苏词犹其诗，"武库矛戟，不无利钝"。然词至东坡为第二变境，地位比柳永高。

宋黄庭坚《山谷琴趣外篇》《彊村丛书》本

○宋秦观《淮海居士长短句》《彊村丛书》本、叶恭绰影宋本

◎宋周邦彦《清真集》《彊村丛书》作《片玉集》，商务本

上承温、韦，下开姜、吴[1]。为南北宋间一重要作家，词法之精，无逾邦彦者[2]。

宋贺铸《东山乐府》《彊村丛书》本、商务本

◎辛弃疾《稼轩长短句》四印斋本、《彊村丛书》本、梁启勋疏证本、商务本

◎宋姜夔《白石道人歌曲》《彊村丛书》本、《榆园丛刻》本

白石学邦彦，色泽较淡[3]。

宋刘克庄《后村长短句》《彊村丛书》本

○宋吴文英《梦窗词》《彊村遗书》本、四印斋本

梦窗学邦彦，色泽倍浓。

宋周密《蘋洲渔笛谱》《彊村丛书》本、清江昱考证

宋张炎《山中白云词》《彊村丛书》本、江昱疏证

○宋王沂孙《花外集》四印斋本

陈廷焯极推沂孙，确比周密、张炎好。

宋李清照《漱玉集》四印斋本、李文裿辑本[4]

---

① "上承……姜吴"，《填词四说》作"上承温、韦、秦、柳，下开姜、张、吴、史"。
② "无逾邦彦者"，《填词四说》作"前人以比杜诗"。
③ "白石……较淡"，《填词四说》作"辛、姜二家，皋牢南宋一代，鲜能出其范围者"。
④ 《填词四说》有评云"清照词抗手后主"。

○金蔡松年《明秀集》四印斋本

○金元好问《遗山乐府》《彊村丛书》本、扫叶山房石印本

　　　　蔡、元二家皆学东坡，比东坡更精①。

　　元张翥《蜕岩词》《彊村丛书》本

○明陈子龙《陈忠裕公词》赵氏《惜阴堂丛书》新刊本

　　　　明词第一家。

　　清曹贞吉《珂雪词》《山左人词》本、《四部备要》本

○清纳兰性德《饮水词》《榆园丛刻》本、有正书局影印本

○清朱彝尊《曝书亭词》《四部丛刊·曝书亭集》本

○清厉鹗《樊榭山房词》浙江书局及《四部丛刊·樊榭山房集》本

　　清项鸿祚《忆云词》《榆园丛刻》本

　　清周之琦《金梁梦月词》旧刊本

○清蒋春霖《水云楼词》曼陀罗华②阁刊本

　　　　春霖生太平天国时，写乱离甚工，前人推为"声家老杜"③。

　　清王鹏运《半塘定稿》归安朱氏刊本

　　清郑文焯《樵风乐府》《大鹤山房全书》本

　　清文廷式《云起轩词钞》《怀豳杂俎》本

○清朱孝臧《彊村语业》《彊村遗书》本

　　　　朱氏学梦窗，而身世感慨比梦窗尤大尤深。能融东坡、梦窗为一家。

　　清况周颐《蕙风词》《惜阴堂丛书》本

　　清刘毓盘《濯绛宧词》自刊本

（二）总集

　　唐人《云谣杂曲子》《彊村遗书》本

---

① "比东坡更精"，《填词四说》作"遗山尤金代唯一大家"。

② "华"，底本脱，据史实补。

③ 《填词四说》下有"姜、张一派，殆集大成"。

可见词初发生时的体式，不可以词论。

◎五代赵崇祚《花间集》四印斋本、《四部丛刊》本

无名氏《尊前集》《彊村丛书》本

宋曾慥《乐府雅词》《四部丛刊》本

宋黄昇《唐宋诸贤绝妙词选》《四部丛刊》本

宋黄昇《中兴以来绝妙词选》《四部丛刊》本

宋赵文礼《阳春白雪》《词学丛书》本

○宋周密《绝妙好词》清厉鹗、查为仁笺，旧刊本、扫叶山房本[1]

金元好问《中州乐府》《彊村丛书》本

　　金人词有极佳者，比南宋人感慨尤深。

○清朱彝尊、王昶《三朝词综》旧刊本

○清张惠言《词选》扫叶山房石印本

　　张氏专以寄托言词，虽不免附会，然词体至此始尊。周济二书亦然。

清周济《四家词选》《词选七种》本

◎清周济《词辨》旧刊本、谭献评

清冯煦《宋六十一家词选》旧刊本

清成肇麐《唐五代词选》《万有文库》本

清王国维《唐五代二十一家词辑》《观堂全书》本、六艺书局印本

◎清朱孝臧《宋词三百首》家刻本、唐圭璋笺神州国光社本

○清朱孝臧、张尔田《词莂》《彊村遗书》本

　　清词最好选本。

（三）词话

宋王灼《碧鸡漫志》《知不足斋丛书》本

○宋张炎《词源》郑文焯斠律，《大鹤山人全书》本；蔡桢疏证，金陵大学文

---

① 《填词四说》有评云"周密所为词在白石、梦窗之间，此编所选亦皆近乎二家者"。

元沈义父《乐府指迷》四印斋本、《词选七种》本

　　宋人工作词，而不工论词，张炎大家且然，沈尤尘下，远不如清代周济、陈
廷焯诸书。

○清张宗楠《词林纪事①》扫叶山房石印本

　　未备。

清徐釚《词苑丛谈》《海山仙馆丛书》本、有正书局排印本

清康熙《历代词话》《历代词余②》附刊、西泠印社排印本

清吴衡照《莲子居词话》浙江书局本

◎清周济《介存斋论词杂著》《词辨》附刊

◎清刘熙载《艺概》旧刊本、东南大学排印本

　　清人词话多聊尔之作，周、刘二家始多精识。

◎清陈廷焯《白雨斋词话》旧刊本

○清况周颐《蕙风词话》《惜阴堂丛书》本

　　首卷论词心最佳。

◎清王国维《人间词话》《观堂全书》本、朴社排印本

（四）词律词韵

○清万树《词律》旧刊本、扫叶山房石印本

清徐本立《词律拾遗》扫叶山房石印本、附《词律》后

清杜文澜《词律补遗》同上

◎清《钦定词谱》医学书局影印本

清舒梦兰《白香词谱》旧刊本、石印本

◎清戈载《词林正均》《四印斋丛刊》本、自③印本

---

① "纪事"，底本、《填词四说》作"记事"，据史实改。
② "词余"，底本作"讨余"，据史实改。
③ "自"，底本作"白"，据史实改。

附录二 辨四声表

四声：平上去入。平声柔而长，上声厉而举，去声清而远，入声短而促。上去入三声统名为仄，（或作"侧"。）与平相对。辨别四声，要在口头读熟。兹列表如下，（平上去入，依次序写，即"东"为平，"董"为上，"冻"为去，"笃"为入，余仿此。）初学能念百十遍，唇舌既熟，即能辨一切字声了。

辨四声表

东董冻笃	同动洞独	空孔控哭
江讲绛角	姬纪记亟	厘里吏力
归鬼贵屈	居举据脚	鱼语御虐
孤古顾各	奴弩怒诺	逋补布博
卢鲁路落	皆锴界戛	该改概械
猜采菜城	荀笋峻恤	真轸震质
邻嶙吝栗	人忍仞日	元阮愿月
文愤问物	冤苑怨哕	昆衮谤骨
刊侃看渴	滩坦炭阔	屯盾遁腯
门懑闷没	寒旱翰曷	阑懒烂剌

附录三 辨双声、叠韵表

凡两字同发声者谓之双声，同收声者谓之叠韵。

何谓"发声""收声"？譬如读一"公"字，初开口呼声，"公"声未出之前，必先出一"古"声，此为"发声"。"公"字读毕之后，尚有余声，必作"红"声，此为"收声"。"古""红"两声合读即是"公"字。"公"字的反切即是"古红"二字。

何谓"同发声是双声"？譬如"公"字发声是"古"字，而"古"字是牙音；"菊"字音"居六切"，其发声"居"字亦是牙音，且同属卅六字母的"见"母。"公""菊"二字便是双声；双声的字，是可不问其字的平仄。（"公"平声，"菊"字入声。）

何谓"同收声是叠韵"？譬如"公"字的收声是"红"字；"通"字音"他红切"，收声亦是"红"字，同属现在诗韵一"东"一部中，"公""通"便是叠韵。叠韵不必同是发声的字。（"通"字的发声"他"字，属舌头音，与"古"字属牙音者不同，不是双声。)

现列一表于后，横看皆是双声，(如"公""弓""江""饥""规""几""归"等皆属颚音"见"母。)直看是叠韵。①(如"公""空""东""通"，皆属"一东"韵。)此表据济阳张文炜(肜轩)之《张氏音辨》而作②，而省去其同声字。(如"公"字下省其"工""功""攻""缸""刃"等字，"同"字下省去"铜""筒""桐""童""僮""瞳""潼"等字。)欲查此一表，只要先翻字典查得某字在某韵，与某字同声，(如查"篷"字，检得"蓬"字即是。)即可知其字属何音何母了。

牙音（即颚音）　　舌头音　　　舌上音　　　重唇音　　　轻唇音

见、溪、郡、疑、　端、透、定、泥、　知、彻、澄、娘、　帮、滂、并、明、　非、敷、奉、微、

齿头音　　　　　正齿音　　　　　喉音　　半齿半舌音

精、清、从、心、邪、　照、穿、床③、审、禅、　晓、匣、影、喻、　来、日

---

① "横看皆是双声，直看是叠韵"，底本繁体竖排，故云"直看皆是双声，横看是叠韵"。据此版版式改。
② 原表讹误、错位甚多，这次整理，据《张氏音辨》做了校正。为避繁琐，径改不出校记。
③ "床"，底本作"状"，据下表表头改。

韵母＼声母	（见）	（溪）	（郡）	（疑）	（端）	（透）	（定）	（泥）	（知）	（彻）	（澄）	（娘）	（帮）	（滂）	（并）	（明）	（非）
（一东）	公	空			东	通	同								蓬	蒙	
	弓	穹	穷						中	忡	虫						风
（二冬）	恭	銎	蛩	喁	冬		馨	农		脯	重						封
（三江）	江	腔		岘					椿	憃	撞		邦		庞	厖	
（四支）	饥	欹	奇	疑					知	痴	驰	尼	陂	披	皮	糜	
	规	亏	葵	危					追		锤						
（五微）	几		祈	沂													
	归			巍													非
（六鱼）	居	墟	渠	鱼					猪	樗	除	挐					
（七虞）	孤	枯		吾	都		徒	奴					逋	铺	蒲	模	
	俱	区	劬	虞					株	貙	厨						夫
（八齐）	鸡	溪		倪	氐	梯	提	泥					笓	批	鼙	迷	
	圭	睽															
（九佳）	佳	揩		崖											牌	霾	
	乖	闿															
（十灰）	该	开		皑		胎	台	能									
	瑰	魁		桅	堆	推	陮	捼					杯	醅	陪	枚	
（十一真）	巾		堇	银					珍		陈	纫	宾		频	民	
	均	囷							屯	椿							
（十二文）	斤		勤	垠													
	君		群														分
（十三元）	根				吞												
	裈	坤			敦	暾	屯	黁					奔	喷	盆	门	
	鞬	褰		言													
				元													藩
（十四寒）	干	看		豻	丹	滩	坛	难									
	官	宽		刓	端	漙	团						般	潘	盘	瞒	
（十五删）	间	悭		颜									班	攀		蛮	
	关			顽													
（十六先）	坚	牵	乾	妍	颠	天	田	年	遭	挺	麈		边	扁	便	眠	
	涓	卷	拳							猭	椽						

韵母＼声母	(敷)	(奉)	(微)	(精)	(清)	(从)	(心)	(邪)	(照)	(穿)	(床)	(审)	(禅)	(晓)	(匣)	(影)	(喻)	(来)	(日)
（一东）				婺	匆	丛	菘							烘	红	翁			
	丰	冯							终	充	崇				雄		融	隆	戎
（二冬）	峰	逢		宗	枞	从	松		钟	冲		春	慵	凶	碹	雍	容	龙	茸
（三江）										窗	汏	双		谾	降			泷	
（四支）				赀	雌	慈	思	辞	支		鸥	诗	时	嬉		医	夷	离	而
				觜		虽		随	锥	吹	谁			麾		委	为	羸	蕤
（五微）														希		衣			
	霏	肥	微											晖		威	韦		
（六鱼）					且	狙	胥	徐	诸	初	锄	书	蜍	虚		於	余	闾	如
（七虞）				租	粗	徂	苏							乎	胡	乌		卢	
	敷	扶	无	诹	趋		须		朱	枢	雏	输	殊	吁		纡	于		儒
（八齐）				跻	妻	齐	西							醯	奚	鹥		黎	
															畦	娃			
（九佳）									斋	钗	柴	箉			鞋	娃			
														华	怀	蛙			
（十灰）				哉	猜	才	腮							咍	孩	哀		来	
					崔	摧	毸							灰	回	煨		雷	
（十一真）				津	亲	秦	新		真	瞋	神	申	晨		礥	因	寅	邻	人
				遵	皴	鹑	询	旬	谆	春	唇		纯		莼		匀	伦	
（十二文）														欣		殷			
	纷	氛	文											熏		氲	云		
（十三元）															痕	恩			
				尊	村	存	孙							昏	魂	温		论	
														轩					
	翻	烦	樠											暄		鸳	袁		
（十四寒）					餐	残	珊								寒	安		阑	
				钻	攒		酸							欢	桓	剜		鸾	
（十五删）											潺	删			闲	斒		斓	
									跧						还	弯		澜	
（十六先）				笺	千	钱	先	涎	毡	焊	潺	羶	禅	嗬	贤	烟	延	连	然
				镌	铨	泉	宣	旋	专	穿	船	邅	偄		玄	渊	缘	挛	堧

韵母＼声母	（见）	（溪）	（郡）	（疑）	（端）	（透）	（定）	（泥）	（知）	（彻）	（澄）	（娘）	（帮）	（滂）	（并）	（明）	（非）
（十七萧）	骄	趫	乔	尧	貂	挑	迢	娆	朝	超	朝		标	漂	瓢	篻	
（十八肴）	交	敲		聱					嘲	呶		铙	包	胞	庖	茅	
（十九豪）	高	尻		敖	刀	滔	饕	猱							袍	毛	
（二十歌）	歌	轲	伽	我	多	拖	陀	傩									
	戈	科		讹		詑	驼	捼					波	坡	婆	磨	
（二十一麻）	嘉	岢		牙					爹		茶	拏	巴	葩	爬	麻	
	迦		伽		爹											哗	
	瓜	诿							挝								
（二十二阳）	冈	康		昂	当	汤	唐	囊					彭	滂	傍	忙	
	姜	羌	彊						张	伥	长	娘					
	光																
		匡	狂														方
（二十三庚）	庚	铿		姪					丁	瞠	棖	儜	绷	烹	彭	甍	
	惊	卿	檠	迎					贞	柽	呈		兵		平	明	
	觥													抨			
		倾	琼														
（二十四青）	经			姪	丁	听	庭	甯						娉	傅	铭	
	扃																
（二十五蒸）	揯				登	鼟	腾	能					崩	漰	朋	瞢	
	兢		殑	凝					征	僜	惩		冰	㴵	凭		
	肱	硡															
（二十六尤）	钩	驱			兜	偷	头								裒	谋	
	鸠	丘	求	牛					辀	抽	俦		彪	瀌		缪	不
（二十七侵）	金	钦	琴	吟					砧	琛	沉						
（廿八覃）	甘	龛		喑	耽	探	覃	南									
（廿九盐）	兼	谦	钤	严	占	添	甜	鮎	沾	觇		黏	砭				
（三十咸）	缄	鵮		岩					詀			喃					

韵母＼声母	(敷)	(奉)	(微)	(精)	(清)	(从)	(心)	(邪)	(照)	(穿)	(床)	(审)	(禅)	(晓)	(匣)	(影)	(喻)	(来)	(日)
(十七萧)				焦	鍪	樵	萧		昭	弨		烧	韶	嚣		幺	鸮	辽	饶
(十八肴)									抓	钞	巢	稍		哮	看	坳		啁	
(十九豪)				遭	操	曹	搔							蒿	豪	鏖		牢	
(二十歌)					磋	瘥	娑							诃	何	阿		罗	
				睉			梭								和	倭		螺	
																靴			
(二十一麻)									楂	叉	查	鲨		煆	遐	鸦			
			嗟				些	邪	遮	车	蛇	奢	阇				耶		揶
														花	华	窊			
(二十二阳)				臧	仓	藏	桑							肮	行	鸯		郎	
				将	玱	墙	襄	详	章	昌		商	常	香		央	阳	良	穰
														荒	黄	汪			
	芳	房	忘						庄	创	床	霜					王		
(二十三庚)									争	琤	伧	生		亨	莖	罂			
				精	清	情	饧		征		声		成			英	盈	令	
														訇	宏	泓			
							驿							兄		萦	荣		
(二十四青)				青			星							馨	刑			灵	
															荧				
(二十五蒸)				曾		层	僧								恒			棱	
									蒸	称	绳	升	承	兴		膺	蝇	陵	仍
														薨	弘				
(二十六尤)			䏌				涑		驺	搊	愁	搜		齁	侯	讴		娄	
		浮		湫	秋	酉	修	囚	周	犨		收	酬	休		忧	尤	刘	柔
(二十七侵)			褑		侵	灊	心	寻	针			深	谌	歆		音	淫	林	壬
									簪	参	岑	森							
(廿八覃)				篸	参	蚕	三							岭	含	谙		岚	
(廿九盐)				尖	签	潜	纤	燅	詹	裧		苫	棎	幨	嫌	恹	盐	廉	髯
(三十咸)										搀	谗	衫		醎	咸				
	凡																		

声母＼韵母	（见）	（溪）	（郡）	（疑）	（端）	（透）	（定）	（泥）	（知）	（彻）	（澄）	（娘）	（帮）	（滂）	（并）	（明）	（非）
（一董）		孔			董	桶	动						琫		菶	蠓	
（二肿）	拱	恐							冢	宠	重						覂
（三讲）	讲												蚌				
（四纸）	幾	起	妓	螘					徵	耻	雉	旎	匕	諀	婢	弭	
	傀	肖	揆														
（五尾）	幾	岂		螘													
	鬼																篚
（六语）	举	去	巨	语					贮	楮	纻	女					
（七麌）	古	苦		五	赌	土	杜	努					补	普	部	姥	甫
	矩	齲	窭	麌					拄		柱						
（八荠）		启			邸	体	弟	祢							陛	米	
（九蟹）	鍇	楷		駭							廌	嬭	摆		罢	买	
	拐																
（十贿）	改	恺			等	待	乃								倍		
		磈		隗	腿	鐓		馁							琲	浼	
（十一轸）	紧									辴	纼		臏		牝	泯	
	稇	窘															
（十二吻）	谨		近	听													
																	粉
（十三阮）		恳															
	衮	阃					遁						本				
	塞			巘													
		绻	圈	阮													反
（十四旱）	秆	侃			亶	坦	袒										
	管	款			短	疃	断	暖					粄		伴	满	
（十五潸）	简			眼									梘	版	阪	矕	
（十六铣）	蹇		件	齴					展	蒇		碾			辨	免	
	茧	遣			典	腆	殄	撚					扁		辩	丏	
	畎	犬	蜎						转		篆						

韵母＼声母	(敷)	(奉)	(微)	(精)	(清)	(从)	(心)	(邪)	(照)	(穿)	(床)	(审)	(禅)	(晓)	(匣)	(影)	(喻)	(来)	(日)
(一董)				总										硐	澒	滃		笼	
(二肿)	棒	奉			耸				肿					燷	泂	拥	勇	陇	冗
(三讲)															项				
(四纸)				姊	此		死	兕	纸	侈	舓	始	氏	喜		倚	矢	履	尔
				嘴			髓			捶	揣	水		毁		委	唯	垒	蕊
(五尾)												狶	宸						
	菲	蜚	尾											旭			伟		
(六语)				咀		沮	醑	叙	渚	杵	纻	鼠	墅	许			与	吕	汝
(七麌)	抚	父	武	祖	麤									虎	户	鄔		鲁	
					取	聚			主			数	树	煦		伛	雨	缕	乳
(八荠)				济	泚	荠	洗							豀				礼	
(九蟹)											踹				蟹	矮			
															夥				
(十贿)				宰	采	在						茝		海	亥	欸			
				凗		罪								贿	汇	猥		儡	
(十一轸)							尽					哂	肾				引	嶙	忍
							隼		准	蠢	盾						允		
(十二吻)											龀			舋		隐			
	忿	愤	吻													蕴			
(十三阮)														很					
				刌	鳟		损							混		稳			
											巘					偃			
		饭	晚											烜		苑	远		
(十四旱)					趱	瓒	散							罕	旱			懒	
				纂			算								缓	碗		卵	
(十五潸)									盏	刬	栈	潸			限				
											撰				睅	绾			
(十六铣)									搋	阐			善					辇	
				翦	浅	践	铣							显	蚬	宴	衍		
										喘	刬				铉	兖		蹇	软
						吮	选												

声母＼韵母	(见)	(溪)	(郡)	(疑)	(端)	(透)	(定)	(泥)	(知)	(彻)	(澄)	(娘)	(帮)	(滂)	(并)	(明)	(非)
(十七筱)	矫									肇			表	麃	殍	秒	
	皎				鸟		窈	袅									
(十八巧)	搅	巧		咬						獠		挠	饱		鲍	卯	
(十九皓)	稿	考			倒	讨	道	恼					宝		抱	媚	
(二十哿)	哿	可		我	嚲		柁	娜									
	果	颗		卵	朵	妥	堕						跛	叵		麽	
(二十一马)	贾	跒		雅					妊				把			马	
	寡	姱		瓦													
(二十二养)		慷			党	帑	荡	曩					榜			莽	
	襁		彊	仰					长	昶	丈						
	广																
	迁																昉
(二十三梗)	梗				打											猛	
	景										逞		饼			皿	
		矿															
	冏	顷															
(二十四迥)	剄	謦			顶	脡	挺	泞							并	茗	
	颍	褧															
(二十五拯)		肯			等												
										庱							
(二十六有)	狗	口		偶	斗	妞		毃					掊	剖	瓿	某	
	九	糗	咎						肘	丑	纣	纽					否
(二十七寝)	锦		噤							踸	朕		禀			品	
(二十八感)	感	坎		顉	耽	毯	禫										
(二十九俭)	检	嗛	俭	陝	点	忝	簟			诌			贬				
(三十赚)	减	歉			㟏						湛	淰					

声母\韵母	(敷)	(奉)	(微)	(精)	(清)	(从)	(心)	(邪)	(照)	(穿)	(床)	(审)	(禅)	(晓)	(匣)	(影)	(喻)	(来)	(日)
(十七筱)									沼	眇	眺	少	绍			夭			扰
				湫	悄		筱							晓	皛	杳	鹥	了	
(十八巧)									爪	炒						拗			
(十九皓)				早	草	造	嫂							好	皓	袄		老	
(二十哿)				左	瑳		娑							歌	荷	阿		舸	
					脞	坐	锁							火	祸	娓		裸	
(二十一马)				姐	且		写	灺	者	哆		捨	社	閜	下	哑	野		惹
											諬				踝				
(二十二养)				駔	苍	奘	颡							沆		坱		朗	
				奖	抢		想	像	掌	敞		赏	上	享		鞅	养	两	攘
														慌	晃	枉	往		
	仿		罔								礵	爽	悦						
(二十三梗)													幸		礦			冷	
				井	请	静	省		整			省		影			郢	领	
																永			
(二十四迥)							醒												
												胫		诇	迥			
(二十五拯)													冼						
									拯										
(二十六有)				走	趣		叟							吼	后	欧		娄	
		妇					酒	酸	帚	丑	鲰	首	受	朽	黝	有		柳	蹂
(二十七寝)					寝				枕	瀋	甚	审	沈			饮		廪	荏
											瘆								
(二十八感)				寁	惨	歜	糂							顃	颔	晻		缆	
(二十九俭)					渐				颭			陕		险		掩	琰	敛	冉
(三十豏)		犯	錽						斩		巉	掺		喊	豏	黯			

韵母＼声母	（见）	（溪）	（郡）	（疑）	（端）	（透）	（定）	（泥）	（知）	（彻）	（澄）	（娘）	（帮）	（滂）	（并）	（明）	（非）
（一送）	贡	鞚			冻	痛	洞		中		仲					梦	讽
（二宋）	供	恐	共			统				衷	重					雺	葑
（三绛）	绛						戆		𢶼		撞			胖			
（四寘）	寄	器	骑	剞			地		致	眙	治	腻	臂	帔	备	媚	
	愧	餽	匮	伪							坠	诿					
（五未）	既	气		毅													
	贵			魏													沸
（六御）	据	去	遽	御					著	瘵	箸	女					
（七遇）	固	库		误	蠹	兔	度	怒					布	铺	步	暮	
	句	驱	具	遇					驻		住						赋
（八霁）	计	契	偈	诣	帝	涕	第	泥		㡭	滞		蔽	潎	薜	谜	
	桂										缀						
（九卦）	诫										懘				败	卖	
	卦	㓢		睳									拜	湃	薑		
（十泰）	盖	礚		艾	带	泰	逮	奈									
	桧			外	役	蜕	兑						贝	沛	旆	昧	
	概	慨		碍	戴	态	代	耐									
	愦	块		硙	对	退	队	内					辈	配	佩	妹	废
（十一震）		敻	殣	慭					镇	趁	阵	鬓					
（十二问）	靳		近														
	㩲		郡														粪
（十三愿）	艮																
		困			顿	褪	遁	嫩					喷		坌	闷	
	建		健														
		劝	圈	愿													贩
（十四翰）	旰	看		岸	旦	叹	弹	难									
	贯			玩	断	彖	段	偄					半	判	畔	幔	
（十五谏）	谏			雁							绽		扮	盼	办	慢	
	惯			䧔													
（十六霰）	见	谴		砚	殿	瑱	电	睍			缠	辗	变	片	便	面	
	眷		倦						传	掾	传						
（十七啸）	叫	窍	峤	颖	钓	眺	调	尿		朓	召		俵	漂	骠	妙	

韵母＼声母	敷	奉	微	精	清	从	心	邪	照	穿	床	审	禅	晓	匣	影	喻	来	日
（一送）	媚	凤		粽			送		众						闀	甕		弄	
（二宋）	封	俸		纵		从	宋	颂	种							雍	用		
（三绛）										稷	潀	载			巷				
（四寘）				恣	次	字	四	寺	真	厕	事	试	侍	戏		意	义	吏	二
				醉	翠	萃	澻	穗	惴	吹		帅	瑞			餧	为	累	
（五未）													靠	衣					
	费	狒	未											讳		畏	胃		
（六御）				沮	狙		絮		翥	处	助	庶	署	嘘		妖	豫	虑	洳
（七遇）				作	厝	祚	素		注					呼	护	污		路	
	仆	附	务		趣							戍	树	煦		姁	裕	屡	孺
（八霁）				霁	砌	剂	壻		制	掣		势	誓		系	翳	裔	丽	
					脆		岁	彗	赘				悦	嚖	惠		卫		芮
（九卦）									债	瘥	砦	晒			械	隘			
															画				
（十泰）				蔡											害	霭		赖	
				最								沬			会	荟		酹	
				载	菜	在	塞								侩	爱		赉	
	肺	吠		晬	倅		碎							海	溃	秽		眜	
（十一震）				进	亲		信	烬	震	榇			慎	衅		印	胤	吝	刃
				骏	峻			徇	谆		顺	舜							闰
（十二问）														焮		隐			
	忿	分	问											训		酝	运		
（十三愿）					寸		逊								恨			论	
														献	鄢				
		饭	万										楗			怨	远		
（十四翰）				赞	粲		散							汉	翰	案		烂	
				钻		攒	算								换	腕		乱	
（十五谏）										铲	栈	讪			苋	晏			
										篡	孱				患	绾			
（十六霰）				箭	倩	贱	霰	羡	战			扇	禅	绚	县	燕	狷	练	
						缐	选	旋	剐	钏	撰						院	恋	
（十七啸）				醮	陗		消	啸	照			少	劭	娆		要	曜	燎	绕

韵母＼声母	(见)	(溪)	(郡)	(疑)	(端)	(透)	(定)	(泥)	(知)	(彻)	(澄)	(娘)	(帮)	(滂)	(并)	(明)	(非)
(十八效)	教	敲		乐					罩	踔	棹	挠	豹	炮	鲍	貌	
(十九号)	告	犒		傲	到		导						报		暴	帽	
(二十个)	箇	坷		饿	瘅		驮	奈					播	破		磨	
	过	课		卧		大	惰	愞					播	破		磨	
(二十一祃)	驾			讶					咤	诧			霸	怕	罢	祃	
	跨																
(二十二漾)		抗			当	荡	宕						谤		傍		
				仰					帐	怅	仗	酿					
	广	旷															放
(二十三敬)	更			硬									进			孟	
	敬	庆	竞	迎					侦	郑			柄	聘	病	命	
(二十四径)	径	磬			钉	听	定	佞								暝	
(廿五证)	亘				嶝		邓						堋			懵	
				凝											凭		
(廿六宥)	构	寇			遘	透	豆	耨								茂	
	救		旧						昼	畜	胄	糅				谬	富
(廿七沁)	禁		噤	吟					揕	闯	鸩	赁					
(廿八勘)	绀	勘			担		憛										
(廿九艳)	剑	欠		验	店	磹	踮	念					窆				
(三十陷)	鉴	欠							站		赚						

韵母＼声母	(见)	(溪)	(郡)	(疑)	(端)	(透)	(定)	(泥)	(知)	(彻)	(澄)	(娘)	(帮)	(滂)	(并)	(明)	(非)
(一屋)	谷	哭			啄	秃	独						卜	仆	暴	木	
	菊	麴	毱						竹	畜	逐	衄					腹
(二沃)	梏	酷		懂	笃		毒	耨					襮		仆		
	挈	曲	局	玉							躅						
(三觉)	觉	搉		岳									剥	爆	雹	邈	
									斫	逴	浊	捔					

声母＼韵母	(敷)	(奉)	(微)	(精)	(清)	(从)	(心)	(邪)	(照)	(穿)	(床)	(审)	(禅)	(晓)	(匣)	(影)	(喻)	(来)	(日)
(十八效)									笊	钞		稍		孝	效	拗			
(十九号)				灶	操	漕	譟							好	号	奥		涝	
(二十个)				佐			些								贺			逻	
				挫	到	座								货	和	涴			
(二十一祃)				借		藉	卸	谢	诈		乍	嗄		罅	下	亚	夜		
														化	华				
(二十二漾)				葬		藏	丧								吭	盎		浪	
				将		匠	相		障	唱		饷	尚	向	快		漾	亮	让
															潢				
	访	防	望						壮	创	状			况		旺			
(二十三敬)									净						横				
					倩	净	性		政			圣	盛	诇		映		令	
																	咏		
(二十四径)					脆		醒								胫	莹			
(廿五证)				甑		赠													
									证	称	乘	胜		兴		应	孕		
(廿六宥)				奏	凑		瘶		皱	簉	骤	瘦		蔻	候	沤		漏	
	副	复		僦		就	秀	袖	咒	臭		狩	寿		鞣	幼	宥	溜	糅
(廿七沁)				浸	沁				谮	瀸		渗	甚			饮		临	任
(廿八勘)				撍	参	暂	三							憨	憾	暗		滥	
(廿九艳)			菱	僭	壍				占	韂		苫	赡			厌	艳	敛	
(三十陷)	泛	梵							蘸	忏	儳			阚	陷	籀			

声母＼韵母	(敷)	(奉)	(微)	(精)	(清)	(从)	(心)	(邪)	(照)	(穿)	(床)	(审)	(禅)	(晓)	(匣)	(影)	(喻)	(来)	(日)
(一屋)				镞	簇	族	速							熇	斛	屋		禄	肉
	副	伏								俶		叔	熟	蓄		郁	育		
(二沃)				足	促		粟	俗						熇	鹄	沃		录	辱
		幞							烛	触	赎	束	蜀	旭			欲		
(三觉)														觳	学	握			
									捉	娖	浞	朔						荦	

韵母＼声母	（见）	（溪）	（郡）	（疑）	（端）	（透）	（定）	（泥）	（知）	（彻）	（澄）	（娘）	（帮）	（滂）	（并）	（明）	（非）
（四质）	吉	诘	佶	耴					窒	抶	秩	眣	笔	匹	弼	密	
	橘		繘														
（五物）	讫	乞		仡													
	厥	屈	掘														绂
（六月）	骨	窟		兀	咄	柮	突	讷							勃	没	
	厥	阙	橛	月													髪
（七曷）	葛	渴			嶭	怛	闼	达									
	括	阔			掇	脱	夺						拨	泼	跋	末	
（八黠）	鹘	楬		齾		獺			哳		疷						
	刮	𠟼		刖					鹯				八	汃	拔	抹	
（九屑）	结	揳	桀	啮	蛭	铁	跌	捏	哲	彻	辙		别	撆	蹩	灭	
	玦	缺															
（十药）	阁	恪		咢	沰	托	铎	诺									
	脚	却	醵	虐					著	踔	着						
	郭	廓											博	粕	薄	莫	
	攫	躩	戄														
（十一陌）	格	客		额					磔	坼	宅		伯	拍	白	陌	
	戟	隙	屐	逆									碧	僻	辟		
	虢																
（十二锡）	激	吃		鷁	滴	惕	狄	溺					壁	霹	甓	觅	
	鶪	闃															
（十三职）	祴	刻			德	忒	特						北		匐	墨	
	亟		极	嶷					陟	敕	直	匿	逼	堛	愎		
	国																
（十四缉）	急	泣	及	岌					絷		蛰	湁					
（十五合）	鿆	溘			答	塔	沓	纳									
（十六叶）	劫		笈						辄		謋	聂					
	颊	愜			叠	帖	蝶	捻									
（十七洽）	夹	恰							劄		喋						
	裌	怯		业													法

声母＼韵母	(敷)	(奉)	(微)	(精)	(清)	(从)	(心)	(邪)	(照)	(穿)	(床)	(审)	(禅)	(晓)	(匣)	(影)	(喻)	(来)	(日)
(四质)									栉	瀄		瑟							
				唧	七	疾	膝		质	叱	实	失		脪		一	逸	栗	日
				卒		崒	恤		苗	出	术	率	猝				聿	律	
(五物)														忔					
	拂	佛	物											欻		郁			
(六月)				卒	猝	捽	窣							忽	搰	浻		硉	
		伐	袜											歇		谒	越		
(七曷)				拶	攃		萨							喝	曷	遏		剌	
					撮									豁	活	斡		捋	
(八黠)									札	察		杀		瞎	黠	轧			
									苗			刷		滑		嗢			
(九屑)				节	切	截	屑		折	掣	舌	设		颉	纈			列	热
				蕝		绝	雪		拙	歠	说	啜	血	穴	抉	悦		劣	爇
(十药)				作	错	昨	索							壑	鹤	恶		乐	
				雀	鹊	嚼	削		酌	绰	斫	烁	芍	谑		约	药	略	弱
														霍	获	蠖			
			缚											矆		彠	籰		
(十一陌)									责	策	咋	索		赫	核	厄			
				迹	磧	籍	昔	夕	炙	尺		释	石			益		绎	
												奭		虩	获	役			
(十二锡)				绩	戚	寂	锡							阒	檄			历	
														焱					
(十三职)				则	城	贼	塞		侧	测	崱	色		黑	劾	餩		勒	
				即		堲	息		职	瀷	食	式	寔	赩		亿	弋	力	
																或			
														淢			域		
(十四缉)									戢		譅								
				葺	缉	辑	霫	习	汁		湿	十	吸		邑	熠	立	入
(十五合)				匝		杂	靸							欱	合	姶		拉	
(十六叶)									摺	讘		摄	涉			裛	晔	猎	㦻
				接	妾	捷	屧						协	爗		叶			
(十七洽)									眨	插	臿	歃		呷	洽	鸭	鲳		
		乏												胁		黯			

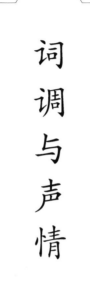

词调与声情

词的形式

　　词是配合音乐的一种文学。它的原名叫"曲子词"，后来简称为"词"。"曲子"是指音乐而言，从前也有叫词为"曲"、叫词为"子"的。现在词调里有《更漏子》《南乡子》，这就是"夜曲""南方曲"。

　　因为词是配合音乐的，所以它是"乐府"诗的一种，扩大地说是诗歌的一种。但是词与诗不同，词是配合音乐的，诗却不一定都配合音乐。说词是"乐府"的一种是正确的。从汉代就开始有"乐府"，当时的"乐府"本来是政府设立的一个音乐机构的名称，它是为了采集民歌、配合音乐而设立的。后来"乐府"这个名称从音乐机构变成为一种诗体的名称。在汉时有"汉乐府"，魏晋南北朝也各有"乐府"。词，就是唐宋时代的"乐府"。如苏轼词集叫《东坡乐府》，贺铸词集叫《东山寓声乐府》等。

　　唐宋词的形式大致有下列几个特点：

　　第一，诗有题目，而词有调名。有的词，调名就是它的题目，譬如五代时欧阳炯的《南乡子》。有的词，调名下面另有题目，像苏东坡的《念奴娇》，题目是"赤壁怀古"。词调是用来规定这首词的音律的，所以每个词调的字数、字声、用韵的位置都有一定，不能随意改变。像《念奴娇》的第一句只许有四个字，下面各句的字数也有一定的规定，不能增加或减少。每一句、每一字的平仄声也都有规定，譬如苏东坡的《念奴娇》的第一句"大江东去"是"仄平平仄"，不能填作"仄仄平平"。所以作词叫做"填词"，依调子的声律填入平仄声的字。作品的感情要和调子的声律密切配合。填词之前，先要选调。所谓"选调"，首先应该了解哪个调子是适合于表达哪种感情的。应该选取与自己所要表达的感情一致的词调，不可以单看调名。譬如，不能拿《贺新郎》这个调子作为祝贺结婚的词，因为《贺新郎》这个调子是慷慨激昂的，与"燕尔新婚"的感情不相干。再如，也不能用《千秋岁》这个调子来作祝贺生日的词，因为这个调子是适宜于表达悲哀、忧郁的情感的。宋代的秦观曾经填过这个调子，有"落红万点愁如海"的名句，后来秦观被贬官，死于路途之中，他的朋友们就用这个悲哀的调子来哀悼他。再如《寿楼春》，也不能因为它调名里有个"寿"字，就以为可以作为祝寿的词，实际上它的声调也是悲哀的，史达祖就有悼亡的《寿楼春》词。由此可见，选调主要是选择调子的声调感情，不应该单凭调名的字面去选择。正确地选择词调，才能恰当地表达作品的思想感情。

第二，每首词分作数段，一段叫做一片。一片就是唱一遍。一般情况是每首词分上下两片，单片的很少，分三四片的也不常见。片也叫做"阕"。所以一首词可以说分为两阕、三阕、四阕。后人也有把一首词叫做一阕的。词分上下两片，上下片的关系要做到不脱不黏，似断非断，似承非承，既有联系而又不混同。因此，最难做的是第二片的开头，它有个专门的名字叫做"过变"。这意思就是说，它是上下片音律的过渡起变化的地方。在这里唱起来特别好听，因此，要用精彩的句子，表达丰富的感情。譬如柳永的《定风波》过变的几句是："早知恁么，悔当初，不把雕鞍锁。"这是用自言自语的语气来表达惜别、伤离的感情的。再如姜夔的《一萼红》的过变："南去北来何事？荡湘云楚水，目极伤心。"是用动荡的语气写的，吟诵起来特别富于感情。此外还有许多其他手法，这里不能多举。

诗无论多么长，百句、千句，总是一首。词分两片或多片，因此一首词又好像是两首或数首，但是不可脱节成为两首或多首。作词的人原要注意这一点，读词的人也不可不注意这一点。

词的形式的另一个特点，是长短句。关于这个特点，下文另作介绍。

长短句

　　长短句，是词的形式的特点之一，词句十之八九是长短不齐的。诗中虽然也有长短句，但是没有词那样普遍，那样多变化。宋代人就有把词称做"长短句"的。像秦观的词集叫《淮海居士长短句》，辛弃疾的词集叫《稼轩长短句》。词的长短句之所以特别多，是因为它是配合音乐的。词所配合的音乐主要的是当时的"燕乐"，（"燕"字就是"宴会"的"宴"字，因为它最初流行于宴会。）这是隋唐时代最流行的音乐。它是由"胡夷""里巷"两种乐曲组成的。"里巷之曲"，是两晋南北朝以来民间流行的乐曲。"胡夷之曲"，是当时从新疆、甘肃、中亚细亚、印度等边疆地区和其他国度传进来的。由于这些外来音乐的旋律复杂、声调变化多端，我国原有的字数固定的五、七言诗就不容易和它密切配合，所以词就变成为长短句。

　　词用长短句，一方面是为了适应音乐；另一方面，也为了更容易表达复杂的感情——既可以是慷慨激昂的，也可以是委婉细腻的。

长短句在《诗经》里就已经出现，最突出的是那首《伐檀》。它的句式，有四言、五言、六言、七言、八言，用参差不齐的句子，表达阶级矛盾中的反抗情绪："不稼不穑，胡取禾三百廛兮？不狩不猎，胡瞻尔庭有县貆兮？彼君子兮，不素餐兮！"这几句，充分表达了劳动人民对于不劳而获的统治阶级的愤怒和谴责。

汉魏六朝的乐府诗，用长短句的逐渐多了，但总不及唐宋词那样用得广泛。像辛弃疾的《水龙吟·登建康赏心亭》，这是他初到江南时写的。他想发挥自己的才力来改变当时的现实，但是愿望不能实现。它的上片的结尾说："落日楼头，断鸿声里，江南游子。把吴钩看了，阑干拍遍，无人会，登临意。""落日楼头"暗喻国事的危急，"断鸿声里"两句，暗喻自己是潦倒、飘零在南方的一个爱国志士。看"吴钩"，（吴钩就是刀。）表示雄心壮志。拍"阑干"高歌，表示忧愤。"无人会，登临意"两句引起下片的全部内容。这首词用错落不齐的句子、低昂应节的音调，表达他壮志不酬的感慨。

再如，陈亮有一首《水调歌头·送章德茂大卿使虏》。陈亮是辛弃疾的好友，是宋朝一位坚决主张抗战的爱国志士，抗战是他到老不变的政治主张。当时的统治集团却向敌人称臣求和，他这首词下片的开头是："尧之都，舜之壤，禹之封。于中应有一个半个耻臣戎！"作者把三个三字的短句和一个十一字的长句连接在一起，表达他突兀不平的愤慨。它的大意是说：我们是一个有高度文化的民族，却不能抵抗外来侵略，反而向落后残暴的异族屈膝投降，这多让人气愤。他这首《水调歌头》过变的几句，在所有宋代人作的这个调子过变的例子中，可以说是最能充分表达文字力量的句子。

以上所举这些用长短句的词，都是抒写国家、民族的大感慨的。长短句不但适宜表达这种豪放的感情，同时也适宜抒发婉约细腻的情感，也可以用来描写男女爱情。

汉乐府中有一首用长短句描写爱情的民歌，名叫《上邪》："上邪！我欲与君相知，长命无绝衰！山无陵，江水为竭，冬雷震震夏雨雪，天地合——乃敢与君绝！"它运用变化多端的句子来表达热烈、急切的情感，这是大家都知道的不多见的名篇。在唐宋词里，可举的例子就更多了。像李清照的《如梦令》，用日常生活中的一件小事情，通过简单的对话，反映出女性的敏感。这首词的大意是说：昨夜醉卧中听到了窗外的风雨声，早晨醒来问卷帘人："花园里的景象如何？"卷帘人说道："海棠花照旧开着。"而没看到海棠花的作者却知道：经过一夜风雨，海棠花是不会依旧的，该是叶多花少了。这里充分表现这位女作家的敏感，同时还寄托了她个人的生活情绪。虽然只是一首二三十字的小令，而表达手法却很曲折、灵活。它的最后几句是："试问卷帘人，却道：'海棠依旧。''知否？知否？应是绿肥红瘦。'"其中有对话，有反问，若用五、七言诗句是不容易这样表达的。

词律三义

　　万树著《词律》，但辨平仄四声，不及宫调律吕，四川先着尝著书诮之；学者读《词源》诸书，亦谓不明乐律即不足言词律。夫词固叶乐之文，然文人作此，往往不尽如乐工所为；且词家谈乐律，多好夸炫，《词源》"五音相生"诸篇，借古乐妆点，实与唐宋词乐不尽关切。今举三义，以见宋词叶律真相，不专为万氏辨诬也。

一、宋词不尽依宫调声情

　　东坡尝讥秦少游词为入小石调，《孔氏谈苑》亦载少游和王仲至诗，仲至笑曰："又待入小石调也！"谓其伤乎柔靡也。周德清《中原音韵》分宫调声情，谓"小石调旖旎媚妩"。知元曲声情，当与宋词不远。然宋人填词，实不尽依宫调声情。今举《一寸金》为例：此调始见于柳永《乐章集》（卷中页七），乃其所填小石五调之一；次见于周邦彦《片玉集》（卷九页二），明注"小石"；三见于吴文英《梦窗词》（页八），亦注"中吕商俗名小石"；而皆不作"旖旎媚妩"语。《乐章》"井络天开"一首乃送人守蜀之作，有云："梦应三刀，桥名万里，中和政多暇。仗汉节揽辔澄清，高掩武侯勋业，文翁风化。"方雅质重，为柳集所仅见。《片玉》一首"州夹苍崖，下枕江山是城郭"云云，后人拟题为"江路"，则行役怀归之作。（陈允平《西麓继周集》一首，亦同此意。）《梦窗》此调共两首，一为"赠笔工刘衍"，其二"秋压更长"一首有云："顽老情怀，都无欢事，良宵爱幽独。叹画图难仿，橘村砧思，笠簑有约，菇洲渔屋。"亦皆非艳词。他若曹勋以此调寿帝后，李弥逊以寿贵游，《鸣鹤余音》以说列仙之趣，则更无涉乎"旖旎媚妩"矣。

再以与小石调相反之"正宫"校之，"正宫"乃《中原音韵》所谓"惆怅雄壮"者也。今存词调属此者，有张子野之《醉垂鞭》，柳永之《黄莺儿》《玉女摇仙佩》《雪梅香》《早梅芳》《斗百花》《甘草子》等。除柳永《早梅芳》"海霞红"一首乃酬献贵人者外，余皆风情旖旎①之作，如《斗百花》云："远恨绵绵，淑景迟迟难度。年少傅粉，依前醉眠何处。"《雪梅香》云："可惜当年，顿乖雨迹云踪。雅态妍姿正欢洽，落花流水忽西东。"尤甚者如《斗百花》："长是夜深，不肯便入鸳被。与解罗裳，盈盈背立银釭，却道你但先睡。"如《玉女摇仙佩》："且恁相偎倚。未消得怜我多才多艺。愿奶奶兰心蕙性，枕前言下，表余深意为盟誓：今生断不孤鸳被。"（以上皆柳词。）凡此"旖旎媚妩"之辞，不以入小石而以填"惆怅雄壮"之正宫，非可怪耶？

柳、周皆深解词乐者，其显例若此，足见宋人填词但择腔调声情而不尽顾宫调声情。至若《千秋岁》调，北宋人以吊秦少游者，南宋人或以为寿词，则但取腔调名称，并不顾腔调声情矣。

---

① "旖旎"，底本作"燕旎"，据文意改。

二、宋词不依月用律

宋人作词，又有"依月用律"之说，此亦关系词律之一事。以予考之，亦不尽然。

《碧鸡漫志》二："万俟咏雅言……政和初召试补官，真大晟乐府制撰之职。新广八十四调，患谱弗传，雅言请以盛德大业及祥瑞事迹，制词实谱。有旨：依月用律，月进一曲。自此新声稍传。"（有节文。）案："依月用律"之文，见《周礼》注；张炎《词源·五音宫调配属图》，以八十四调分属十二月，如正月用太簇、二月用夹钟等，盖借古乐妆点。今考周清真《片玉集》，前六卷分四时编次，以其宫调核对时令，符者仅下列七首：

> 《秋蕊香》《一络索》二首皆属双调，即夹钟商，属二月律；二词皆写春景。
>
> 《蕙兰芳引》，属仙吕；《丁香结》《氐州第一》《解蹀躞》三首皆属商调；仙吕、夷则宫、商调、夷则商，皆七月律；四词皆写秋景。
>
> 《华胥引》，属黄钟，即无射宫，是九月律；词写秋景。

他如《扫花游》属双调，虽是春景，而词云"暗黄万缕""扫花寻路"，非二月景；而夹钟商俗名"双调"，本二月律也。《法曲献仙音》属小石，虽是夏景，而词云"蝉咽凉柯"，非四月景；仲吕商俗名"小石"，本四月律也。至若以《解语花》咏元宵（卷七页一），而高平实六月律；以《六么令》咏重九（卷七页一），而仙吕实七月律；以《大酺》咏春雨（卷七页二），而越调实九月律；以《花犯》咏梅花（卷七页三），而小石实四月律；以《水龙吟》咏梨花（卷七页四），而越调实九月律：此等不胜枚举。《词源》下谓："崇宁立大晟府，命周美成诸人讨论古音，审定古调，沦落之后，少得存者，由此八十四调之声稍传；而美成诸人又复增演慢曲、引、近，或移宫换羽为三犯、四犯之曲，按月律为之，其曲遂繁。"美成是首创此制之人，而所作不符月律如此，他可概见。《草堂诗余》载胡浩然作《秋霁》调，亦名《春霁》；其咏春晴，名《春霁》，咏秋晴则易名《秋霁》；一调而春秋可用，律不依月，此尤为显例矣。

宋季词人，犹有持"依月用律"之说者，张玉田《词源》载杨守斋《作词五要》云："第二要择律，律不应月则不美，如十一月调须用正宫，元宵词必用仙吕宫为宜也。"守斋所著"自度曲"今佚，不知能实行所说否。玉田与周草窗皆甚推守斋知乐；今取《玉田集》，校其时令，则仍十九不合，如：《庆春宫》咏寒食，《水龙吟》"春晚留别"，此二调《片玉集》注越调，实九月无射律也；《夜飞鹊》中秋作，此调《片玉》注道宫，乃四月仲吕律，《梦窗》注黄钟商，则十一月律矣；《满江红》春日作，《乐章》《片玉》《于湖》《梦窗》此调皆注仙吕，乃夷则七月律：足见守斋之说时人已不能守。〔或疑柳永《乐章集》（卷上页五）有《倾杯乐》云："变韶景都门十二，元宵三五，银蟾光满。"乃元夕词，调属仙吕宫，正与守斋说合。然《乐章集》（卷上页六）又有大石调《迎新春》云："嶰管变青律，帝里阳和新布。晴景回轻煦。庆佳节，当三五。"亦元夕词，而大石调乃十一月黄钟律。知《倾杯》一首，盖是偶合。且南北宋乐纪不同，柳永仁宗时人，亦断无预为大晟守律之理也。〕

守斋之文，犹有不可解者。十一月黄钟律，用正宫固应月矣，而仙吕宫即夷则宫之俗名，乃七月律，何得用之元宵？友人蔡桢为《词源疏证》，疑其有误字。方成培《词麈》谓："'仙吕'乃'南吕'之讹。'宫'字衍文。正月律当用太簇，然太簇之均以南吕为徵，徵为火，元宵灯火之事，故宜用南吕。古人用律之精如此。"此说纤曲，殊不可信。予初疑宋词不用中管，依律，正月应用太簇，而太簇乃中管调，故避之不用；惟何故改用七月律，则不可解。曩与张孟劬先生（尔田）商此事，先生谓："宋词非不用中管，特用之者少耳。颇疑仙吕宫即中管仙吕宫，亦为南吕宫，为八月正律；此岂以元宵踏月与中秋赏月相同，故假借用之欤？"此虽妙解，然仍无以尽决此疑。然则，"依月用律"之说，其宫调配属尚有疑问，无怪时人奉其说者亦不能自守也。

三、宋词不用中管调，故不能"依月用律"

宋词不能依月用律，由其有一不可解决之困难，即不能用四十八调中之三十五中管调是也。宋词以哑觱篥和唱，见白石词序。（他本姜词，"哑"或作"亚"，以其声较弱也。）"哑觱篥"即今头管；中管则较头管短一半，声高一倍，艰于吹奏，故宋词不用。案《词源·五音宫调配属图》：正月用太簇，三月用姑洗，五月用蕤宾，八月用南吕，十月用应钟，皆中管调。若依月用律，则此五个月之词皆不可歌。今检美成《片玉集》共词百余首，无一首用中管调者，是即无一首依此五个月律之词矣。然《片玉集》四时之景皆备，足见其依月用律者盖十无二三也。（《片玉集》乃陈元龙改编以应歌，故以四时之景为序；美成原词固不尽为时景应歌作也。）

朱彊村先生刊《白石歌曲》，卷四《喜迁莺》调下注"太簇宫"；又刊《梦窗词》页七十五《喜迁莺》，亦注"太簇宫中管"；初疑此调确用中管，然细检白石词，除自度曲外皆不注宫调，惟此与《齐天乐》注"黄钟宫"是例外，似非出白石原本；张奕枢、陆钟辉二家刊姜词，同出宋本，皆无此注，足为右证。朱刊《梦窗词》，用明钞本，所注宫调，颇为凌乱，全编用中管者，惟此一首，或即沿姜集之误。案：《喜迁莺》调，《金奁集》有韦庄令词二首，注黄钟宫；《钦定词谱》卷六谓史梅溪集有此调慢词，亦注黄钟宫。查南北曲此调亦皆入黄钟，当即沿宋词之旧。此黄钟宫无论是正宫抑无射宫之俗名，皆显非中管调。以此互证，姜、吴二集之注"太簇"，殆不可从。南宋词集中似不应有属太簇之曲调，即不应有用中管之曲调也。（《碧鸡漫志》卷四据《理道要诀》，谓唐时《万岁乐》属太簇商，《安公子》属太簇角，《羯鼓录》载《倾杯》《婆罗门》《破阵乐》皆在太簇商。此则唐时乐纪不同南宋，此太簇商、太簇角非即南宋之中管高大石调、中管高宫角也。）王仲闻曰：《理道要诀》所云，可参元刘壎《隐居通议》卷二十七。

以予所知，今存宋人词中，其确用中管，且确为依月用律者，惟有仅见之一首，即万俟雅言所作之《春草碧》是。《词谱》二十六谓雅言《大声集》此首注"中管高宫"，太簇宫中管高宫乃正月律，雅言以赋春草，正应月律。雅言亦首创"依月用律"之人，此当为任大晟府制撰时缘饰功令之作。彼时新曲，当不止此，《大声集》既佚，仅留此一阕矣。（白石集中《越九歌》，其《旌忠》一首，注"中管商调"，乃古诗而非词；《蔡孝子》一首注"中管般赡调大吕羽"，则高般涉调之误；《词源》"大吕羽俗名高般涉调"，实非中管也。）

总之，"依月用律"之说，本出大晟诸人附会古乐，词家亻兴之作，但求腔调谐美，何必守此功令。张炎、杨缵论词之书，张皇幽邈，以此自炫；由今观之，亦缘饰之辞，不足信也。

后　记

郑文宝《南唐近事》云："进士李冠子[①]善吹中管，妙绝当代。上饶郡公尝闻于元宗，上甚欲召对，属淮甸多故，盘桓期月，戎务日繁，

---

① "李冠子"，底本作"李冠"，据《全宋笔记》第1编第2册《南唐近事》（P.224）改。

竟^①不获见。出关日，李建勋赠一绝云：'韵如古涧长流水，怨^②似秋枝欲断蝉。可惜人间容易听，新声不到御楼前。'"据此，五代时有以吹中管闻名者。以一小技而上彻宸听，至欲远道召见，其为时人所鲜能可知，宜其下逮南宋，遂成绝响矣。

一九四七年十一月写于西湖罗苑

一九五六年二月改定于梅东高桥

---

① "竟"，底本方框，据《全宋笔记》第1编第2册《南唐近事》（P.224）补。
② "怨"，底本方框，据《全宋笔记》第1编第2册《南唐近事》（P.224）补。

词调的分类和变格

1. 令、引、近、慢

词调主要分令、引、近、慢四类。在宋时称为小曲或小唱，以与大曲相对而言。

令、引、近、慢的特点和关系，宋翔凤《乐府余论》曾作解释。他说："诗之余先有小令，其后以小令微引而长之，于是有《阳关引》《千秋岁引》《江城梅花引》之类；又谓之近，如《诉衷情近》《祝英台近》之类，以音调相近，从而引之也；引而愈长者则为慢，慢与曼通，曼之训引也，长也，如《木兰花慢》《长亭怨慢》《拜星月慢》之类，其始皆令也。"但是这种解释是望文生义的，未必正确。令、引、近、慢的意义不能用训诂的方法来说明。它们之间的区别首先还是由于音乐节奏的不同、曲调来源的不同。

令词的名称当来自唐代的酒令。因唐人于宴会时即席填词，利用时调小曲当作酒令，遂称为"令曲"，又称为"小令"。唐五代的文人词大部分是令曲。唐五代文人所以专工小令，不多用长调，其原因主要是：（1）小令和近体诗形式相近，唐代以五、七言诗协乐，初步解放为长短句，文人容易接受；（2）唐代近体诗发达，作诗讲究声律对偶，民间小令入文人手中也变成格律词。他们不肯放弃原来已经熟练的近体诗技巧而来作生疏的长调。所以在文人笔下先定型下来的是小令而不是长调。令词一般字少调短，字数最少的是《十六字令》，仅十六字；字数最多的是《六么令》，有九十六字。又有《百字令》，一百字，不过它是《念奴娇》的别名。又明陈耀文辑《花草粹编》卷十二有《胜州令》，长至二百一十五字。

引，本是乐府诗体的一种。《文选》马融《长笛赋》李善注说："引亦曲也。"它和歌、谣、操、曲等是同样的意思。唐宋大曲中的名目有"引歌"一类，它的次第是在大曲的首段"序"或"散序"之后，也是属于大曲的先头部分。（沈括《梦溪笔谈》卷五："所谓大遍者，有序、引歌、䚫、嗺、攧、衮、破、行、中腔、踏歌之类，凡数十解。"）称为"引"，也就是在歌前的意思。所以词中的引词，大都应来自大曲，是裁截大曲中前段部分的某遍制成，如《清波引》《婆罗门引》《望云涯引》《柘枝引》，等等。引词中最短的是《翠华引》和《柘枝引》，都是二十四字；最长的是《迷神引》，九十九字。又有《石州引》，一百零三字。（不过《石州引》又名《石州慢》。）

近，又称为"近拍"，如《隔浦莲近拍》《快活年近拍》《郭郎儿近拍》等。近词和引词一般都长于小令而短于慢词，所以后来又称它们为中调。近词中最短的是《好事近》，四十五字；最长的是《剑器近》，九十六字。

慢，是"慢曲子"的简称，与"急曲子"相对而言。敦煌发现的唐代琵琶乐谱，往往在一个调名之内有急曲子又有慢曲子。慢曲子大部分是长调，这是因为它声调延长，字句也就跟着加长。清方成培

《香研居词麈》卷五说："宋人用韵少之词谓之急曲子，用韵多者谓之慢曲子。"其实曲子的急与慢是决定于音乐的曲度，是由曲度决定文字的韵数。急曲子与慢曲子不能根据调中的韵数来区分。

慢词的产生并不后于小令，唐代已有很多慢词。它一部分是从大曲、法曲里截取出来的，一部分则来自民间。敦煌词中已有长至百字以上的词调，如《云谣集》里，《内家娇》有一百零四字，《倾杯乐》有一百一十字。文人创作的慢词，见于《花间集》的有薛昭蕴的《离别难》，八十七字；见于《尊前集》的有杜牧的《八六子》，九十字；尹鹗的《金浮图》，九十四字；李存勖的《歌头》，一百三十六字。前人谓慢词创始于柳永，那是不符合事实的。但柳永是文人中第一个大量写作慢词的词人，《乐章集》中的新腔大半是慢词。他突破了唐五代文人只制小令的局限，吸取民间与教坊乐工创造的新声，推进与发展了慢词。柳永以后，苏轼、秦观等相继而作，慢词遂盛。慢词中最短的是《卜算子慢》，八十九字，比四十四字的小令《卜算子》已加长一倍以上。

张炎《词源》卷上《讴曲旨要》说："歌曲、令曲四挊匀，破、近六均慢八均。"又卷下《拍眼》说："慢曲有大头曲、叠头曲，有打前拍、打后拍；拍有前九后十一，内有四艳拍。引、近则用六均拍。……曲之大小，皆合均声。"这都说明令、引、近、慢的区别是由于歌拍节奏的不同。但对《词源》中这些话的意义现在还不能作出较为圆满的解释。大概令曲是以四均为正，引、近以六均为正，慢曲以八均为正。一均有一均之拍，宋代慢曲一般是十六拍，一均就是两拍。

词调中有些令、引、近、慢是同出于一大曲。《碧鸡漫志》卷三说："凡大曲，就本宫调制引、序、慢、近、令，盖度曲者常态。"如《甘州子》《甘州遍》《甘州令》《倒排甘州》《八声甘州》等，皆出于唐大曲《甘州》。有些引、近、慢词则是由令曲增衍变化而成，如《诉衷情近》与《诉衷情》，《江城梅花引》《江城子慢》与《江城子》，《西江月慢》与《西江月》,《木兰花慢》与《木兰花》等。

除了令、引、近、慢以外,词调中还有摘遍、序等名目。这类词调都摘自大曲或法曲。摘遍是从大曲许多遍内,摘取一遍,裁截用之,单谱单唱。如《薄媚摘遍》,就是摘取《薄媚》大曲中入破第一的一遍。序是摘取大曲散序或中序中的一遍所制,如《莺啼序》《霓裳中序第一》等。此外又有《三台》,《词源·拍眼》说它不同于慢曲八均之拍,而是“慢二急三拍”,例如万俟咏《三台》“见梨花初带夜月”一首,是三叠十五韵,每叠五韵。这五韵中一、二、五字数较多的当为急拍,三、四两韵字数较少的当为慢拍。

小令、中调、长调的名目是后起的,始见于明嘉靖时顾从敬刻《类编草堂诗余》。(旧刻《草堂诗余》无之。)清毛先舒《填词名解》谓:“五十八字以内为小令,五十九字至九十字为中调,九十一字以外为长调。”完全从字数来划分,十分机械。清万树《词律·发凡》曾加以批驳说:“若以少一字为短,多一字为长,必无是理。如《七娘子》有五十八字者,有六十字者,将名之曰小令乎? 抑中调乎? 如《雪狮子》有八十九字者,有九十二字者,将名之曰中调乎? 抑长调乎?”《词律》一书即不分小令、中、长之名。但这种分法沿用已久,我们大体上也可认为五十字以下为小令,一百字以下为中调。不过这只是约略地说,实用时不可拘泥。

词调的创制主要是自撰新腔和因旧曲造新声两种方法。但词调的增多繁殖还运用了犯调、转调、摊破、减字、偷声、叠韵等好多方法作为辅助。它们或移宫换羽,转换律调;或对原有词调增损变化,改组更张,使词调大大地丰富起来。

2. 犯调

犯调始于唐代,盛于北宋末。柳永、周邦彦所制乐调有《侧犯》《尾犯》《花犯》《玲珑四犯》等。制作犯曲是大晟乐府诸词家增演乐曲的重要方法之一。

犯调就是西乐中的"转调",是取各宫调之律合成一曲而宫商相犯的。如本宫调为黄钟均宫音,并无大吕、蕤宾二律在内,今忽奏大吕、夹钟、仲吕、蕤宾、夷则、无射、应钟七律,则就转入了大吕均宫调了。如此由甲转乙,又由乙回甲,用以增加乐调的变化。

犯调有一定的规则。姜夔《凄凉犯》序说:"凡曲言犯者,谓以宫犯商、商犯宫之类。如道调宫'上'字住,双调亦'上'字住,所住字同,故道调曲中犯双调,或于双调曲中犯道调。其他准此。……十二宫所住字各不同,不容相犯,十二宫特可犯商、角、羽耳。""住字"又名"杀声""结声"或"毕曲"。每个宫调的住字都有一定。住字相同,方可相犯。

《词源》卷上《律吕四犯》举出犯调有四类,即宫犯商、商犯羽、羽犯角、角归本宫。羽犯角、角归本宫于宋词未见实例,现在可考的只有宫犯商和商犯羽的词调。

属于宫商相犯的,如吴文英的《玉京谣》和《古香慢》。这两调都是他的自度腔,均自注"夷则商犯无射宫"。夷则商与无射宫都是"下凡"住,故可相犯。又如《兰陵王》,《碧鸡漫志》卷四说它是越调犯正宫。越调是无射商的俗名,正宫是正黄钟宫的俗名,两调均"合"字住。

属于商羽相犯的,如姜夔的《凄凉犯》,自注是"仙吕犯双调"。仙吕调是夷则羽的俗名,双调是夹钟商的俗名,二者均"上"字住。又如吴文英的《瑞龙吟》,自注:"黄钟商俗名大石调,犯正平调。"正平调即中吕羽的俗名,与黄钟商均"四"字住。

上面所举都是两调相犯的。宋人词中还有三调相犯的。如吴文英的《琐窗寒》,自注:"无射商俗名越调,犯中吕宫又犯正宫。"按:中吕宫与越调住字不同,当是中吕调之误。中吕调即夹钟羽,与无射商、黄钟宫均"合"字住,是为宫、商、羽三调相犯。不过此例为宋词中仅见。

　　宋词中有些调名虽也有个犯字，而实乃集合数调的句法而成，犹如元人的集曲。它们不是宫调相犯，而是句法相犯，与律调的住字无关。如吴文英的《暗香疏影》，是截取姜夔《暗香》的上片与《疏影》的下片合成；刘过的《四犯剪梅花》是集合《解连环》《醉蓬莱》《雪狮儿》的句法而成。最多的是曹勋的《八音谐》，共集合了八个曲调中的句子组成。

3. 转调

　　转调就是增损旧腔，转入新调。《词谱》卷十三说：“转调者，摊破句法，添入衬字，转换宫调，自成新声耳。”词中的转调和西乐中所谓转调不同，西乐中的转调等于词中的犯调。

　　经过转调后的词不再属于原来的宫调。如《碧鸡漫志》卷四说《虞美人》：“旧曲三，其一属中吕调，其一中吕宫，近世转入黄钟宫。”又卷五说《念奴娇》：“今大石调《念奴娇》，世以为天宝间所制曲……后复转此曲入道调宫，又转入高宫、大石调。”

　　词经转调后，有的字句还和原调相同，如《蝶恋花》与《转调蝶恋花》，字句全同，仅上片第四句及换头处两调平仄不同。姜夔转入双调的《念奴娇》与苏轼的《念奴娇》字句亦全同，仅二句句读不同。有的字句则和原调不同，如《踏莎行》词原来只有五十八字，《转调踏莎行》则有六十六字，《丑奴儿》原来只有四十四字，《转调丑奴儿》则有六十二字。有的转调后用韵和原调不同，如《贺圣朝》本押仄韵，《转调贺圣朝》则押平韵。《满庭芳》本押平韵，《转调满庭芳》则有改押仄韵的。

4. 摊破、减字、偷声

　　摊破是由于乐曲节拍的变动而增减字数，并引起句法、协韵的变化。摊破后的词在某些部分打破了原来的句格，另成一体。如《摊破浣溪沙》，即在《浣溪沙》的上下片末尾各增入三言一短句；又如《摊破丑奴儿》，即在《丑奴儿》的上下片末尾各增入二、三、三言三短句。

减字和偷声的原因和摊破相同，不过不是添声增字而是偷声减字。它们也都稍改原调的句法字数，另成新调。如《木兰花》本为八句七言，押仄韵；《偷声木兰花》则将第三、七句改为四言，并且两句一换韵，用两平韵、两仄韵；《减字木兰花》除同《偷声木兰花》外，又继续将第一、五句改为四言。

5. 叠韵

叠韵就是将两片的词体，用原韵再加叠一倍。如《梁州令叠韵》，一百字，就是将五十字的《梁州令》加倍叠成。此外如《梅花引》叠为《小梅花》，《接贤宾》叠为《集贤宾》，《忆故人》叠为《烛影摇红》等，都是原调的加倍。

6. 联章

令、引、近、慢等调都是普通杂曲，是寻常散词。如果把二首以上同调或不同调的词按照一定方式联合起来，组成一个套曲，歌咏同一或同类题材，便称为联章。诗体中也有联章，如《子夜四时歌》、唐王建《宫词》百首等，但没有词中的联章复杂多样。唐宋词中的联章体主要有普通联章、鼓子词和转踏三种。后来的诸宫调与元人的散曲联套就是词中联章体的发展。

（1）普通联章。唐敦煌曲中已有联章体，如《云谣集》中的《凤归云》二首，内容演述汉乐府《陌上桑》中的故事，上首"幸因今日"写公子见慕，下首"儿家本是"写女子拒绝。五代词人写作联章词的，如和凝有《江城子》五首，演男女欢会事：第一首写理妆，第二首写等待，第三首写出迎，第四首写欢会，第五首写送别。（见《尊前集》。）又如牛希济有《临江仙》七首，分咏七个传说中的神女：巫山神女、谢真人、弄玉、二妃、宓妃、汉水神女、君山湘君。（见《花间集》卷五。）

（2）鼓子词。是用同一曲调连续歌唱，以咏故事，在曲前有一段致语。如宋欧阳修有《采桑子》十一首，分咏颍州西湖景物；又有《渔家傲》十二首，分咏十二月景物：见《六一词》。又如宋洪适有《生查子》十四首，分咏盘洲一年景物，见《盘洲乐章》。宋人所作鼓子词中最有名的当为赵令畤的《商调蝶恋花》鼓子词，见《侯鲭录》，共十二首，演述唐元稹《会真记》故事。十二曲以一曲起，一曲结，中间十曲分叙张生、崔莺莺本事，并在曲前分别插入《会真记》的原文，曲文即歌咏前列传奇中的情事。这样散韵结合，应是采用了当时民间说唱文艺的形式写成的。

（3）转踏。又名传踏、缠达，是宋代的一种歌舞乐曲。它的体制是先用一段骈语作勾队词，接着陈口号，然后一诗一曲子相间，诗词同咏一故事。诗大都是七言八句，词多用《调笑令》。词的开头二字与前列诗的最末二字相叠，有宛转传递的意思。最后用七言四句的一首诗作为遣队词或放队词。

《碧鸡漫志》卷三说："世有般涉调《拂霓裳曲》，因石曼卿取作传踏，述开元天宝旧事。"石曼卿作今不传。现传宋人所作的《调笑传踏》，大都咏古代传说中的美人故事。如秦观有《调笑令》十首，分咏王昭君、乐昌公主等十个美人；毛滂有《调笑》八首，分咏崔徽、泰娘等八个美人；晁补之有《调笑》七首，分咏西施、宋玉等七个艳异故事。此外郑仅有《调笑》十二首，无名氏有《调笑集句》八首，皆见宋曾慥辑《乐府雅词》卷上。

宋人的大曲、法曲也可视为是一种联章，如董颖的《道宫薄媚》十遍，咏西施故事，见《乐府雅词》卷上；曾布的《水调歌头》七遍，咏冯燕故事，见王明清《玉照新志》卷二。但大曲、法曲是唐宋大型的歌舞剧曲，一部大曲、法曲往往有数十遍，它们的结构要远比上列三类来得严密和繁复。

7. 调同名异与调异名同

有些词调调名不同而实为一调，就是一调数名。其中一个是本名，其余皆为别名。别名有的可多至七八个。如《忆江南》又名《梦江南》《望江南》《望江梅》《江南好》《梦江口》《归塞北》《春去也》《谢秋娘》，《念奴娇》又名《百字令》《百字谣》《大江东去》《酹江月》《大江西上曲》《壶中天》《淮甸春》《无俗念》《湘月》，等等。

词调的别名，大都取自这一调的某一名作。如《卜算子》，后人又因苏轼词有"缺月挂疏桐"句，于是又名《缺月挂疏桐》；秦湛词有"极目烟中百尺楼"句，又名《百尺楼》；僧皎词有"目断楚天遥"句，又名《楚天遥》；《玉照新志》卷二无名氏词有"蹙破眉峰碧"句，又名《眉峰碧》。宋代有些词人还好替词调取新名以标新立异。如贺铸《东山词》中的词，都用他词中的语句立为新的调名。但这样也能使调名和词的内容有了联系。

有些词调调名相同而实非一调，就是数调同名。这可以分为下列三类：

（1）同一调名，或为小令，或为慢词，或为摊破、偷声、减字，往往篇幅长短迥异。如《西江月》五十字，《西江月慢》一百零三字；《诉衷情》三十三字，《诉衷情近》七十五字；《甘州子》三十三字，《甘州遍》六十三字，《甘州令》七十八字，《八声甘州》九十五字；《木兰花》五十六字，又有五十二字，《减字木兰花》四十四字，《偷声木兰花》五十字，《木兰花慢》一百零一字。

（2）两调的别名相同。如《相见欢》《锦堂春》俱别名《乌夜啼》；《浪淘沙》《谢池春》俱别名《卖花声》。

（3）一调的别名为另一调的本名。如《新雁过妆楼》别名《八宝妆》，而另有《八宝妆》正调；《菩萨蛮》别名《子夜歌》，而另有《子夜歌》正调;《一落索》别名《上林春》,而另有《上林春》正调;《眉妩》别名《百宜娇》,而另有《百宜娇》正调;《绣带子》别名《好女儿》,而另有《好女儿》正调。

此外还有一些词调调名差同,但也不是一调。如《巫山一段云》与《巫山一片云》,《望仙楼》与《望仙门》,《撼庭秋》与《撼庭竹》,《极相思》与《酷相思》,《沁园春》与《花发沁园春》,等等。调名虽然差同,却是截然不同的两调,不容相混。

8. 调同句异与调异句同

有些词调一调而有数体,最多的可以多至五十多种别体,它们是同调异体。各体在字数、句读及用韵等方面都有着差异,有的甚至差异很大。《词律》和《词谱》两书都在每个调名之下罗列了所能找到的各种不同的词体,并选择其中时代较早或作者较多的一种作为正体。如《一落索》,《词谱》卷三列《梅苑》无名氏、吕渭老、毛滂、张先、秦观、严仁、陈凤仪和欧阳修等八体,并说:"此调以毛词及秦、欧二词为正体,其余皆变格也;而毛词此体,则宋人填者尤多。"又如《少年游》,《词谱》卷八列晏殊、李甲、柳永、周密等十四体,其中以晏殊所作时代最早,且调名亦因晏殊词有"长似少年时"句而得名,所以把晏殊一体作为正体。

唐宋词人不少是懂得音律的。他们逐弦吹之音作词,往往只遵音谱而不遵字句。所以虽然是同调的作品,也会在字数、句法及用韵等方面造成互异。一般词人虽然只是按前人作品的字句声韵填作,但也往往因为语句文理的需要而偶加衬字,于是造成众多的别体,给填词的人提供更多的选择余地。词调中大量的同调异体表明:填词还是允许有一定的自由,不必斤斤计较字句声韵的些微出入。

有些词调字句全同,但谱入音乐的腔调自别,截然为不容相混的两调,它们是体同调异。如《解红》《赤枣子》《捣练子》三调,都是五句；两句三言，三句七言，共二十七字。又都押平韵，平仄也差不多，但它们腔调不同，不能视为一调。又如《回波乐》《舞马词》《三台》和《塞姑》，都是六言四句；《渭城曲》《欸乃曲》《采莲子》《杨柳枝》和《八拍蛮》，都是七言四句；《怨回纥》和《生查子》都是五言八句：它们都是句同（叶韵、平仄并不全同）而调异，在腔调上各不相关。

犯调三说（词调约例之一）

词中犯调有二义：一为宫调相犯，一为句法相犯。

一、宫调相犯

所谓"宫调相犯"者，即一词中兼用两个或两个以上宫均不同之调也。宋陈旸《乐书》谓则天末年始有《剑气》犯《浑脱》之"犯声"。"犯声"者，离原宫调改入他宫调之声也。此差同于今西乐所谓"转调"，如本调为黄钟均宫音，并无大吕、蕤宾二律在内，今忽奏大、夹、仲、蕤、夷、无、应七律，则转入大吕调均宫调矣。如此由甲而乙、又由乙而甲，所以增乐律之变化，以助美听。

宫调相犯有一定规则。古乐八十四调，宫均各异，并非任何两调皆可相犯。姜夔《白石道人歌曲·凄凉犯》序云："凡曲言犯者，谓以宫犯商、商犯宫之类。如道调宫'上'字住，双调亦'上'字住，所住字同，故道调曲中犯双调，或于双调曲中犯道调，其他准此。"又云："十二宫所住字各不同，不容相犯。"据

作词法

此可知：宫均不同之调必须"住字"相同，方可相犯。"住字"即所谓"杀声"，宋人又谓之"毕曲"，是一调之基音。姜夔所举道调宫、双调之外，如黄钟宫"合"字住，中吕调、越调亦"合"字住（见张炎《词源·卷上》），故黄钟宫可与中吕调、越调相犯。余类推。

据《词源》"律吕四犯"条，宫调相犯有四例，即"宫犯商""商犯羽""羽犯角""角归本宫"。今存宋词，可以考见宫调相犯之例者，惟周邦彦、姜夔、吴文英诸家之集。（诸家犯调皆属"宫犯商""商犯羽"两例，其"羽犯角""角归本宫"者，今无可考。）今依《词源》，分列周、吴数调于后。

（一）宫、商相犯者。

甲、吴文英自度曲《玉京谣》，自序云是夷则商犯无射宫腔。（见《彊村丛书》本《梦窗词集》。）

乙、吴文英自度曲《古香慢》，自注"夷则商犯无射宫"。（见《彊村丛书》本《梦窗词集补》。）案：《词源》：夷则商、无射宫皆"下凡"字住，故二调可相犯。

丙、《兰陵王》：王灼《碧鸡漫志》卷四："今越调《兰陵王》凡三段二十四拍……此曲声犯正宫，管色用'大凡'字、'大一'字、'勾'字，故亦名'大犯'。"

夏敬观《词调溯源》谓此文"'大一'字"三字衍。正宫、越调皆用"大一"字，惟"大凡"字、"勾"字是越调所无。北齐时，龟兹乐虽然已入中国，尚未盛行，这曲用越调犯正宫，已是后来的谱法，大约历唐到宋，早非北齐旧声。按《词源》：越调即无射商之俗名，正宫即正黄钟宫之俗名，两调均用"合"字杀声，故可相犯。

（二）商、羽相犯者。

甲、姜夔《凄凉犯》。陆钟辉刊《白石道人歌曲》及黄昇《中兴以来绝妙词选》，此调下皆注："仙吕调犯商调。""商"字是"双"字之误。按《词源》：仙吕调是夷则商之俗名，双调是夹钟商之俗名，两调均"上"字住。今存宋人词中，宫调相犯而有旁谱可考者，惟姜夔此首。今译其工尺如后：

绿杨巷陌，秋风起、边城一片离索。马嘶渐远，人归甚处？
一五六工上　尺工合　上工工上工上　一上尺五　六凡上工
戍楼吹角。情怀正恶，更衰草寒烟淡薄。似当时、将军部曲，
凡六五六　一五六工六　尺工六上一上尺　一六尺　工尺上工
逶迤度①沙漠。　　追念西湖上，小舫携歌，晚花行乐。旧游在否？
合一上工上　　工上尺工合　尺工上四　一上一上　上工尺工
想如今翠凋红落。漫②写羊裙，等新雁来时系著。怕匆匆、不肯
五六凡　四工尺上　四上四合　尺工合上一上尺　一六尺　工尺
寄与误后约。
上工　合一上

乙、吴文英《瑞龙吟》自注："黄钟商俗名大石调，犯正平调。"（见《彊村丛书》本《梦窗词集》。）

周邦彦亦有此调，《彊村丛书》本《片玉集》注"大石调"。黄昇《中兴以来绝妙词选》注："此调自'章台路'至'归来旧处'为第一段。自'黯凝伫'至'盈盈笑语'为第二段，谓之'双拽头'，属正平调。自'前度刘郎'以下即犯大石调，系第三段。至'归骑晚'以下四句，再归正平。"按《词源》：正平调是中吕羽之俗名，黄钟商与中吕羽皆以"四"字住。

以上所引，皆两调相犯之例。

---

① "度"，底本作"渡"，据《姜白石词编年笺校》（P.41）改。
② "漫"，底本作"慢"，据《姜白石词编年笺校》（P.41）改。

（三）宫、商、羽相犯者。

吴文英《琐窗寒》，彊村本《梦窗词集》注云："无射商俗名越调，犯中吕宫，又犯正宫。"此为三调相犯。

按：中吕宫与越调住字不同，不得相犯。按《词源》：越调与正宫皆"合"字住，中吕宫则"下一"住。据白石歌曲"十二宫住字不同不容相犯"之例，"中吕宫"当是"中吕调"之误。中吕调即夹钟羽，亦"合"字住，故可与越调、正宫相犯。此调乃无射商犯夹钟羽，又犯黄钟宫，共犯三调。周邦彦《片玉集》此调但注云"越调"，不云犯调。夏敬观《词调溯源》（一一三页）据之以疑吴词此注。

二、句法相犯

句法相犯者，乃一词中参用数词调之句法也。宫调相犯必须"住字"相同；句法相犯则不问"住字"。宫调相犯，所犯数调必属不同宫调；句法相犯，则所犯数调必属同一宫调，如姜夔之《暗香》与《疏影》皆属仙吕宫，故吴文英可合二调为《暗香疏影》一调。

句法相犯，较晚起于宫调相犯，此与慢词发展有关。张端义《贵耳集》云："自宣、政间周美成、柳耆卿出，自制乐章，有曰'侧犯''尾犯''花犯''玲珑四犯'。"（见陶宗仪《说郛》卷八引。）《词源》卷下亦云："崇宁立大晟府，命周邦彦诸人讨论古音，审定古调……美成诸人又复增慢曲、引、近，或移宫换羽，为三犯、四犯之曲，按月令为之，其曲遂繁。"今观周邦彦《片玉集》中，慢、引、近、犯甚多。……称犯者，有《侧犯》《倒犯》《花犯》《玲珑四犯》等。其《侧犯》注云"大石"，《倒犯》注云"仙吕"，《花犯》注云"小石"，《玲珑四犯》注云"大石"，不言犯其他何宫调，可知此所谓"移宫换羽，为三犯、四犯之曲"似指句法相犯，而非宫调相犯。近人王易《词曲史》谓"曹勋《松隐乐府》中，慢词极多，如《大椿》《保寿乐》《赏松菊》《松梢月》《隔帘花》《忆吹箫》《秋蕊香》《十六贤》《八音谐》",等等;"《八音谐》犯八调而成,《十六贤》集十六调而成,尤为后来南曲集曲之滥觞"。据此可知:(一)句法相犯之犯调,起于北宋末年,随慢词之发展而产生。(二)句法相犯之进一步发展,即成为元代"集曲"。元曲中所言"犯调",与词中句法相犯无异。清人有定句法相犯是元曲之犯调,而非宋词之"犯调"者,(见《钦定词谱》卷十《南乡一剪梅》注。)不知此种元曲犯调实沿宋词而来。

词中句法相犯之例,较宫调相犯更复杂。

(一)犯两调者。

甲、以某调之第几句作此调之第几句。

如陆游《江月晃重山》:

> 芳草洲前道路,夕阳楼上阑干。碧云何处望归鞍。从军客、耽乐不思还。 洞里仙人种玉,江边楚客滋兰。鸳鸯沙暖鹧鸪寒。菱花晚、不奈鬓毛斑。

按谱:此调每段前三句犯《西江月》之前三句,后二句犯《小重山》之后二句。

如虞集《南乡一剪梅》:

> 南阜小亭台。薄有山花取次开。寄语多情熊少府,晴也须来,雨也须来。 随意且衔杯。莫惜春衣坐绿苔。若待明朝风雨过,人在天涯,春在天涯。

按谱:此调每段前三句犯《南乡子》之前三句,后二句犯《一剪梅》之后二句。

乙、合两调之上下片为一调者。

如吴文英《暗香疏影》：

　　占春压一。卷峭寒万里，平沙飞雪。数点酥钿，凌晓东风已吹裂。独曳横梢瘦影，入广平裁冰词笔。记五湖清夜推篷，临水一痕微月。　　何逊扬州旧事，五更梦半醒，胡调吹彻。若把南枝，图入凌烟，香满玉楼琼阙。相将初试红盐味，到烟雨黄昏时节。想雁空北落冬深，淡墨晚天云阔。

此调前段用姜夔之《暗香》上片，后段用《疏影》下片。

（二）犯三调者。

如卢祖皋《锦园春三犯》赋海棠：

　　醉痕潮玉。爱柔英未吐，露丛如簇。绝艳矜春，分流芳金谷。风梳雨沐。耿空抱夜阑清淑。杜老情疏，黄州赋冷，谁怜幽独。　　玉环睡醒未足。记传榆试火，高照宫烛。锦幄风翻，渺春容难续。迷红怨绿。漫惟有旧愁相触。一舸东游，何时更约，西飞鸿鹄。

按：此调上片第一、二、三句，即《解连环》之第一、二、三句；第四、五句，即《醉蓬莱》之第四、五句；第六、七句，即《雪狮儿》之第六、七句；末三句，即《醉蓬莱》之末三句。后段第一、二、三句，即《解连环》之第一、二、三句；第四、五句，即《醉蓬莱》之第五、六句；第六、七句，即《雪狮儿》之第五、六句；末三句，即《醉蓬莱》之末三句。除后段第五、六、七、八句与《醉蓬莱》《雪狮儿》稍有参差而外，余皆与所犯之调句法相合。

（三）犯四调、八调而与原词句法参差不合者。

甲、如刘过《四犯剪梅花》：

> 水殿风凉，赐环归、正是梦熊华旦。叠雪罗轻，称云章题
> 扇。西清侍宴。望黄伞日华笼辇。金券三王，玉壶四世，帝恩
> 偏眷。　　临安记、龙飞凤舞，信神明有厚，竹梧阴满。笑折
> 花看，裛荷香红浅。功名岁晚。带河与砺山长远。麟脯杯行，
> 狨鞯坐稳，内家宣劝。

按《词谱》卷二十三："此调前段第一、二句，即《解连环》之第一、
二、三句；第三、四句，即《醉蓬莱》之第四、五句；第五、六句，
即《雪狮儿》之第六、七句；第七、八、九①句，即《醉蓬莱》之第
九、第十、第十一②句。后段第一、二、三句，即《解连环》之第一、
二、三句；第四、五句，即《醉蓬莱》之第五、六句；第六、七句，
即《雪狮儿》之第六、七③句；第八、九、十句，即《醉蓬莱》之第
十、十一、十二句。"凡集三、四调，故曰"三犯"，又曰"四犯"。除
后段首三句及第六、七句与所犯之调句位相合外，余皆参差不合。

乙、曹勋《八音谐》：（《松隐乐府》注："赏荷花以八曲合成，故名。"）

> 芳景到横塘，官柳阴低覆，新过疏雨。（《春草碧》之首三
> 句。）望处藕花密，映烟汀沙渚。（《望春回》之四、五句。）波

---

① "九"，底本脱，据《钦定词谱》卷二三（P.399）改。
② "第十、第十一"，底本脱，据《钦定词谱》卷二三（P.399）改。
③ "六、七"，底本作"五六"，据《钦定词谱》卷二三（P.399）改。

静翠展琉璃，(《茅山逢故人》之第六句。) 似伫立、飘飘川上女。(《迎春乐》之第三句。) 弄晓色、正鲜妆照影，(《飞雪满群山》之第十二句。) 幽香潜度。　　水阁薰风对万姝，共泛泛红绿，闹花深处。(《兰陵王》之十四句至十七句。) 移棹采初开，嗅金缨留取。趁时凝赏池边，预后约、淡云低护。(《孤鸾》之十三句至十六句。) 未饮且凭阑，更待满、荷珠露。(《眉妩》末二句。)(见《词律拾遗》卷四。)

据王易《词曲史》所引，此调除上片第六句及后片末二句与所犯之调句位相合者外，余皆参差不合。

（四）犯调有删改者。

如程垓（？）《江城梅花引》：

娟娟霜月冷侵门。怕黄昏。又黄昏。手撚一枝，独自对芳尊。酒又不禁花又恼，漏声远，一更更、总断魂。　　断魂，断魂。不堪闻。被半温。香半熏。睡也睡也，睡不稳、谁与温存？惟有床前，银烛照啼痕。一夜为花憔悴损，人瘦也，比梅花、瘦几分？

《词律》卷二："此词相传为前半用《江城子》，后半用《梅花引》，故合名《江城梅花引》。盖取'江城五月落梅花'句也。但前半自首至'花又恼'确然为《江城子》，而后全不似《梅花引》，至过变以下，则并与两调俱不相合。止'惟有'至'憔悴损'十六字同耳。"据此，知此调前片末二句，后片首七句、末二句，皆经作者移改。陈允平、吴文英亦有此调，皆依此词填。

（五）所犯调数可考，而调名、犯法无考者。

甲、犯三调无可考者。

如周密《蘋洲渔笛谱》之《三犯渡江云》。

乙、犯四调无可考者。

如侯寘《四犯令》，万氏《词律》卷六谓："前后段同，题名'四犯'，必犯四调者，或每句犯一调，然未注明，不知犯何调也。"杜文澜校勘记：按《历代诗余》云：犯是歌时假借别调作腔，故有《侧犯》《尾犯》《花犯》《玲珑四犯》等名。此"四犯"盖合四调而成，惜无调名可考。

丙、犯六调无可考者。

如周邦彦《六丑》。周密《浩然斋雅谈》卷下云：宣和中，李师师歌《六丑》，"上顾教坊，使袁绹问，绹曰：'此起居舍人新知潞州周邦彦作也。'问'六丑'之义。莫能对。急召邦彦问之。对曰：'此犯六调，皆声之美者，然绝难歌。昔高阳氏有子六人，才而丑，故以比。'"

丁、犯八调无考者。

如仇远《八犯玉交枝》。《词律》卷十九："'八犯'，想采八曲而集成此调。但不知所犯是何调耳。"

戊、犯十六调无可考者。

如曹勋《十六贤》。当是集十六调而成。

（六）调数、调名、犯法俱无可考者，如：

甲、柳永《小镇西犯》。《钦定词谱》卷十六："唐教坊曲有《镇西子》，唐乐府亦有《镇西》七言绝句诗。此盖以旧名另创新声也。《乐章集》有两调，七十一字者名《小镇西犯》，七十九字者名《小镇西》，或名《镇西》，俱注仙吕调。"

乙、《侧犯》。《片玉集》《白石道人歌曲》《日湖渔唱》均有此调。《片玉集》注属"大石调"。

丙、《尾犯》。《乐章集》《梦窗词集》《松隐乐府》均有此调。《梦窗词集》注"黄钟宫"。

丁、《花犯》。《片玉集》《梦窗词集》《蘋洲渔笛谱》均有此调。

《片玉集》注"小石调"。

　　戊、《倒犯》。《片玉集》《梦窗词集》《日湖渔唱》均有此调。《片玉集》注"仙吕调"。

　　以上各调皆止注一宫调名，疑皆是句法相犯而非宫调相犯。

附

一词参用数体例

多人填一调而字数句法不同，词谱列为另一体。其一词而参用数家体者，约有二例。

（一）一词上下片各参用一体者。

甲、钱惟演《玉楼春》：

城上风光莺语乱。城下烟波春拍岸。绿杨芳草几时休？泪眼愁肠先已断。　　情怀渐变成衰晚。鸾镜朱颜惊暗换。昔年多病厌芳尊，今日芳尊惟恐浅。

《词谱》卷十二谓此词上片用顾敻"月照玉楼春漏促"体，下片用李煜"晚妆初了明肌雪"体。欧阳修"常忆洛阳"一首、毛滂"压玉为浆"一首，均依钱体。

乙、曹勋《一寸金》：

霜落鸳鸯，绣隐芙蓉小春节。应运看、月

魄分辉，坤顺同符，文母徽音芳烈。诞育乾坤主，均慈爱、练裙岂别。经沙塞，涉履烟尘，瑞色怡然更英发。　　上圣中兴，严恭问寝，宫庭正和悦。看寿筵高启，龙香低转，声入霓裳，檀槽新拨。翠衮同行乐，钧韵奏、喜盈绛阙。倾心愿、亿载慈宁，醉赏闲风月。

《词谱》卷三十四谓此调上片用柳永"井络天开"体，下片用周邦彦"州夹苍崖"体。

（二）一词参用两体而字句有增减者。

甲、蒋捷《探春令》：

玉窗蝇字记春寒，满茸丝红处。画翠鸳、双展金蜩翅。未抵我、愁红腻。　　芳心一点天涯去。絮濛濛遮住。对花弹阮纤琼指。为粉靥、空弹泪。

此词上片用晏幾道"绿杨枝上晓莺啼"体，下片用杨无咎"梅英粉淡"体。下片第三句较杨词减一字。

《鸣鹤余音·一寸金》"堪叹群迷"一首，上片用柳永"井络天开"一首体，而第二句减一字，作三字两句，又第八句减一字，作六字句。下片用周邦彦"自叹劳生"体，而第九句减一字，作六字句。

乙、柳永《法曲献仙音》：

青翼传情，香径偷期，自觉当年草草。未省同衾枕，便轻许相将，平生欢笑。怎生向？人间好事到头少。谩悔懊。　　细追思，恨从前容易，致得恩爱成烦恼。心下事、千种尽凭音耗。以此萦牵，等伊来，自家向道。泪相见、喜欢存问，又还忘了。

《词谱》卷二十二谓："此词前段第一、二、三句与周邦彦'蝉咽凉柯'词同，第四句以下则与'追想秦楼'词同。惟后段第五句减二字，结句减二字。"

以上二例，乃一调中数体相犯者，与宫调相犯、句法相犯皆不同，兹附于末。

（此文侯志明同志整理，于此志谢。）

填词怎样选调

　　词，是一种配合音乐的文学，它本为歌唱而作。词调是规定一首词的音乐腔调的。

　　选一个最适合于表达自己创作感情的词调，是填词的第一步工序。

　　各个词调都有它特定的声情——音乐所表达的感情，初学填词者要懂得如何选择它，如何掌握运用它。如《满江红》《水调歌头》一类词调，声情都是激越雄壮的，一般不用它写婉约柔情；《小重山》《一剪梅》等是细腻轻扬的，一般不宜写豪放感情。词调声情必须和作品所要表达的感情相配合，这首作品才能够达到它的音乐效果，才能够达到或超过五、七言诗的效果。

　　自从词和音乐逐渐脱离之后，一般词人不复为应歌而填词，以为抒怀达意，词同于诗，可以不顾它的音乐性，因之并忽略词调的声情。这种情形早在宋代就已产生，如《千秋岁》这个调子，欧阳修、秦观、李之仪诸人的作品都带着凄凉幽怨的声情。（秦观填这个调，有"落红万点愁如海"的名句。）我们看这个调子的声韵组织：它的用韵很密，并且不押韵的各句，句脚都用仄声字，没有一句用平声字来调剂的，所以读来声情幽咽。黄庭坚就用这个调来吊秦观，后人便多拿它来作哀悼吊唁之词。可是宋代的周紫芝、黄公度等人因调名《千秋岁》却用它填写祝寿之词，那就大大不合它的声情了。《寿楼春》调声情凄怨，有人拿它填作寿词也不对。这都是只取调名而不顾调的声情的错误。所谓"填词"必须"选调"，原是选调的声情而不是选调的名字。

怎样认识分辨每个词调的声情呢？在词和音乐还不曾脱离的时候，有些论词的书籍，记载过某些词调的声情。最著名的是宋代王灼的《碧鸡漫志》，它对《雨霖铃》《何满子》《念奴娇》等调，都有详细的著录，这是介绍词调声情最可宝贵的材料，可惜这类材料保存下来的不多。我们现在研究词调，只有拿《词律》《词谱》等书作基础，仔细揣摩它的声情。大概可有几种方法：

一、从声、韵方面探索，这包括字声平拗和韵脚疏密等；二、从形式结构方面探索，包括分片的比勘和章句的安排，等等；三、排比前人许多同调的作品，看他们用这个调子写哪种感情的最多，怎样写得最好。

这样琢磨推敲，也许会对于运用某些词调声情的规律十得七八。

但是，一切形式总是为内容服务的。我们掌握词调的声情，是为了更好地表达词的内容，绝不应死守词的格调而妨碍它的思想感情。北宋婉约派词人周邦彦，尽管他精通音律，讲究声调，但是由于作品内容空虚，他的成就便远不及苏、辛豪放派的作家。而苏、辛派作家作品因为有丰实内容，自然要求突破格律的束缚。所以我们揣摩词调的声情，不应为声情而声情，走上周邦彦一派的歧路。我们要能入能出，做到《庄子》所说"得鱼忘筌"的地步。这是我们要注意的第一点。还有，形式格调虽然有定而实无定，能活用形式格调的人，是作家。我们说某个词调宜于写豪放感情，或宜于写婉约感情，这只是一般的说法，并不排斥许许多多例外的作品。譬如我们一般都说《满江红》是声情激越的调子，宜于写豪放感情，但是辛弃疾"敲碎离愁"一首说："满眼不堪三月暮，举头已觉①千山绿。但试把一纸寄②来书，从头读。""风卷庭梧"一首说："天远难穷休久望，楼高欲下还重倚。拚一襟寂寞泪弹秋，无人会。"何尝便不如"不念英雄江左老，用之可以尊中国。叹诗书万卷致君人，翻沉陆"？又如《六州歌头》的声韵结构，无疑是沉郁顿挫的，从宋代贺铸、张孝祥、刘过诸家所作可见。而辛弃疾的"晨来问疾"一首、韩元吉的"东风着意"一首却用它来写幽隐、咏桃花，声情又何尝不合。可见大作家能运用一种形式纵横无碍地写多种情感，而不会困于格律之下。我们说选调，原要揣摩声情，但不能以揣摩所得的声情来衡量大作家具体的作品。反之，我们有时却要以大作家具体的作品为标准，来衡量某些词调的声情。一个词调用多种具体作品来衡量，可以有多种声情，如前举《满江红》《六州歌头》是。（当然，首先要估定这首具体作品的价值。）古语说："神而明之，存乎其人。"我们说词调声情，正要体会这句合理的古语。

以后再列举若干词调作为例子，略加解说，以补《词律》《词谱》诸书所未备。

---

① "觉"，底本作"是"，据《全宋词》（P.1888）改。
② "寄"，底本作"写"，据《全宋词》（P.1888）改。

词调与声情

在上篇里，我曾谈到各个词调都有它特定的声情，现在略举数例，稍作说明。（旁谱说明："—"表平声，"｜"表仄声，"┰"表平声可以作仄，"┷"表仄声可以作平。）

例一：《西江月·遣兴》（辛弃疾）

醉里且贪欢笑（句），要愁那得工夫（平韵）。
┷｜┷—┰｜　　　┷—┷｜——

近来始觉古人书（叶平），信著全无是处（仄
┷—┷｜｜——　　　┷｜┰—┷｜

韵）。　　昨夜松边醉倒（句），问松我醉何如
┷｜┰—┷｜　　　┷—┷｜——

（叶平）？只疑松动要来扶（叶平），以手推松
┷—┰｜｜——　　　┷｜┰—

曰去（仄韵）！
┷｜

此双调五十字。《词谱》说它"始于南唐欧阳炯。前后段两起句俱叶仄韵。自宋苏轼、辛弃疾外，填者绝少"。案：此调已见于唐代《教坊记曲名表》，非始于五代欧阳炯。现存作品，时代最早的是《敦煌曲子词》中写月夜弄舟的三首。

李白《苏台览古》诗："只今惟有西江月，曾照吴王宫里人。"《西江月》调名或本此。

此调上下片各四句，除第三句七字外，都是六字句。每片二、三两句用平声韵，两结则用与平韵同部的仄声韵。词中小令，平仄通叶的很少，此调这点要注意。仄声字音重，又放在两片的末了，最好用沉重的语气来振动全首。唐五代人填此调的多作儿女情词，声调婉弱，很少用重语，因此不能发挥这两个仄声韵的作用。如柳永的两结作"春睡厌厌难觉""又是韶光过了"等等便是。至苏轼作"今日凄凉南浦""俯仰人间今古"，比较沉重。运用此调声情最好的，是辛弃疾"醉里且贪欢笑"一首。它的上结："近来始觉古人书，信著全无是处！"十四字分量很重，可以镇纸。下片结语："只疑松动要来扶，以手推松曰去！"写大醉的神态，实是表达身世牢骚之感，并且用散文句法，更觉有拗劲。

例二：《菩萨蛮·书江西造口壁》（辛弃疾）

郁孤台下清江水（仄韵），中间多少行人泪（叶仄）。西北
望长安（平韵），可怜无数山（叶平）。　青山遮不住（换仄韵），
毕竟东流去（叶仄）。江晚正愁余（换平韵），山深闻鹧鸪（叶平）。

此双调四十四字，唐教坊曲名。苏鹗《杜阳杂编》说：大中初，女蛮国入贡。其国人危髻金冠，璎珞被体，故谓之"菩萨蛮"。当时倡优遂制《菩萨蛮》曲，文士亦往往声其词。《宋史·乐志》说是"女弟子舞队名"。（近人杨宪益说"菩萨蛮"三字乃"骠苴蛮"或"符诏蛮"之异译，其调乃古缅甸乐，确否待考。）

此调上下片各四句，由两个七言句、六个五言句组成。每两句一换韵，首二句用仄韵，三、四两句换用平韵。

此调全以五、七言句组成，近于唐代的近体诗。句调匀整，声情谐婉。但在一首里四次换韵，在小令中算是用韵最密也是换韵最多的一个调。换韵有时是暗示转意的，这个调子两句一换韵，忌一意直下。

温庭筠填此调十四首，最著名的一首是：

> 小山重叠金明灭，鬓云欲度香腮雪。懒起画蛾眉，弄妆梳洗迟。　　照花前后镜，花面交相映。新帖绣罗襦，双双金鹧鸪。

全词是写一个贵族妇女梳妆时的心情。八句分四层。上片四句写梳妆以前，两句写形态，两句写情态，"懒"字、"迟"字，暗伏全词结句的意思。下片写妆成以后，两句写明靓的妆面，两句由衣着而带出其人孤独的心情，有《诗经》"谁适为容"的感慨。全词结构严密，语意深婉有层次。他另一首的上片：

> 水精帘里玻璃枕，暖香惹梦鸳鸯锦。江上柳如烟，雁飞残月天。

也是四句两意，用暗转的笔法，写出两种截然不同的境界。这是写离情的词，前二句描绘留者环境的舒适，下二句写行者客路的凄凉，用对比法烘托离绪。

温庭筠填此调，皆严守平仄字声，尤其是末了两结句，如"弄妆梳洗迟""驿桥春雨时""此情谁得知""杏花零落香"，等等，都作"仄平平仄平"拗句。他的十四首中只"双双金鹧鸪""无憀独倚门"两句是例外。词原是配合音乐的文学，注意字声的配搭，会更有助于音节的铿锵，上下片的结句尤为音节关键。在不妨碍内容表达的时候，也应该照顾这方面。

五代北宋人填此调的，多写闺房儿女之情，这和当时的词风和作者的生活、思想均有关系。像辛弃疾"郁孤台下清江水"这样的作品，以《菩萨蛮》来写忧生念乱的大感慨，那是不多见的。但是我们看这调子，虽然用韵甚密且多转换，毕竟全首用五、七言整齐字句，所以它的声情还是偏于和平的。像辛弃疾"郁孤台下清江水"这一首，也还是近于沉郁而不是纵横奔放的。

四声绎说

一、永明以前之字声

《三百篇》之声调，求之文字，仅有叶韵之变化，而无字声之抑扬。"关关雎鸠"四字皆平，"窈窕淑女"四字皆仄，原由当时分辨字声不如后世之密，亦以既被声律，可无需乎文字之声调。此犹汉代郊祀、铙歌诸曲，其字声大都奥涩诘屈，而无碍乎叶律。夏炘《诗古韵表二十二部集说》下《缀言》曰："四声出于天籁，岂有古无四声之理。即如后世反切，自谓能得定音，其实古人'终葵'为'椎'，'不律'为'笔'，'邾娄'为'邹'之属，已兆其端。反切必原于字母，古人之双声与今等韵之字母悉合，可见今人所有，古人无所不有，岂有明白确切之四声，古人反不知之？睹《三百篇》中平自韵平，仄自韵仄，划然不紊。其不合者，古人所读之四声有与今人不同也。江君（有诰）《唐韵四声正》一书，考据最为明确。"案：谓《三百篇》已辨四声，诚不可信，然其时韵部已分浮切，则不可诬。大抵《诗》《骚》但分韵部浮切，西汉赋分奇偶句句脚浮切，东汉又详辨句中浮切，斯则与事实不远。

赋体不歌而颂，与诗殊科。以不叶乐，作者乃求声调于文字之本身。最始着意，则在句脚浮切。观夫贾谊《惜誓》之结篇：

> 独不见夫鸾凤之高翔兮，乃集大皇之壄。循四极而回周兮，见盛德而后下。彼圣人之神德兮，远浊世而自藏。使麒麟可得羁而系兮，又何异乎犬羊？

句脚皆一平一仄间用。其《鵩鸟赋》凡一百零九句，用此例者十之八九（不合者仅十九句）。枚乘《七发》：

> 纷屯澹淡，嘘唏烦醒。惕惕怵怵，卧不得瞑。虚中重听，恶闻人声。精神越渫，百病咸生。聪明眩曜，悦怒不平。久执不废，大命乃倾。

亦同此抑扬。司马相如论赋云："一经一纬，一宫一商。"虽其语出《西京杂记》，未足深凭，然西汉赋家始注意文字本身之声调，固确然可见也。

扬雄、傅毅之赋，辨析字声益密于贾、枚。扬之《羽猎赋》：

> 昭光振耀，蠁智如神。仁声惠于北狄，武谊动于南邻。是以游裘之王，胡貉之长，移珍来享，抗手称臣。

傅之《舞赋》：

　　綷帐袿而结组兮，铺首炳以焜煌。陈茵席而设座兮，溢金
罍而列玉觞。……文人不能怀其藻兮，武毅不能隐其刚。……
眉连娟以增绕兮，目流睇而横波。……摅予意以弘观兮，绎精
灵之所束，弛紧急之弦张兮，慢末事之䫻曲。

皆于句脚之外，兼严句中浮切。张衡《思玄赋》律句更多，错杂全文，
几占半数。下逮王粲、潘岳，字偶声骈，尤六朝俪体之先声矣。

　　汉人诗歌间犹叶乐，浮切之辨，较赋为疏。降及末季，如赵壹（灵
帝光和间人）《疾邪》：

　　河清不可俟，人命不可延。顺风激靡草，富贵者称贤。文
籍虽满腹，不如一囊钱。伊优北堂上，肮脏倚门边。

虽句脚妥帖，而行间犹多龃龉。至仲长统《述志》：

　　垂露成帏，张霄成幄。沆瀣当餐，九阳代烛。
　　抗志山栖，游心海左。元气为舟，微风为柁。

前轻后重无异四言律句。蔡琰《悲愤》别子一段云：

　　儿前抱母颈，问母去何之？人言母当去，岂复有还时！阿
母常仁恻，今何更不慈？

则散行亦从此体。他如宋子侯之《董娇饶》，全篇仅四五句逾格。辛延
年作《羽林郎》，只四五字不合，较仲长统、蔡琰为益密矣。仲长统曾
参曹操军事，与蔡琰同时；宋、辛虽年代无考，以前籍编次推之，亦

汉季人也。五七言诗之定型与夫声韵学之创始，皆在建安前后。今知汉人文字声调亦极密于此时。永明新格，盖早具体于二三百年前。沈约乃谓"灵均以来，此秘未睹"，诚一时兴到之言矣。

陆厥答沈书，谓"前英早识宫徵，但未屈曲指的"。若今论所申，知陆氏云云，实平情之语。

二、永明四声

"永明四声"之发明，由受当时沙门转读佛经之影响，近人陈寅恪氏作《四声三问》，述之详矣。然一切文化学术嬗变以渐不以顿，使无汉魏以来诗赋声调之研练，亦不能与沙门经声相会接；犹之等韵字母之成立，必待梵文拼音学理输入之后，而双声、叠韵之分辨，则远在魏晋以前，无双、叠亦不能有等韵字母。此文化学术相需相成之例，不但声韵为然也。

周颙《四声切韵》、沈约《四声谱》，今皆失传，无从详其内容。

或谓宋本《广韵》、元本《玉篇》附载双声、叠韵法，即是沈书，或谓《文镜秘府论》有"调四声谱"即沈书，疑皆不可信。明人郭正域传《沈氏韵经》五卷，清初杨锡震谓得沈氏《四声谱》，则皆伪托，《四库》《韵经》提要已辟之。

以《隋志》编次观之，疑是韵书。

纪昀《沈氏四声考》谓沈书若胪列句图、标举音律，如曲谱之宫调工尺；《隋志》当与挚虞《流别》、刘勰《雕龙》并列，不应入小学家。近王国维作《五声说》，以沈书比清人《声调谱》，由偶未检纪考。

故前人但推其制韵之功。

《玉海·艺文》云，世谓苍颉制字、孙炎作音、沈约撰韵，同为椎轮之始。

然予谓周、沈发明四声，有当特书者二事，其一为韵书分部之创始。

封演《闻见记》谓李登《声类》以五声命字，不立诸部。

又其一则为属文浮切之渐有定格。（等韵字母之学，亦始于此，以与予文无涉，此不具论。）制韵承李登、吕静之业，句中字声辨轻重，承陆机、范晔之说，史称周颙"音辞辩丽，出言不穷，宫商朱紫，发口成句"，以此与沈约《谢灵运传论》《答陆厥书》合观，永明新体之有句中声调，盖无可疑也。

陆机《文赋》云："暨声音之迭代，若五色之相宣。"范晔自序云："性别宫商，识清浊……特能济艰难，适轻重。"沈约《谢灵运传论》云："若前有浮声，则后须切响，一简之内，音韵尽殊；两句之中，轻重悉异。"《答陆厥书》云："宫商之声①有五，文字之别累万，以累万之繁，配五声之约，高下低昂，非思力所举，又非止若斯而已也。十字之文，颠倒相配，字不过十，巧历已不能尽，何况复过于此者乎？"又云："自古辞人岂不知宫羽之殊，商徵之别，虽知五音之异，而其中参差变动，所昧实多。"凡此皆分明不专指韵部而言。又《谢灵运传论》谓："张、蔡、曹、王，曾无

---

① "声"，底本作"义"，据《南齐书·陆厥传》（P.899）改。

先觉；潘、陆、颜、谢，去之弥远。"若指韵脚而言，八家之制具在，何尝不分四声耶？

"四声"之说初出，时人从违不一。刘勰《文心》准之制《声律篇》，于选韵之外，别拈选和之旨（和谓文中声调）。钟嵘《诗品》则嗤其"襞积细微，转相凌架，故使文多拘忌，伤其真美"。即就二家之言，亦足征周、沈所明，必不囿于韵部。且周舍答梁武"天子圣哲"之语，亦为句中四声；若指韵部，梁武何用其疑难耶？

或曰：永明四声，如兼涉属文，何故沈约所赋，多乖声韵？（此李延寿所诘，见《南史·陆慧晓传》。）予谓此有四事须辨：明谊与躬行，前哲或亦不能兼并，况乎文人属笔，但随兴会，一也。沈氏诗文与其发明四声之年差，不可尽考，二也。（近日本人为休文年谱，似曾考此。）永明新体，虽为唐律椎轮，而持较唐律，法有疏密，不能执唐律以绳沈书，三也。

> 纪昀《四声考》曰："律体以二四回换，字有定程。此则随字均配，法较后人为疏，故《答陆厥书》有巧历不尽之语。律体但分平仄，此则并仄声亦不相通，法较后人为密，故杼山《诗式》称其'碎用四声'，钟嵘亦曰'平上去入，仆病未能'，盖苦其难于措词，故不用也。"案：沈氏谓"十字之文，颠倒相配"，其条律必繁，不但仄声不相通而已。

周、沈四声之书既亡，二家之集又不完具，文献不足，义当盖阙，四也。沈氏有云："韵与不韵，复有精粗，轮扁不能言，老夫亦不尽辨此。"纪昀亦云："声韵之学，言人人殊者也，延寿之诟沈氏，不犹李涪之诟陆氏耶？"今但明其韵部之外，尚有属文之声调，若夫格律组织之细，不可穿凿以求矣。

"平、上、去、入"之名，初见于《南史·陆厥传》及钟嵘《诗品》，周、沈四声之书既亡，无从知其制名来历。案：释慧皎为《高僧传·经师论》，谓制梵呗者必洞晓音律，三位七声，次而无乱，其间有"起、掷、荡、举、平、折、放、杀、游、飞、却、转、反、叠、娇、哷"诸词，以状写声势。四声发明，既受沙门转经影响，疑"平、上、去、入"之目，亦与"平、折、放、杀"诸词有关。周、沈之前，但借用古乐律之宫商五音，究与声势字调无涉。周、沈制以简笔四字，皆同义同声，遂千载不易。（"平"字平平声，亦为平义，上、去、入视此。）陈寅恪氏推究周、沈区别四声之故，谓天竺围陀之《声明论》，分声之高低为三，同于我国之平、上、去。我国入声以附有 k、p、t 等辅音之缀尾，为一特殊种类，最易与他声分别，故当时文士既依据转读经声、分定平上去三声，合入声计之，适成四声云云（节录《四声三问》）。凡此所论，固近事理，惜不得求周、沈遗书为证。予所云云，亦出臆测，皆尚有待乎讨论。至六朝声家所谓宫商五音，实与四声异名同实。纪昀（《沈氏四声考》）、陈澧（《切韵考》）、章炳麟、黄侃（黄氏论古韵源流载章氏书札）及予友任铭善（《古四声臆说》）皆有此说。唯陈寅恪氏则定五音与四声并非一事，谓五音乃声之本体，四声乃声之实用，二者乃一中一西，一古一今，截然不同之系统。其《四声三问》有云："宫、商、角、徵、羽者，中国传统之理论也。关于声之本体，即同光朝士所谓'中学为体'是也。平、上、去、入四声者，西域输入之技术也。关于声音之实用，即同光朝士所谓'西学为用'是也。盖中国自古论音，皆以宫、商、角、徵、羽为言，此学人论声理所不能外者也；至平、上、去、入四声之分别，乃摹拟西域转经之方法，以供中国行文之用，其颠倒相配，参差变动，如'天子圣哲'之例者，纯属于技术之方面，故可得而谱，即按谱而别声，选字而作文之谓也。然则，'五声说'与'四声说'乃一中一西、一古一今，两种截然不同之系统。论理则指本体以立说，举五声为言；属文则依实用以遣词，分四声而撰谱。苟明乎此，则知约之所论、融之所言，及厥之问约、约之答厥，所以止言五声而不及四声之故矣。"（以上陈文）予案：《文镜秘府论》载唐人元兢之说曰："声有五声，角、徵、宫、商、羽也，分为文字四声，平、上、去、入也。宫、商为平声，徵为上声，羽为去声，角为入声。"唐人去六朝不远，其说分明如此，当甚可信。意古人好借五音以隶事，李登《声类》以宫、商、角、徵、羽命字，实由其书五篇，亦犹今人以金、木、水、火、土或甲、乙、丙、丁分编，与古乐律之五音截然无关。宫、商为平者，以平声字多，分占两部，即后人所分之上下平。（《七音韵镜》已有此说。纪昀谓上下平确为沈约所定。）故五音四声实相等值。沈约、陆厥诸人往复之书，止言五音而不及四声者，以五音习语，四声新词，非有他故。陈澧（《切韵考》六）谓"李登、吕静之时，未有平、上、去、入之名，借宫、商、角、徵名之，可也。既[1]有平、上、去、入之名，而犹衍说宫、商、角、徵、羽，则真缪也"，此说最明快。陈寅恪氏所论，似求之过深矣。（其谓："属文则依实用以遣词，分四声而撰谱。"又云："颠倒相配，可得而谱。"似亦以沈约《四声谱》当清人《声调谱》，与王国维《五声说》同须商量。）若徐景安、段安节诸家，于五音与四声之分配往往不同，（《玉海》载徐景安《乐书》：上平宫、下平商、上徵、去羽、入角，与元兢同。段安节《乐府杂录》则平羽、上角、去宫、入商、上平徵。）凌廷堪《燕乐考原》讥其"任意分配，不可为典要"，殆亦近实。否则，段氏论乐或与徐、元二家论字声，为术殊科也。要以徐、元为准可矣。

---

[1] "既"，底本作"现"，据《切韵考》卷六改。

《尔雅》："宫谓之重，商谓之敏，角谓之经，徵谓之迭，羽谓之柳。"张文虎谓当云"商谓之经，角谓之迭，徵谓之敏"，(《诗·生民》，"敏"叶"祀""子""止"。)谓两者皆同韵字相配也。依元、徐之说，则五音字声亦正与四声相值，("羽"阳上声作去。)与《尔雅》同例。此或元、徐说较长之一端也。

三、唐诗四声

王通《中说》引李百药论诗，上陈应、刘，下述沈、谢，但有四声八病、刚柔清浊之名，尚无平仄之目。《文镜秘府论》解释八病，常以平与去上入对称。(如解"蜂腰"云：第二字与第五字同去上入皆是病，平声非病也。解"平头"云：上句第一字与下句第一字同平声不为病，同上去声一字即病。)殷璠自序《河岳英灵集》，始有平仄之名。制文叶律，于是渐趋简易。缘四声之说初起，反对者病其苛细，唐人律体乃依古先长言短言、轻重浮切之别，折中之为平仄，既用调唇吻，亦足以济艰难，其后历千余年而不废，此亦声学大改革。唯初盛唐人之为律体，实有分辨四声者，李因笃谓杜律一、三、五、七句脚不复用四声，董文涣为《声调四谱》，谓初盛唐人皆尔，不但杜诗，且谓不独句脚为然，即本句亦无三声复用者。尝举杜审言《和晋陵陆丞》一首为例，见其仄辨三声：

> 独（入）有（上）宦（去）游人，偏惊物（入）候（去）新。云霞出（入）海（上）曙（去），梅柳（上）渡（去）江春。淑（入）气（去）催黄鸟（上），晴光转（上）绿（入）蘋。忽（入）闻歌古（上）调（去），归思（去）欲（入）沾巾。

对句如"楚（上）山横地（去）出（入），汉（去）水（上）接（入）天回"（杜审言），"迟回度（去）陇（上）怯（入），浩（上）荡（去）及（入）关愁"，"只应尽（上）客（入）泪（去），复（去）作（入）掩（上）荆扉"，"把（上）君诗过（去）日（入），念（去）此（上）别（入）惊神"（杜甫）。此等颇为夥颐。虽其所举，亦有一首仅合一二句者，似乎为例不纯。

董氏举例，亦不悉备，以杜诗论，对句如"长为万里客，有愧百年身""委波金不定，照席绮逾依"等等尚多。全首如："垂白冯唐老，清秋宋玉悲。江喧长少睡，楼迥独移时。多难身何补，无家病不辞。甘从千日醉，未许七哀诗。"又："胜绝惊身老，情忘发兴奇。座从歌伎密，乐任主人为。重碧拈春酒，轻红擘荔支。楼高欲愁思，横笛未休吹。"亦不一二数。

然唐人之句中四声，实有明证：《文镜秘府论》于八病之外，另有"龃龉病"（用《文赋》"或龃龉而不安"。）一条云："一句之内，除第一字及第五字，其中三字有二字相连同上去入是。（若犯上声，其病重于鹤膝。此例文人以为秘密，莫肯传授。上官仪云：'犯上声是斩刑，去入亦绞刑。'）如曹子建诗云'公子敬爱客'，'敬'与'爱'是其中三字有二字同去声，是也。"此虽与董氏三声不复用之说异撰，然可知三仄之辨，唐诗已然，不始于宋词。此其一。释皎然为《诗式》，讥斥永明新体，有云"乐章有宫商五音之说，不闻四声。近自周颙、刘绘流出宫商，畅于诗体，轻重低昂之节，韵合情高，此未损文格。沈休文酷裁八病，碎用四声，故风雅殆尽。后之才子，天机不高，为沈生弊法所媚，懵然随流，溺而不返"云云。皎然与颜真卿、韦应物同时，即其所云，可证盛唐诗人之用沈氏四声说者，政复不少。日"酷裁"、日"碎用"，其不限于句中平仄者又可知矣。此其二。唐人论诗，王昌龄、元兢、宋约、王起、贾岛、炙毂子皆有《诗格》一类之书，见《唐书·艺文志》，计其中必有论声律法式之语。《文镜秘府论》所云"龃龉病"，即引自王昌龄《诗中密旨》

"诗有六病例"，可见一斑矣。（元兢之说，今略存于《文镜秘府论》，《文镜秘府论序》云："颙、约以降，兢、融以往，声谱之论起，病犯之名争兴，家制格式，人谈病累，徒竞文华，空事拘检。"此亦唐人语，可与皎然文相参，并可见诸家《诗格》，实论此事。）

四、宋词四声

诗自中晚唐以后，但有平仄而无四声，元明之曲，则严于阴阳四声，此尽人所知者。唯宋词之有四声，近代尚有然疑之论。其拘守旧谱者，谓一字不可逾越，高迈者则以苏、辛为借口，是皆一偏之见也。以予所考，唐五代《花间》诸家，仅于拗句上严守平仄；北宋二晏，始辨去声；柳永间守上、去及入声；至周邦彦四声乃备。曩为《唐宋词字声之演变》，举之详矣。或曰：宋词与汉魏乐府同为合乐之体，其声律存乎宫调工尺，守字声宁足以尽律哉？予曰：此固然矣。特宋词与汉魏乐府有不可并论者，汉魏之时，四声犹未发明，故乐府不但不分四声，间且不守平仄。宋词起于唐律之后，四声运用于文字，已极纯熟，文家宫商在口，无待寻讨，其势不得复离。且柳、周诸人皆深明乐纪，其字声皆较温、晏为密。后起转精，事有必然。词之乐律虽非字声所能尽，而字声和谐亦必能助乐律之美听。即四声之分愈严，则合乐之功益显。李清照、张炎且于四声之外，讨究"唇舌齿喉鼻"之五音，其故可知也。盖永明以前，文与乐分，文人不得不于文字本身求声律，以求离音乐而独立。宋代之词，文与乐合，文人更以文字之声律助音乐之谐美，其与汉魏乐府文术故殊也。

或曰：方千里、杨泽民和周邦彦词，往往依其四声，南宋词固辨四声矣，而沈义甫作《乐府指迷》亦仅有"去声字最紧要"之说，北宋人何尝云必守四声耶？予案：李清照所谓"诗分平侧，歌词分五音，又分六律，又分清浊轻重"，此"五音"及"清浊轻重"，当指字声而言，与《词源·音谱篇》论五音合参，可见歌词不限于平仄，盖可了然。（仇远序

《玉田词》,亦明谓词有四声五音。)大晟府诸家之词,声律最严。周邦彦《绕佛阁》一首,双拽头第一片"暗尘"至"书幰"与第二片"桂华"至"河岸"相对,十句五十字中,四声皆同;("迤""动""迥"阳上作去,"出"清入作上。)万俟咏之《春草碧》,全首二十余句九十余字,亦只三字四声不合。(详见予作《唐宋词字声之演变》。)此岂尽出偶合?唯此事襞襀细微,属笔不易,故从者少而违者多,即柳、周诸家,亦非首首如此。然以汉魏以来文字声调之趋向推之,宋词之有四声,盖理势然也。

或曰:《绕佛阁》《春草碧》之例,乃千百中之一二,彼一人作同调而往往有四声不合者,又何说乎?予谓文人属笔,随兴会为精粗,唐人不废汉魏古体,不能执此谓其不遵沈、宋律调也。苏、辛亦有审律之作,苏词《阳关曲》三首,郑文焯谓其第三四句第五字必作入作平。予取苏词三首与王维"渭城朝雨"一诗细校,知二十八字中,有十余字须辨字声,不但两字已也。以苏轼《中秋》一首为例:上半"暮""转""此""此"四字必仄,"收"字必平,下半"不长好"必入、平、上,"何处"必平、去,与王维一诗皆合,不得遽以为与柳、周同派也。苟同时十人而有一人用四声,一人十词而有一词用四声,一词十句而有一句用四声,即不得谓宋词无四声之格。所须明辨者,宋词四声大抵施于警句及结拍,(此或为元曲"务头"所从出。)非必字字依四声;其字字依四声如前举《绕佛阁》《春草碧》者,大抵专家偶然涉兴,否则,方、杨辈之盲填死押也。今观《中原音韵》所载元曲小令作法,其用阴阳四声,灼然无疑矣!何尝有一曲而全首死拘四声者乎?知此,则知所以用四声矣。(张炎《词源·音谱篇》记其父枢为《瑞鹤仙》词,改"扑"字为"守"字,谓"雅词协音,虽一字亦不放过"。然今以张炎所作此调与其父词比勘,四声五音又不尽合,疑此亦一时兴到之言耳。)

或曰:今词既失乐,墨守四声,宁非多事。予谓:四声与宫调乐律本非一事,守四声不足为尽乐,此无疑也。但词既失乐,离乐工之器而为文士纸上之物,则其需要文字声调也更切,此与汉魏赋家之研炼浮切，永明周、沈之发明四声，同一理势。（钟嵘讥永明诸人曰："今既不被宫商，亦何取于声律？"此有语病，可代周、沈作答曰：今惟不被宫商，乃更有取于声律。）今读宋词辨上去之句，如《夜游宫》曰"桥上酸风射眸子""不恋寒衾再三起"。《秋蕊香》曰"午妆粉指印窗眼""宝钗落枕梦春远"。《满庭芳》曰"人静乌鸢自乐""憔悴江南倦客"。凡此四声别异处，虽不知当时合乐音调如何，今但施之唇吻，亦自别有声情，不得概以仄声代其上、去、入。苟一概泯淆其界，则成长短句不葺之诗矣。若夫字字死拘旧谱，不能观其会通，因之守声而碍文，存迹而丧神，则作者之过，不得归咎于四声。若夫唐诗宋词不朽之作，固不专以声调传，其大家且有有意决破此种形式者；此则论作家创作之事，与予文固殊其范围也。

后　记

邹汉勋《五均论》二"论四声本具五音"，谓《南齐书·陆厥传》所云"约等文皆用宫商者"，总言其诗文皆以平仄耳。非谓阴阳二平为宫商，更非目上下平为宫商也。唐徐景安谓上平为宫，下平为商，颠矣。以此制韵，均有平头、上尾、蜂腰、鹤膝，此即所谓"制均"，乃文章声病，非制为均书也。（以下解"两句之内，角徵不同"。）吾友任心叔亦云："《陆厥传》制韵，乃是制作韵文，即字句四声之谓，非谓制作韵书。约书实与李登《声类》不同科。王静安以比清人《声调谱》，固不必然，纪昀所考则亦未必可信。"又云："永明四声本专指韵文声调言，固不为韵书，亦不专指韵脚，此似未有疑之者。"两家之言如此，则予文以"永明四声为韵书分部"之说殆不能成立。姑存之俟教通学。

一九四一年六月初稿，一九六三年一月改

唐宋词字声之演变

　　万树《词律》及《四库全书》词集提要，皆谓方千里、吴梦窗和周清真词，尽依四声，不但遵其平仄。后来词家欲因难以见巧者，奉为准绳，不稍违越。高明者病其拘泥，又欲一切摧陷之，谓宋人词律，本非四声所能尽。"苏辛""周柳"之交讧，断断如也。顷予细稽旧籍，粗获新知，以为词中字声之演变，有其历程：大抵自民间词入士夫手中之后，飞卿已分平仄，晏、柳渐辨上去，三变偶谨入声，清真益臻精密。惟其守四声者，犹仅限于警句及结拍。自南宋方、吴以还，拘墟过情，乃滋丛弊。逮乎宋季，守斋、寄闲之徒，高谈律吕，细剖阴阳，则守之者愈难，知之者亦鲜矣。夫声音之道，后来加密。六代风诗，变为唐律；元人嘌唱，演作昆腔。持以喻词，理无二致。谓四声不能尽律，固是通言；而宋词之严三仄，亦多显例。明其嬗迁之迹，自无执一之累。虽其成体，不由一人，但标名家，取便举例。爰立数目，依次说之：

一、温飞卿已分平仄

　　词之初起，若刘、白之《竹枝》《望江南》，王建之《三台》《调笑》，本蜕自唐绝，与诗同科。至飞卿以侧艳之体，逐管弦之音，始多为拗句，严于依声。往往有同调数首，字字从同；凡在诗句中可不拘平仄者，温词皆一律谨守不渝。集中有《南歌子》七首，兹举二首为例：

　　　　手里金鹦鹉，胸前绣凤凰。偷眼暗形相。不如从嫁与，作鸳鸯。

　　　　似带如丝柳，团酥握雪花。帘卷玉钩斜。九衢尘欲莫，逐香车。加⊙者皆严守字声处，下同。

"手""似"必仄，余五首作"倭"（乌果切）"脸""扑""转""懒"；"胸""团"必平，余五首作"连""眉""呵""娉""休"；"偷""帘"必平，余五首作"终""敛""鸳""花""罗"；"不""九"必仄，余五首作"为""隔""月""忆""近"。七首每首五句二十三字，共一百六十一字，无一字平仄不合。

　　又其《定西番》三首，每首八句，而拗句占其四。词云：

　　汉使昔年离别，攀弱柳，折寒梅，上高台。　　千里玉关春雪，雁来人不来。羌笛一声愁绝，月徘徊。

　　海燕欲飞调羽，萱草绿，杏花红，隔帘栊。　　双鬟翠霞金缕，一枝春艳浓。楼上月明三五，琐窗中。

　　细雨晓莺春晚，人似玉，柳如眉，正相思。　　罗幕翠帘初卷，镜中花一枝。肠断塞门消息，雁来稀。

　　凡拗处皆一一相对；三首共一百五十字，亦无一字平仄不合。但其所辨仅在平仄，犹未尝有上去之分。（其《女冠子》两首，首句之"翠""镜"，《遐方怨》两首第六句之"谢也"与"镜里"，似乎亦辨去上；然按之《菩萨蛮》十五首之两结，则四声错出，未能一律。结句本声律吃紧处，使飞卿而已严上去之别，不应严于拗句平仄若彼，而宽于结句若此。知《女冠子》《遐方怨》三数字之偶合，不足据也。）盖六朝诗人好用双声、叠韵，盛唐犹沿其风；洎后平仄行而双、叠废，乃复于平仄之中，出变化为拗体；其肆奇于词句，则始于飞卿。凡其拗处坚守不苟者，当皆有关于管弦音度。飞卿托迹狭邪，雅精此事，或非漫为诘屈。观夫摩诘《阳关曲》之第一、三、四句必拗，东坡答李公择一首，用其调亦必依其平仄四声。此与温词同为被乐之作，正可窥其消息也。（平仄四声，固不能尽词律，然守平仄四声所以求更能合律。观白石作《满江红》必改"心"字读去声方叶律，可见。又端己、同叔用飞卿调者，间改其拗句，而结声则多仍之作拗。盖以结声为词乐吃紧处也。例具下节。）

二、晏同叔辨去声，严于结拍

　　五代词家，大都师范飞卿。冯延巳之《酒泉子》六首、毛熙震之《后庭花》三首，虽为拗体，而仅辨平仄，亦犹飞卿旧规也。惟韦端己

《浣花》一编，似乎渐辨去声。如其《归国谣》二首下片结云：

> 恨无双翠羽
>
> 旧欢如梦里

"恨""旧""翠""梦"皆去。然上结"单栖无伴侣""几年花下醉"又不合。又《谒金门》二首两结云：

> 梦魂相断续 　　 远山眉黛绿
>
> 寄书何处觅 　　 断肠芳草碧

亦有合有不合。（"断"① "远"阳上作去，"草"阴上不能作去。）复有一二首相合，（如《诉衷情》《荷叶杯》各二首是。）五六首相校则乖者。（如《天仙子》五首、《清平乐》六首是。）盖词体在五代，为唐宋之过渡，律渐密而未纯。至宋初晏同叔出，以江外方音，配《花间》旧曲，去声之辨，乃益分明。晏氏《珠玉词》三十三页《瑞鹧鸪》两结云：

> 特染妍华赠世人
>
> 报道江南别样春

---

① 底本"断"前有"里"。按：此文前身为《词四声平亭》(《之江中国文学会集刊》第5期，1940年4月），后修订为此文，收入《唐宋词论丛》（上海古典文学出版社1956年版，P.56）。二者此处皆引《谒金门》三首，多一"弄晴相对浴　寸心千里目"例句，故后文言"里"云云。《唐宋词论丛》（中华书局1962年增订本，P.56）这一例句后，增加了小注："王仲闻先生曰：此二句非韦词。"本书底本《夏承焘集》第2册（P.54—55）因此删去了这一例句，但未删后文阐释语中相关的"里"字。因删。

"世""样"皆去。又同调云：

> 端的千花冷未知
>
> 不待夭桃客自迷

"未""自"亦去。又九页《望仙门》共三首，其每首结云"欢醉且从容""为寿百千长""齐唱望仙门"。"醉""寿""唱"亦皆用去。细检全集，去声相对者多至五六十首。同调之词，若《诉衷情》《采桑子》等，皆七八首相对。一首中去声独多者，如《拂霓裳》《殢人娇》皆在六七字左右。偶有差池，十之一二而已，不似端己诸作仅十合三四也。三仄之别，所以先自去声者，由上入皆可作平，惟去声激厉劲远，不容与他三声相混。南宋沈义父为《乐府指迷》，谓"句中用去声字最为紧要"。后来万氏《词律》，尤斤斤于此。夫唐人不辨，而宋人能分，不尽由后起加密。温、韦北产，同叔南人，盖其一因。元曲阴阳平之别，必有待乎作《中原音韵》之高安周氏，同此理也。

检《珠玉》全集，凡去声相对者，十九在两结，下列各词皆如此：

> 《清商怨》　《诉衷情》　《采桑子》　《望仙门》　《相思儿令》　《喜迁莺》　《连理枝》　《撼庭秋》　《滴滴金》《少年游》　《睿恩深》　《凤衔杯》　《破阵子》　《瑞鹧鸪》　《长生乐》

其去声不限于两结者，有《相思儿令》《燕归梁》《玉堂春》《殢人娇》《拂霓裳》数调，然末韵亦必用去。盖结声为全词音节所注，故用字宜严。《中原音韵》论作曲，亦重末句，有"平煞""上煞""去煞"之别，备列必作"去上"、必作"平去平"、必作"平平去上""仄平平去上"诸格，殆沿宋词而来。今按飞卿各词，其拗句不尽在结拍，且间有上半首拗而结拍反不拗者（如《女冠子》《木兰花》）。殆由彼时文字之配音律，犹未尽密，至端己而渐精，至同叔乃更细。举《菩萨蛮》言之，飞卿全首用拗；韦、晏则仅拗其两结：端己作"美人和泪辞""绿窗人似花"，同叔作"学人宫样妆""世间无此花①"。皆结句作拗也。至欧阳永叔为《清商怨》两结云："雁过南云，行人回泪眼。""梦未成归，梅花闻塞管。"不但"雁""过""梦""未"为四去，"泪眼""塞管"且去上相对。此为端己所少有者。下逮清真、梦窗诸家，乃有结句严辨四声者，则后出益精，更与《中原音韵》诸格相近矣。王仲闻先生曰：《清商怨》实欧阳修作，杨慎《词品》始误为同叔，毛晋乃以增入《珠玉词》。

三、柳三变分上去，尤严于入声

自同叔小令，始明去声，三变演为长调，其例益广，往往有十余字间稠叠用四五去声者。《乐章集》卷下页十三《木兰花慢》三首，其上下片六七两句云：(加⊙者去声，加•者阳上作去。)

> 见新雁过，奈佳人自别阻音书。
> 　⊙　⊙　　　　　⊙　⊙
> 纵凝望处，但斜阳暮霭满平芜。
> 　　•　⊙
> 尽寻胜去，骤雕鞍绀幰出郊坰。
> 　•　⊙　　⊙　　⊙
> 对佳丽地，信金罍罄竭玉山倾。
> ⊙　　⊙　⊙　⊙
> 近香径处，聚莲娃钓叟簇汀洲。
> 　　　⊙　⊙　　⊙
> 况虚位久，遇名都胜景阻淹留。
> ⊙　⊙　△　⊙

以上六句三十去声字中，越畔者仅一"久"字而已。更奇者，其《小

---

① "花"，底本作"衣"，据《全宋词》（P. 105）改。

镇西》一首卷下页八除过变"久离缺"三字外，上下片全同，全词所用去声字，十九相对，此宋词中一创例也。词云：

> 意中有个人，芳颜二八。天然俏，自来奸黠。最奇绝，是笑时媚靥深深，百态千娇，再三偎著，再三香滑。
> 夜来魂梦里，尤花喃雪，分明似，旧家时节。正欢悦，被邻鸡唤起，一场寂寥，无眠向晓，空有半窗残月。

词中共有十八去声字，惟"邻""寥"当去而平。检《钦定词谱》引此词，"寥"字作"寞"。"寞"字次浊声，入可作去。《中原音韵》"寞"正作去，戈氏《词林正韵》同。是不合者仅一"邻"字耳。又此词后连《小镇西犯》一首，上下片起云：

> 水乡初禁火，青春未老。芳菲满柳汀烟岛。
> 野桥新市里，花浓妓好。引游人竞来欢笑。

此六句犯《小镇西》，句韵尽同，"岛""笑"二韵外，去声亦皆相符。举此两例，知三变用去，更密于同叔。且柳词犹有二事不可不特书者：一为上去之辨，一为入声之不苟。皆关系词律甚大。兹更分述如次。

去上连用之例，永叔已有，前举其《清商怨》两结云：

> 雁过南云，行人回泪眼。
> 梦未成归，梅花闻塞管。

"泪眼""塞管"皆去上。晏小山同调云：

　　梦觉香衾，江南依旧远。
　　要问相思，天涯犹自短。

"旧远""自短"亦去上。如谓两家之作，出于无意，殆不可信。他如
张子野《恨春迟》二首，起云："好梦才成又断。""欲借红梅荐饮。"亦
同此例，而亦不能多有。至三变为长调，音繁律细，此例遂盛。盖上
去二声，歌法不同，去声由高而低，上声由低而高。故必"上去"或
"去上"连用，乃有累累贯珠之妙；若连用两上或两去，则拗嗓棘口
矣。此冒鹤亭先生告予，谓闻之王季烈者。吴眉孙先生则谓昆曲唱上声由高而低，去声
由低而高。吴瞿安先生《词学通论》，亦谓去声由低而高。此由南北唱法不同，季烈所云
指北音，二吴则谓南音也。

　　《乐章集》中，"去上""上去"连用者不胜指数。兹仅录其上下片
结句相对者如下：

　　　　暮霭沉沉楚天阔。
　　　　更与何人说。《雨淋铃》（中、一上）
　　　　眷恋香衾绣被。
　　　　剩与我儿利市。《长寿乐》（下、三上）
　　　　自是白衣卿相。
　　　　换了浅斟低唱。《鹤冲天》（下、十八下）
　　　　纵得心同寝未同。
　　　　爱把鸳鸯两处笼。《鹧鸪天》

亦有一句而连用两处"去上"者，如：

　　　　对晚景伤怀念远。

纵写得离肠万种。《卜算子》(中、八上)

坐久觉疏弦脆管。

向此免名缰利锁。《夏云峰》(中、九上)

亦有上去分用而作"去平平上"或"去平上"者，如：

片帆高举，泛画鹢翩翩过南浦。

浣纱游女，避行客含羞笑相语。《夜半^①乐》(中、二十二下)

片帆举，倏忽年华改，向期阻。

算谁与，知他深深约，记得否。《迷神引》(续四上)

三变此例，不限于结句。兹但取结句者，以其辨声必严，最为可据也。以上论"上去"。

北音不辨入声。元曲"入派三声"之法，宋词已先有之，戈载《词林正韵·凡例》曾举其例。戈氏谓："入为瘂音，欲调曼声，必谐三声。故凡入声之正次清音转上声，正浊作平，次浊作去。"又谓宋太祖时已编有《中州韵》之书，载《啸余谱》中，为《中原音韵》所本。故前修论词，每宽于入声。至近人乃有"词守入声"之说，郑大鹤治《片玉集》，尝屡言之。(周之琦论词辨上入，见《惠园词话》卷一。周济《介存斋论词》，谓上去之外，须辨上入。)予检《乐章集》，乃知此例不始于清真。凡柳词上下片相对之调，其用入多不苟。如：

西征客　轧轧开朱户

贪行色　脉脉同谁语《采莲令》(中、三下)

永日披襟

---

① "半"，底本作"午"，据《乐章集校笺》(P.474)改。

满酌高吟《夏云峰》(中、九上)

华阙中天

南极星中《醉蓬莱》(中、十一下)

密约秦楼尽醉

等著回来贺喜《长寿乐》(下、三上)

泪烛空烧

后约方遥《临江仙》(下、八上)

偏爱日高眠

悄悄落花天《促拍满路花》(下、九上)

却成潇洒玉人歌

廓清良夜,玉尘铺《甘州令》(下、十一下)

舳棱照日　遍锦街香陌

平康艳质　道宫途踪迹《透碧霄》(下、十三上) "日" "陌" "质" "迹"

非韵脚。

其同调数首相对者,如:

鸂鶒鸳鸯　望中依约似潇洒

歌发清幽①　在处别得艳姬留《如鱼水》上片

用于两结者尤多,如:

溪桥残月和霜白　只轮双桨,尽是名利客

新春残腊相催逼　玉楼深处,有个人相忆《归朝欢》(中、三下)

---

① "幽",底本作"商",据《乐章集校笺》(P.536) 改。

泛画鹢翩翩过南浦

避行客舍羞笑相语《夜半乐》（中、二十二下）。下片三句云"叹后约丁
宁竟何据"，句法同。"约"亦入。

湿莲脸盈盈

说如此牵情《引驾行》（下、七上）

满长安，高却旗亭酒价

放一轮明月，交光清夜《望远行》（下、七上）

早晚是读书天气

有人伴日高春睡《剔银灯》（下、九上）

当是时河朔飞觞避炎蒸

省教成几阕清歌尽新声《玉山枕》（上、二下）

其《诉衷情近》两首（中、十三上），每首四句用入，每句相对，且皆在
第二字：

伫立江楼望处　　重叠暮山耸翠　　脉脉朱阑静倚　　竟日空凝睇

渐入清和气序　　莲叶嫩生翠沼　　绮陌游人渐少　　伫立空残照

此与前举柳词用去声之《小镇西》，同为奇格。谓其尽出偶合，宁为笃
论？乃知入声之例，殆亦萌于三变。同叔集中虽亦偶有此例，而往往不能画一；
如《诉衷情》上片第三句"东城南陌花下"，"陌"字入，余四首作"阁""色""幕""日"
皆合，而其一首作"少"不合。《少年游》第三句"庭树叶纷纷"，"叶"字入，余三首作
"入""欲""祝"皆合，而下片此句"明媚欲回看"，"欲"字他首作"到"、作"满"，又
不合。《撼庭秋》上下第三、四句"碧纱秋月""兰[1]堂红烛"，"月""烛"皆入，然无他

---

[1] "兰"，底本作"阑"，据《全宋词》（P.94）改。

首可校。小山亦有《少年游》五首，而于"叶"字不作入者四首。知同叔本未细辨及此，间有相符，实暗合耳。盖三变闽人，闽音明辨四声，非如北产温、韦，仅分平仄。丁绍仪《听秋声馆词话》，谓："闽多鼻音，分韵不清，往往混去为平，故少词家。"近林子有先生为《闽词征·绪言》，尝举证驳之，谓："闽音不但四声昭然，今平去入且皆分阴阳。平之与去，尤绝不混淆。"案：入声短促，因曼声叶乐，渐去其k、t、p收音；三变闽人，或能存此收音，故严于用入耶？北宋初年小令势尽，三变演为长调，不但变体，抑且阐音，故能传唱一时；虽持比清真，美善犹憾，较量全集，矛盾仍多；此或作始必简，尝试未成之故。若依所举各例，会其嬗变之迹，则词中字声由疏而密，至三变确乎为第三期矣。

四、清真用四声，益多变化；其施于警句者，有似元曲之"务头"

　　清真《片玉》一编，承温、晏、秦、柳之流风，声容益盛，今但论其四声，亦前人所未有。《乐章集》中严分上去者，犹不过十之二三；清真则除《南乡子》《浣溪纱》《望江南》诸小令外，其工拗句、严上去者，十居七八。即以一句一章论，亦较三变为密。下举各例，皆上下片相对者：

　　　　暗黄万缕
　　　　泪珠溅俎《扫花游》（一、五上）
　　　　向壁孤灯弄余照
　　　　露洗初阳射林表
　　　　故隐烘帘自嬉笑
　　　　露脚斜飞夜将晓《早梅芳》二首（十、四上）
　　　　独占春光最多处
　　　　凭仗青鸾报情素《感皇恩》（十、五上）

皆一句中有两三字不苟。若《一寸金》一首（九、三下），上下片共有十余拗句：

> ……下枕江山是城郭，望海霞接日，红翻水面。……沙痕退，夜潮正落。疏林外，……渡口参差正寥廓。
>
> ……何事京华①信漂泊，念渚蒲汀柳，空归闲梦。……留连处，利名易薄。回头谢，……便入渔钓乐。

《绕佛阁》之双拽头，且四声多合：

> 暗尘四敛，楼观迥出，高映孤馆。清漏将短。厌闻夜久签声动书幔。
>
> 桂华又满，闲步露草，偏爱幽远。花气清婉。望中迤逦城阴度河岸。

此十句五十字中，"敛"上去通读，"迤""动""迥"阳上作去，"出"清入作上：四声盖无一字不合；此开后来方千里、吴梦窗全依四声之例；《乐章集》中，未尝有也。

又，《乐章》但守"上去""去上"，间有作"去平上""去平平上"者，尚守之不坚。至清真益出以错综变化，而且字字不苟；其作"去平上"者，如：

> 两两相依燕新乳
> 小槛朱笼报鹦鹉

---

① "京华"，底本作"经年"，据《清真集笺注》（P.165）改。

始觉惊鸿去云远

柳眼花须更谁剪 《荔枝香》二首（一、四上）

午妆粉指印窗眼

宝钗落枕梦春远

桥上酸风射眸子

不恋寒衾再三起 《夜游宫》（六、三上）

作"平去平"者，如《绮寮怨》（九、一上）一首中六句如此：

晓风吹未醒平　　澹墨苔晕青　　叹息愁思盈　　去去倦寻路
程　　何须渭城　　歌声未尽处先泪零

　　去声最为拗怒，取介在两平之间，有击撞戛捺之妙；今虽词乐失
传，但依字声读之，犹含异响。前人如少游作《八六子》两结句云"怆
然暗惊""黄鹂又啼数声"，虽已用此法，尚间有未纯，如其《阮郎归》四
首，每片第二、四句云，"扑人风絮飞""落红成地衣""夜堂深处逢""佳期如梦中""有
人偷向隅""迢迢清夜徂""郴阳和雁无"，第四字"絮""地""处""梦""向""夜""雁"
皆作去；而"星河沉晓空""那堪更别离"诸句，又皆不合。至清真此例始严。后
来如高竹屋作《太常引》两结云"笑女伴东风醉时""问一片将愁寄
谁"。此在南宋诸家，则不胜屈指矣。

　　清真他词若"掩重关遍城钟鼓"《扫花游》、"梦沉书远""还看稀星
数点"《过秦楼》、"欲梦高唐未成眠，霜空又晓"《氐州第一》、"更把茱萸
再三嘱"《六么令》、"奈何人自衰老"《倒犯》、"似梦里，泪暗滴"《兰陵
王》、"知他做甚头眼"《归去难》、"你但忘了人呵①"《满路花》，其上去连

---

① "呵"，底本作"啊"，据《清真集笺注》（P.46）改。

用、间用，皆在两结。案：《中原音韵》有"末句"条，备列三声不可改易之格，如《庆宣和》必作"去上"，《山坡羊》《四块玉》必作"平去平"，《醉太平》必作"平平去上"，《呆古朵》《牧羊关》《德胜令①》必作"平平上去平"或"仄平平去平"，其法殆出于宋词。在宋词中能严守此律者，莫先于清真也。

《中原音韵》论"务头"云："要知某调某句某字是务头，可施俊语于其上。"后附定格四十首，备注其四声阴阳。如《朝天子》第六句"人来茶罢"句，"务头在'人'字"。《红绣鞋》结句"功名不挂口"，"妙在'口'字上声，务头在其上"。所谓"务头"，疑元人方言，今尚未得其确解。（《赌棋山庄词话》卷七页一引各家解务头语，可参。）予疑其法亦出于宋词。词中以拗调为警句者，三变已有，至清真而益密。盖一词之中，必有数句数字为音律最美听处，当施以警句俊语；其位置在词之头腹尾无定，而在尾者尤多；《中原音韵》所列定格，务头在尾者亦最多。复有连数句而皆如此者，亦与《中原音韵》同例。《中原音韵》《山坡羊》注云："务头在第七句至尾。"今举清真词拗句如下：

《琐窗寒》上下片第六句，"洒空阶夜阑未休""想东园桃李自春"。"未""自"皆去。

《满庭芳》上下片六七句，"人静乌鸢自乐，小桥外新绿溅溅""憔悴江南倦客，不堪听急管繁弦"。"自""外""倦""听"皆去。

《宴清都》上下七八句，"宾鸿谩说传书，算过尽千侪万侣""秋霜半入清镜，叹带眼都移旧处"。"谩""半"皆去，"算过尽""叹带眼"皆去去上。

《庆春宫》上下七八句，"倦途休驾，淡烟里微茫见星""眼波传意，恨密约匆匆未成"。"倦""驾""淡""见""意""恨""未"皆去，"眼"

---

① "令"，底本作"会"，据史实改。

阳上作去。

凡此在全词中，皆为警策之语，以其上下片相对，知其四声不容假借。（其他上下片不相对者，虽亦属警句拗语，概不臆举。）其有拗在结句者，尤为声律所关，如：

来折东篱半开菊　更把茱萸再三嘱《六么令》两结

露萤清夜照书卷《齐天乐》上结

欲梦高唐未成眠，霜空又晓《氐州第一》下结

东风竟日吹露桃《忆旧游》下结

若《兰陵王》乃三换头词，据毛开《樵隐笔录》。当分四片，旧分三片，非。其四片结云：

曾见几番，拂水飘绵送行色第一片结

年去岁来，应折柔条过千尺第二片结

愁一箭风快，半篙波暖，回头迢递便数驿第三片结

念月榭携手，露桥闻笛，沉思前事，似梦里，泪暗滴第四片结

三十二相对字中，例外惟一清声"几"字；声情相应，可谓此体之剧例矣。

郑大鹤清真词校稿谓清真特严入声之律。予草前章，曾为溯源于柳词。又大鹤所举清真入声诸调，仅十余首，（《秋思》《红林檎近》《绕佛阁》《西平乐》《齐天乐》《法曲献仙音》《渡江云》《忆旧游》《琐窗寒》等。）亦未详其变化迹象。予以为清真入声，重在拗句及结声，与其用上去同；而"去入"之连用，亦与"去上""上去"之连用同。此在南宋方、杨诸家，似亦未能了了。兹复分述如后。

　　清真词上下片相对用入者，如《瑞龙吟》"愔愔坊陌人家""侵晨浅约宫黄"（一、一上），《忆旧游》"窗影烛光摇""杨柳拂河桥""渐暗竹敲凉""但满目京尘"（二、四下），《少年游》二首"衣薄耐朝寒""南陌暖雕鞍""楼阁澹春姿""春色在桃枝"（三、一下），《过秦楼》"水浴清蟾""鬟怯琼梳"（四、二下）。此类与三变各例无异，可勿赘举。其用于词中拗句及结句者，则较三变多变化，律亦特严，如：

　　　　洒空阶夜阑未休，故人剪烛西窗语。
　　　　想东园桃李自春，小唇秀靥，今在否？《琐窗寒》（一、二上）
　　　　正是夜堂无月，沉沉暗寒食。
　　　　又见汉宫传烛，飞烟五侯宅。《应天长①》（一、三下）
　　　　都不管烟波隔南浦，
　　　　夜如岁焚香独自语。《尉迟杯》（九、二上）（以上词中拗句，以下结句。）
　　　　夜长莫惜空酒觞。
　　　　放杯同觅高处看。《红林檎近》（六、四上）
　　　　更可惜雪中高树，香篝薰素被。
　　　　但梦想一枝，黄昏斜照水。《花犯》（七、三下）

此种皆与上下文上去声配合，当为全词音节吃紧处。亦有句脚用入，而并非韵脚者，前举《应天长》"夜堂无月""汉宫传烛"外，如《扫花游》之"听鸣禽按曲""叹将愁度日"（一、五），《解连环》之"嗟情人断绝""料舟移岸曲"（二、一上），《满庭芳》之"人静乌鸢自乐""憔悴江南倦客"（四、一上），《风流子》之"枫林凋晚叶""泪花消凤蜡"（五、一上），《齐天乐》之"鸣蛩劝织""长安乱叶"（五、三上），《满路花》之

---

① "应天长"，底本作"应长天"，据《清真集笺注》（P.153）改。

"冰壶防饮渴""黄昏风弄雪"（八、六上），《意难忘》之"笼灯就月""寻消问息"（十、一上），等等，亦皆上下片相对。郑大鹤以为"律之细微者"，诚然。但清真细处，尤在"去""入"之连用。此在三变仅有《透碧霄》之"照日""艳质"，《斗百花》之"泪落""第一"，《昼夜乐》之"变作""悔不"诸句，且犹守之不严，同调之词，不能尽合。清真则前"去"后"入"，秩然不紊，胪举如次：

听鸣琴按曲

叹将愁度日《扫花游》（一、五下）

嗟情人断绝

料舟移岸曲《解连环》（二、一下）

渐暗竹敲凉

但满目京尘《忆旧游》（二、四下）

人静乌①莺自乐

憔悴江南倦客《满庭芳》（四、一上）

看步袜江妃照明镜

携艳质追凉就槐影《侧犯》（四、三上）

宾鸿谩说传书

秋霜半入清镜《宴清都》（五、二上）

鸣蛩劝织

长安乱叶《齐天乐》（五、三上）

想弄月黄昏时候

好乱插繁花盈首《玉烛新》（七、三上）

山围故国绕清江

---

① "乌"，底本作"鸟"，据《清真集笺注》（P.94）改。

空遗旧迹郁苍苍《西河》（八、三上）

泊合教伊

到得其时《归去难》（八、三下）

凡此皆上下片无一字舛误，断非偶合。亦有中夹三声，与"去平平上""去平上"同例者，如《华胥引》之：

去舟如叶　对晓风鸣轧　醉头扶起还怯

鬓丝堪镊　但凤笺盈箧　夜来和泪双叠

此等集中当不乏同例。虽其上下片相对之句，亦有作"入去"者，如：

叹画阑玉砌都换　又片时一阵风雨恶《玲珑四犯》（二、一下）

有作"上入"者，如：

锦幄初温　马滑霜浓《少年游》（六、二上）

有作"入上"者，如：

日上三竿　著甚情悰《满路花》（八、六上）

挤剧饮淋浪　试说与何妨《意难忘》（十、一上）

有作"平入"者，如：

衣薄耐朝寒　南陌暖雕鞍　楼阁澹春姿　春色在桃枝《少年

游》二首（三、一下）

深阁时闻裁剪　空忆诗情宛转《齐天乐》（五、三上）

有作"入平"者，如：

更可惜雪中高树　但梦想一枝潇洒《花犯》（七、三下）

有作"平入平"者，如：

夜来霜月飞来伴孤旅　泪珠都作秋宵枕前雨《解蹀躞》（六、
一下）

有作"上入平"者，如：

帘烘楼迥月宜人　天涯回首一销魂《玉楼春》（八、五上）

但皆仅一二处而已，从无如作"去入"之多者。知此与"去上"连用，
同为周词奥旨，不可不表出者也。

四声字入声最少，其可入词者，尤不如余三声之多，而清真一首
之中，乃往往有三数处相对。如《齐天乐》（五、三上）"织""阁""拂"
对"叶""忆""液"，《满路花》（八、六上）"压""渴""日"对
"窦""雪""着"，《红林檎》二首（六、四上）下片"落""索""忆""惜"
对"屐""席""入""觅"。又《蝶恋花》，小令也（八、一下），而
"雪""别"对"蜡""白"，四首惟一处不合；《西河》，双拽头短片也
（八、三上），而"国""寂"对"迹""月"：皆全词中只此两三入声，而
一一不苟。并有上下片之句法已改，而入声不改者，如前举《玲珑四

犯》及《解蹀躞》之"玉""一""月""作"四字是。虽其间有上下片入声相对，而上下字之三声不同，如《瑞龙吟》"坊陌"对"浅约"，《倒犯》"玉斝"对"必定"，《西河》"寂寞"对"月过"等是。但在全集仅十一二处而已，较之其他三声之违异，究为少数。予故谓入声之辨别，亦萌于三变而严于清真，不但上去为然也。

总之，四声入词，至清真而极变化。惟其知乐，故能神明于矩矱之中。今观其上下片相同之调，严者固一声不苟，宽者往往二三合而四五离。是正由其殚精律吕，故知其轻重缓急，不必如后来方、杨之一一拘泥也。读周词如不明此义，将谓清真四声之例，犹不如方、杨之纯，则疑子贡贤于仲尼矣。盖清真提举大晟，"顾曲"名堂，非如方、杨为之于词乐失坠之后。其四声宽严之别，即其文学死活之分。自万红友以来，知其严而不知其宽，致后人学步方、杨者，争去康衢而航乎断港。揭橥而明辨之，予岂好为辞费哉！况周颐《二云词》页十六《意难忘》词小序，谓"阴阳平悉依清真"。又注云"细审清真此调：'觞'阳平，'香'阴平，'凉''浪'阳平，'相'阴平，'郎'阳平，'妆'阴平，'妨'阳平，'光'阴平。两声相间，抑扬相应，两段一律。至前段起句'黄'阳平，后段起句'双'阴平，所以为换头也。昔人于阴阳平，分析配合，谨严如此"云云。案：此谓周词韵脚亦分阴阳，然案之他篇，不尽如此；况氏未免求之过深；且"觞""妨"皆阴而非阳，亦偶误也。

五、南宋方、杨诸家，拘泥四声

南宋声家，推白石为钜子。顾其词从清真入而不从清真出，故鲜用清真旧调。其自度各曲，上下片相对者，四声亦不尽从同。此由其深明乐律，可弗拘拘于文字，实与清真同其矩矱也。逮方千里、杨泽民、陈允平诸家之和清真，于其四声，亦步亦趋，不敢逾越，则律吕亡而桎梏作矣。近人杨易霖为《周词订律》，尝备列诸家和作。其全词四声仅数字不合者，共十余首，汇录如次：

双溪和《琐窗寒》，仅一字不合。案：王炎、冯取洽皆字双溪，而此调"驻马林塘"一首，不载于王、冯二家集。不知杨氏何据。

千里和《瑞龙吟》《宴清都》，钓月和《隔浦莲》，皆只二字不合。

千里和《琐窗寒》《忆旧游》《垂丝钓》《霜叶飞》，泽民和《琐窗寒》，楼采和《法曲献仙音》，天游和《氐州第一》，皆只三字不合。

千里和《六丑》，双溪和《兰陵王》，此调"絮花弱"一首，亦不见于王、冯二家集。皆只四字不合。

今举《瑞龙吟》双拽头为例，排比周、方二词如下，以觇一斑：

（周）章台路，还见褪粉梅梢，试花桃树。愔愔坊陌人家，定巢燕子，归来旧处。第一片。

（方）楼前路，愁见万点风花，数行烟树。依依斜日红收，暮山翠接，平芜尽处。

（周）黯凝伫，因念个人痴小，乍窥门户。侵晨浅约宫黄，障风映袖，盈盈笑语。第二片。

（方）小留伫，还是画阑凭暖，半扃朱户。帘栊尽日无人，消凝怅望，时时自语。

方词"接"字清声，入可作上。"尽"字、"是"字阳上作去。两片五十四字，四声无一字不合也。语其拘守之严，诚无以复加。然损文字，窒性情，亦何能讳。检诸家和词，其辞句拙僿者，如：

泽民《风流子》："惟恨小臣资浅，朝觐犹妨。"

《玲珑四犯》："应自来恨闷和想忆，都消散。"

《一落索》："尽日登山绕树，禄非尸素。"

《蕙兰芳》:"及瓜虽近,要娱我目。"

其趁韵有语病者,如:

泽民《应天长》:"善歌更解舞,传闻触处声藉。"

《还京乐》:"待学鹣鹣翼,从他名利荣①悴。"

《解连环》:"伊心料应未若。"

《瑞鹤仙》(忆旧居):"一年自成落。"

《丁香结》:"堪叹萍泛浪迹,是事无长寸。"

千里《六么令》:"群芳难逐。"

《西河》:"比屋乐逢尧世,好相将载酒寻歌玄②对。"

亦有语意费解者,如:

泽民《虞美人》下片:"几回池上寻芳径,惊③见波中影。
似将千叶再苞封,肠断昭阳,一笑付飞鸿。"

《花犯》:"看媚脸与花争好,休夸空觅水。"

逃禅《垂丝钓》:"争如作个青羽,又闻院宇,不在当时住。"

甚且有和韵而误读字音者,如:

泽民《水龙吟》(木樨):"争似青青叶底,傍西窗时复轻吹。"

---

① "荣",底本作"萦",据《全宋词》(P.3001)改。
② "玄",底本作"立",据《全宋词》(P.2504)改。
③ "惊",底本作"蓦",据《全宋词》(P.3014)改。

西麓《水龙吟》："倚阑人玉龙休吹。"<small>以上二"吹"字，皆叶仄。</small>

凡此仅以和清真原韵者为限，若梦窗诸家用其调而不同其韵者，不复一一捃摭。虽云才有优绌，然字字固守，势不能无害于辞意。岂知清真制曲，虽严音律，本不拘泥如此。今仍以《瑞龙吟》双拽头为例，校清真上下片四声，（双拽头词例，两片字句一一相对。）五十四字之间，不符者乃有下列八字：

> 章　路　粉　梢　树　坊　子　处
>
> 黯　伫　人　小　户　浅　袖　语

即以"伫""户""语"为阳上作去，不合者仍五字也。再举清真《早梅芳》两首互校，上片四十二字，四声不同者亦有下列十一字：

> 花竹　桄　到　隔　壁　泪　重　怯　门　已
>
> 缭墙　竹　沼　微　隐　粉　薄　蠹　满　叹

即以"壁""怯"清入作上，"已"阳上作去，仍有七字不合。盖清真此词，惟数拗句四声当守，其余本可通融。（说具前章。）南宋诸家，求之过深，致令康庄生荆棘矣。

　　不但此也。诸家于清真不必守而守者，固失之过拘，间亦有当守而不守者，则又太懈。如清真《琐窗寒》"想东园桃李自春"，对上片"洒空阶夜阑未休"，"自"必作去。方、杨、梦窗皆同，而西麓云"念旧游九陌香尘"，碧山云"问如今山馆水村"，"香""水"不作去矣。美成《荔枝香》上结"看两两相依燕新乳"，末三字必作去平上。方、陈、梦窗同，而泽民云"共煮新茶取花乳"，"取"阴上，不得作去矣。

美成《扫花游》上下片"听鸣禽按曲""叹将愁度日",末二字皆必作去入。而西麓云"看窥帘燕妥""对歌尘舞地","妥""舞""地"三字皆误矣。(此调草窗、梦窗亦有不守者。)清真《满庭芳》"憔悴江南倦客",对上片"人静乌鸢自乐","倦客"亦必去入。而泽民云"果解忘情寄意",已误一"意"字;西麓云"要识渊明琴趣",则"琴趣"二字并乖矣。凡此细数不能遍举,在西麓为尤多。夫守前人律度,不能探赜索隐,而但一一泥其粗迹,已非真知灼见之所为;乃于其大者要者复疏忽如此,周词奥窔,夫岂杨、陈诸人所能尽窥哉?

《乐府指迷》尝谓《尾犯》结句第三字当用去声。原文谓:"如《尾犯》之用'金玉珠珍博','金'字当用去声。"案:此引三变词全句为"肯把金玉珠珍博"。而梦窗云"远梦越来溪畔月","越"字作入,此犹可诿为阳入得替去也。冒鹤亭先生谓清真《大酺》一首,"润逼琴丝"以下,与下片"兰成憔悴"以下句法差同。"况萧索青芜国",对上片"奈愁极顿惊"。本不当叶,"国"字乃由飞卿诗误衍。温诗:"花庭忽作青芜国。"而梦窗乃于"国"字误增一韵。千里、泽民、西麓亦叶。梦窗如此,方、杨诸家固不足责矣。

或曰:子谓清真制曲,但于一二音节吃紧处,不苟其四声。讥方、杨诸人全首依填为昧乎词律,此固然矣。然万俟雅言为《大声集》,尝有《春草碧》一词云:

　　　　又随芳渚。坐看翠连霁空,愁①遍征路。东风里,谁望断西塞,恨迷南浦。天涯地角,意不尽消沉万古。曾是送别长亭下,细绿暗烟雨。　　何处。乱红铺绣茵,有醉眠荡子,拾翠游女。王孙远,柳外共残照,断云无语。池塘梦生,谢公后还

━━━━━━━━━━━━━━

① "愁",底本作"穆",据《全宋词》(P.809)改。

能继否。独上画楼，春山暝，雁飞去。

此词除过变多"何处"二字，后结少二字外，余皆上下片相对。"别""拾""独"浊入作平，"雨""荡"阳上作去，全词四声，仅"子""柳""角"三字不合耳。雅言与清真同官大晟府，尝奉旨依月用律，月进一曲。（见《碧鸡漫志》。）其必非盲填如杨、陈可知矣，何亦拘守字声若此。予谓此不足疑也。辨四声所以求合乐，能字字不苟，宁非尽善。（清真集中虽多神明变化，其全首如雅言此调者，亦不乏其例，前章所举《绕佛阁》之双拽头，即其一也。）惟一词之律，大顿小住之间，未必无其轻重缓急。词曲同体，今观《中原音韵》所列元曲定格，声律严者，一首之中大都不过一二处或三数处，并非全首如此。若过求严格，反成疵病。《中原音韵·作词十法》"造语"条有云：六字三韵语"忽听一声猛惊""本宫始终不同"，韵脚俱用平声。若杂一上声，便属第二著，皆于务头上使。近有《折桂令》，皆二字一韵，不分务头，亦不能喝采。全淳则已，不淳则句句急口令矣，所谓"画虎不成反类狗"也。殊不知前辈止于全篇中务头上使，以别精粗，如众星中显一月之孤明也。用韵如此，字声当亦同然，此可与宋词互参。能者好奇，如雅言、清真，固无所不可，然非杨、陈所当藉口。邓子晋序《朝野新声太平乐府》，谓冯海粟和白仁甫之《黑漆弩》，字字四声不苟。是北曲亦有全首用四声之例，此亦好奇余趣，非北曲定律必须如此也。

六、宋季词家辨五音，分阴阳

词辨五音清浊之说，北宋人已有之。李易安论词云："诗分平侧，而歌词分五音，又分六律，又分清浊轻重。"此较柳、周四声之律，剖析益密矣。惟其五音、清浊、轻重之涵义，易安未有解说。考玉田《词源》尝以"唇齿喉舌鼻"当五音。张世南《游宦纪闻》谓："字声分清

作词法

浊，非强为差别，盖轻清为阳……（节）重浊为阴。"（《曲律》二、九引。）此皆宋人之说，五音似指发声部位，清浊则即元人论曲之阴阳也。虞集《中原音韵序》，谓德清"以声之清浊，定字为阴阳。如高声从阳，低声用阴"。与张世南说相反。案："清"字阴声，"浊"字阳声，周说是也。今人亦如此分。又词曲中所分阴阳，始于宋元人。孔广森论古韵，以收鼻音与否，分"阴声韵""阳声韵"，此与宋元人所谓阴阳声，划然二事，不可混为一谈。

今举易安词为例，凡五音同者（即双声字）以•识之，平声之阴阳同者以◎识之，五音阴阳皆同者以•◎识之。《凤凰台上忆吹箫》上下片云：

> 今年瘦，非干病酒，不是悲秋。
> 凝眸处，从今更数，几段新愁。

又《壶中天慢》两结云：

> 征鸿过尽，万千心事难寄。
> 日高烟敛，更看今日晴未。

此二联中，合否各半，虽犹未为坚证，然易安词确有用双声甚多者，如《声声慢》一首，用舌声共十六字：

> 难 淡 敌 他 地 堆 独 得 桐 到 点点滴滴
> 第 得

用齿声多至四十一字，有连续至九字者：

寻寻　清清凄凄惨惨戚戚　乍　时　最　息三　盏　酒怎
正伤心　是时　识　积憔悴损　如　谁　守　窗　自怎生细　这
次　怎　愁字

全词九十七字，而此两声凡五十七字，占半数以上。当是有意以啮齿丁宁之口吻，写其郁伊惝恍之情怀。宋词双声之例，此为仅见矣。但易安好为高论，据其今存各词，校其所说，未必尽合。其同时人论词，亦无有及此者。逮南宋之末，张玉田记其父枢所为词，剖析始详。《词源》下云："先人晓畅音律，有《寄闲集》，旁缀音谱，刊行于世。每作一词，必使歌者按之，稍有不协，随即改正。曾赋《瑞鹤仙》一词，有云：'粉蝶儿扑定花心不去。'按之歌谱，声字皆协，惟'扑'字稍不协，遂改为'守'字乃协。知雅词协音，虽一字亦不放过，信乎协音之不易也。又作《惜花春起早》云：'琐窗深。''深'字音（原作'意'）不协，改为'幽'字又不协，再改为'明'字，歌之始协。此三字皆平声，胡为如是？盖五音有唇齿喉舌鼻，所以有轻清、重浊之分。故平声字可为上入者此也。"此举实例为证，较易安之说为具体矣。然"扑""守"、"深""明"之别，究竟若何，玉田未尝畅言，后人解者，亦多不当理。如焦里堂解改"扑"为"守"云："'粉'为羽音（唇音），'蝶'为徵音（舌），'儿'为变徵（半齿半舌），由外而入。若用'扑'字，羽音突然而出，则不协矣。故用'守'字，仍从内转接，直至'不'字乃出为羽音。'琐窗'二字皆商音，又用'深'字商音，则专一矣，故用'明'字羽音，自商而出乃协。"今案：美成有《瑞鹤仙》二首，此句作"叹西园已是花深无地""到而今鱼雁沉沉无信息（多一字）"，以里堂"外入内出"之说按之，皆不能合。若谓清真之时犹未细辨及此，则玉田亲受庭训，其作同调之词当甚可信，然《山中白云》此调云"最无端做了霎时娇梦"，亦不尽如里堂之说也。至谓"深"必改"明"，由"深"

与"琐窗"同为商音，然改"幽"字已非商矣，何以必改为"明"。知里堂所解虽似精微而实未谛也。以予之臆测，《瑞鹤仙》之改"扑"为"守"，当是唇齿之别。玉田此字用"做"，与"守"同齿音，足为旁证。《惜花春起早》改"深"为"明"，则似是阴阳之分。此亦有一旁证，《高丽史·乐志》有无名氏此调一首，起云"向春来"，"春"阴"来"阳，正与"窗"阴"明"阳同。张枢此首全词已佚，"琐窗深"三字平仄与"向春来"同，疑亦是起句。似乎《词源》所谓"五音""清浊"，本为分承此二例而言。观易安《词论》亦云："词分五音，又分清浊轻重。"知两者非为一事。使予此说而不误，可推知元曲之分平声阴阳，实导源于宋词。周德清猥以习俗传闻，自矜独得耳。

张枢词今仅存九首，半是小令，《瑞鹤仙》一首又上下片不相对，且无他首可校，无从得其音节。究竟五音阴阳在词中如何分配，是否同调之词，即同此分配之法，今皆不可知。玉田《词源》"音谱"节谓"雅词协音，虽一字亦不放过"，然其父子《瑞鹤仙》二首，虽"做""守"两字偶合，而按之全首，五音阴阳又不尽同。岂玉田亦不能严守其所说耶？书缺有间，不可臆求矣。

夫谓警句、结拍须辨四声，以苏、辛自命者已望之却步矣。若重语以分五音，辨阴阳，虽学柳、周者，复几人能守。玉田《词源》详述歌词音律，而论杨缵《作词五要》，亦有"词欲协音，未易言也"之叹，则他人可知。故北宋人言四声，名家大都能守。南宋人言五音阴阳，虽梦窗、草窗，亦不尽从同。盖词既久与乐离，专家研索益精，而能知能守者益少矣。合乐应歌之北曲乘运代兴，亦势所必至也。

七、结论

唐宋词字声之由疏而密，由辨平仄而四声，而五声阴阳，予文既略述其演变矣。或谓词之初起，不辨字声而亦可歌，沈括《梦溪笔谈》谓歌词有"融字"之法："宫声字而曲合用商声，则能转宫为商歌之。"朱子亦谓："宫商角徵羽固是就喉舌唇齿上分，不知道喉舌唇齿上亦各有个宫商角徵羽。"是宋人论歌词似不拘泥于字声。斤斤辨别四声阴阳，岂非多事？予谓此事有专家、非专家之分，专家之中复有派别之分，同派作家复有时代先后之分。沈括不以词名，朱子亦视词为余事，不能执其说以绳周、吴之作，此专家、非专家之分也。苏、辛才气奔放，不顾拗尽天下嗓子。周、吴则不惮辨析豪芒，此派别之分也。清真、玉田并号知乐，清真在北宋推为集大成矣，而玉田《词源》犹讥其"于音谱且间有未谐"，此同派复有时代先后之分也。字声辨析愈明，则其合乐之功益显，此无可疑者。《中原音韵》论阴阳曰："《点绛唇》首句韵脚必用阴字，试以'天地玄黄'为句歌之，则歌'黄'字为'荒'字，非也。若以'宇宙洪荒'为句，协矣。盖'荒'字属阴，'黄'字属阳。"又曰："《寄生草》末句七字内，第五字必用阳字。以'归来饱饭黄昏后'为句，歌之协矣。若以'昏黄后'歌之，则歌'昏'为'浑'，非也。盖'黄'字属阳，'昏'字属阴也。"近人谱曲，以文字配音乐，亦复斟酌字声高低。词辨四声，例正视此。

　　故吾人在今日论歌词，有须知者二义：一曰不破词体，一曰不诬词体。谓词可勿守四声，其拗句皆可改为顺句，一如明人《啸余谱》之所为，此破词体也，万氏《词律》论之已详。谓词之字字四声不可通融，如方、杨诸家之和清真，此诬词体也。过犹不及，其弊且浮于前者。盖前者出于无识妄为，世已尽知其非；后者似乎谨严循法，而其弊必至以拘手禁足之格，来后人因噎废食之争。是名为崇律，实将亡词也。区区辞费，属义在此。窃以为若援元曲务头之例，或可为宋词撰一字声之书，凡周、柳诸家之词，有同调可校，或上下片相对者，于其某句平仄可宽，某字四声宜严，一一详注，以补万氏所未及。则虽不能复《词律》之真，或亦十得三四。词本合乐之文，律吕既亡，求诸文字，亦势所必然。他日倘有唐宋词谱与夫宋人论词乐之书重现于世，融旧学于新知，因取今乐以谱古词，并以之提高今乐；此则未来学人之盛业，非戈戈造论之范围矣。

一九四〇年四月作于上海安宜坊寓庐

后　记

予文论五音阴阳章，尝引李易安、张世南、张炎之说，并疑焦里堂之解张枢《瑞鹤仙》《惜花春起早》二词为不可信。今案：宋人论此事者莫详于张炎《词源》，然《词源》所云今亦不能尽悉，如云："五音有唇、齿、喉、舌、鼻，所以有轻清、重浊之分，故平声字可为上入者此也。"此数语有二事不易解：其一，若谓五音为指发声部位，则不得有鼻音。其二，若谓轻清、重浊即阴阳，则与发声部位之唇、齿、喉、舌无涉。曩尝质之友人任心叔，心叔曰："此唇、齿、喉、舌、鼻五者，谓收韵部位，非指发声部位。齿、喉谓阴韵，唇、舌、鼻则阳韵三孔道也。（'三孔道'之名，太炎所立。）齿音谓'支''脂''之'诸部，戈顺卿所谓'展辅'者是。喉音谓'鱼''虞''萧''尤''歌''麻'诸部，戈氏所谓'敛唇''直喉'者是。唇音戈氏谓之'闭口'，舌音戈氏谓之'抵腭'，鼻音戈氏谓之'穿鼻'，盖三孔道皆由鼻，而'东''冬''江''阳'为尤重，故专其名耳。（抵腭之音，劳乃宣谓之'舌齿'。其实但为舌抵前腭，不涉齿部。）轻清、重浊之分亦指收韵言，等韵家以韵位之高低为轻重，高而前者为轻，低而后者为重，又复次为重中轻、轻中重诸目，譬若洪细之等，皆参较比次为名也。云清云浊，则移发声之清浊而为收韵之阴阳。前人追究音理，则系于发声，而由音势以言，则后世就声调而命曰四声阴阳矣。"又曰："'平声字可为上入'，谓谱中平律，可以上入填代。而上入之可以为平者，则以其音之轻、重、清、浊之故，如戈顺卿谓入声正浊派作平声是也。"又谓："《词源》所举寄闲二词，改换各字，亦由收韵清浊不同，'扑'字是'屋'韵，属腭阻入声，清。'守'字是'有'韵，属喉音，清。'深'字是'侵'韵，属唇音，清。'幽'字是'幽'韵，属喉音，清。惟'明'字是'庚'韵，属鼻音，浊。"心叔殚精声韵，其说当可信。备记于此，期与当世学人共商榷之。

又吕澂序《词源疏证》，尝以旋律变化说玉田此节，谓："使音律宫商用字清浊，各有相当者，则一移易之间，亦可以洽，奚待再三。实乃同一宫商，视其前后旋律高下，腔调流动，音即转变。"又谓白石《满江红》改入为平，改"无心扑"为"闻佩环"，"末韵不协，必并其前一字改之者，非以其杀声旋律曲折而坠，有不得不俱变者乎。此足见协音之视旋律矣"。此亦可备一说，爰并录之。

词的转韵

　　一首词里用平仄韵同押的，其作法和古诗不尽相同。古诗转韵无定格，词则某句应平、某句应仄，不能随意改变，所以词韵转换较难安排。现在举习见的两首小令《减字木兰花》《菩萨蛮》作例子，谈谈作词的转韵法。

　　《减字木兰花》上下片各四句，句句押韵，每二句转一韵，八句共押四部韵。（两部仄韵，两部平韵。）平仄字读来声调不同，所以平仄韵变改处，文意也应跟着有所不同。前人填《减字木兰花》，平仄韵转换处，大都意随韵转，如黄庭坚《次韵赵文仪》一首的上片：

　　　　诗翁才刃（仄韵），曾陷文场貔虎阵（叶仄）。
　　　诗敢当哉（转平韵）？况是焚舟决胜来（叶平）！

第三句用问句，第四句用"况是"，都是表示文义进了一层。又如苏轼作《二月十五日夜与赵德麟小酌聚星堂》的下片：

轻烟薄暮，总是少年行乐处。不似秋光，只与离人照断肠。

《己卯儋耳春词》下片云：

春幡春胜，一阵春风吹酒醒。不似天涯，卷起杨花似雪花。

第三句都用"不似"明点意转。他也有用"却"字来表达的，如：

晓来风细，不会鹊声来报喜。却羡寒梅，先觉春风一夜来。

辛弃疾作此调，并且有上下片都用"却"字的，如《宿僧房有作》：

僧窗夜雨，茶鼎熏炉宜小住。却恨春风，勾引诗来恼杀
翁。　　狂歌未可，且把一尊料理我。我到亡何，却听农家陌
上歌。

这种用虚字"况""却""不似"明点韵转的，前人词中并不很多，
最多是暗中转意的。如苏轼《送东武令赵昶失官归海州》：

贤哉令尹，三仕已之无喜愠！我独何人？犹把虚名玷搢
绅。　　不如归去，二顷良田无觅处。归去来兮，待有良田是
几时！

全首两句一转，四韵四转，不必虚字明点，更觉流转自然。

前人填《菩萨蛮》词，也多用此法。如苏轼《七夕》下片云：

相逢虽草草，长共天难老。终不羡人间，人间日似年！

末二句写牛女情事，可与秦观《鹊桥仙》的"金风玉露"之句并称，两句一转意，尤为轻便灵活。《菩萨蛮》这个调子，温庭筠各首最早最有名，他的第二首的上片，转意最奇特：

水精帘里玻璃枕，暖香惹梦鸳鸯锦。江上柳如烟，雁飞残月天。

这是写恋情的词，上片四句平列两种环境：前两句闺房陈饰，是写十分温暖舒适的生活；后两句是写客途光景，极其荒凉寂寞。中间转换处不着一字，而依恋不舍之情自见。柳永的《雨霖铃》："今宵酒醒何处？杨柳岸晓风残月。"也许即从此脱化。

温庭筠此词调，又有全首不转、至末了才大转的，如：

小山重叠金明灭，鬓云欲度香腮雪。懒起画蛾眉，弄妆梳洗迟。　　照花前后镜，花面交相映。新帖绣罗襦，双双金鹧鸪。

这首词写一个女子孤独的哀愁。全词用美丽的字句，写她的晓妆：开首写额黄褪色，头发散乱，是未妆之前；三四句是懒妆意绪；五六句是妆成以后对影自怜的心情；最后七八两句表面还是写妆扮，她在试衣时忽然看见衣上的"双双金鹧鸪"，于是怅触自己的孤独的生活。全词寓意，于是最后豁出。"双双"二字是全首的词眼，七八两句是全文的高峰。但表面还是平叙晓妆过程，好像不转，实是一个大转折。这手法比明转更高。

古乐府里也有用转韵暗示转意的，如《饮马长城窟》的末段：

　　　客从远方来，遗我双鲤鱼。呼童烹鲤鱼，中有尺素书。长
　　跪读素书，书中竟何如？上言加餐食，下言长相忆。

末了两句，也好像是承上文的平叙语，其实是突起高峰。全首数十句，
叙两地相思，到末了写接来信，信里只有"长相忆""加餐食"的话，
而没有一字提到归期。这使她十分失望。只在上文六句平韵之后突转
"忆""食"两个仄字韵，就是暗示读者这是全首情感的大转变，比明
说更强烈。

　　还有一首乐府是《艳歌行》：

　　　翩翩堂前燕，冬藏夏来见。兄弟两三人，流宕在他县。故
　　衣谁当补？新衣谁当绽？赖得贤主人，览取为我组。夫婿从门
　　来，斜柯西北眄。"语卿且勿眄，水清石自见。"石见何累累，
　　远行不如归！

上文一路叙事，连用八句仄韵，最后改用"累""归"两平韵，才转出
全篇本意，原是久客思归之感。读到这里才知道上文的小故事可能是
为这个结句的意思而虚构的。

　　诗歌以韵转表意转的，这两首乐府可说是代表作。温庭筠这首
《菩萨蛮》，文学体制和乐府不同，不能说是有意仿效的。但就词的转
韵说，却有异曲同工之妙。

说小令的结句

　　词里的小令，因为体制短小，造句特别要凝练。结句更要语尽意不尽。一首小令的结句好，会映带全首有光彩；结句不好，前文的好句也会为之减色。所以结句往往是关键所在。这情形正和绝句诗相似。这里举几首《浣溪沙》作例子。

　　《浣溪沙》全首只有六句，四十二个字，上下片各三句，它的每片末句，颇不易填，不可"掉以轻心"。先谈谈北宋晏殊的一首：

　　　　一曲新词酒一杯，去年天气旧亭台。夕阳西下几时回。　　无可奈何花落去，似曾相识燕归来。小园香径独徘徊。

这是怀旧之作。上片由眼前景物引起对往事的怀念：现在唱词喝酒，天气、亭台和从前一样，但是从前的一切，已如"夕阳西下"，成为不回的过去了。下片拈出两件小事情"花落"和"燕归"。"无可奈何"和"似曾相识"都是成语，把它联系在"花落去""燕归来"的上面，由熟得生，转旧成新，便成为名句。花落是无从挽救的，所以说"无可奈何"。燕子是年年重归旧窠的，所以说"似曾相识"。这首怀旧词主要是感伤过去的往事，但是这里不单单写"去"，却接着写"来"，以"来"烘托"去"，便比单单写"去"更浓挚。以"花落"比人去，是寻常语；以"燕来"反衬人去，便是加倍写。燕子是双双回来的，也更足勾引起人去后的孤零之感。还有，在这首词里，写"去"是本意，是主；写"来"是余文，是宾。一般写论文，主意当然重于余文；在文学作品里，有时余文却比主意写得出色。如柳永的《雨霖铃》："多情自古伤离别，更那堪冷落清秋节。"这句是主意，接着"今宵酒醒何处，杨柳岸晓风残月"是点染主意的余文。这余文却是胜于主意的名句。一般写论文，主意在后面，总结全文，起画龙点睛的作用。但是文学作品里，余文的地位有时重于主意，要放在主意之后。这首词把"燕归来"句安排在"花落去"之后，正和柳永《雨霖铃》的作法相同。这样安排会更增强全词的唱叹声情。

在这"花落""燕来"一联传诵名句之后，读者要求有一更出色的好句，来结束全篇。可是很失望，晏殊只写出"小园香径独徘徊"这样的七个字。前面"花落""燕归"一联是强句，对比之下，"小园香径独徘徊"一句显得较弱。这无疑是这位名词家的懈笔。

晏殊对"无可奈何"这两句，很自欣赏。他曾经又把它写入另一首律诗里。（诗题是《示张寺丞王校勘》，王校勘即王琪，宋人笔记说下句是王琪代对的，不可信。）前人说，以这两句的格调论，只宜于入词而不宜于入诗。这个看法是否正确，姑且不论。我们从表达效果和作品章法说，把这两句放进律诗，可成为全首诗的中坚。写入这首《浣溪沙》，却嫌全首不匀称。其实是结句太弱连累了它。

下面举一首《浣溪沙》写得成功的例子，是五代张曙《悼亡》词：

> 枕障熏炉隔绣帏，二年终日苦相思；杏花明月始应知！　　天上人间何处去？旧欢新梦觉来时；黄昏微雨画帘垂。

这词的内容、情感和前首近似。开首写闺房陈设，用一"隔"字，便暗点别离。第三句说只有杏花和明月始知道我生离死别的苦痛，因为它是我俩当时相爱的见证，是写这苦痛无人共喻的感叹。下片"何处去"指死者，"觉来时"指生者。他只有在梦寐里才得重温旧日的欢爱。"黄昏微雨画帘垂"，是梦醒之后寂寞怅惘的光景。

这词所以动人，由于它的形象性强，"黄昏微雨画帘垂"七个字景语，是集中传神之笔。它通过具体的景物，烘托不易表达的抽象感情，使这种感情形象化地出现于读者想象之中，好像是在耳目之前。

元稹闻白居易贬江州司马，寄白绝句："残灯无焰影幢幢，此夕闻君谪九江。垂死病中惊起坐，暗风吹雨入寒窗。"白居易说，末了一句，他人尚且不忍闻，何况是我！本来第三句是全诗顶恳切沉痛的话，何以第四句读来更动人？这也由于它的形象性强。有了这句，才烘托出第三句的恳切沉痛。

元稹这句"暗风吹雨"和张曙的"黄昏微雨"，可以说是唐人诗词中结句的双璧。

有些小令词的体制，很近似于诗中的绝句，如《生查子》《菩萨蛮》等。但是绝句四句，《生查子》《菩萨蛮》等也多是偶数句子结构。而《浣溪沙》上下片都只三句，是奇数。第三句结句并且是拖一个独立无偶的尾巴，它的地位和作用却等于绝句的第三、四两句，这一句还要起两句的作用。一般绝句的作法，第三句要转，第四句是收。《浣溪沙》末句七字要抵得绝句的第三、第四两句，那么，这七个字要

能做到即转即收，才算称职。我最爱晏殊"一向年光有限身"一首的
下片：

> 满目山河空念远，落花风雨更伤春——不如怜取眼前人！

全首虽然是酒边花间咏妓之作（"眼前人"是指妓女），但是这几句的感慨，
好像不限于本题。以章法论，能做到即转即收的，这首可说是最为合
格。另外，有陈廷焯《白雨斋词话》里提到的清人赠妓的此调的上片：

> 一世杨花二世萍，无疑三世是卿卿——不然何事也飘零！

陈廷焯不爱这首词。我以为以内容说，它同情妓女的漂泊生活，不同
于一般玩弄之作，语言也清新流利；结句用散文"不然"一辞入词，
比之辛弃疾"种梅菊"一首上片所说：

> 百世孤芳肯自媒？直须诗句与推排——不然唤起酒边来。

也复难分高下。全首是可以肯定的。

　　就形式方面说，张曙这首悼亡词的成功，固然是由于末句景语有
很强的形象性。但这个词调末句的作法，绝不限于用形象烘托法的景
语。应该从全首的内容和格调来考虑它的表达方式。宋人如晏幾道作
这个调的下片：

> 衣化客尘今古道，柳含春意短长亭——凤楼争见路旁情！

　　又如：

静选绿阴莺有意，漫随游骑絮多才——去年今日忆同来！

如贺铸的下片：

敧枕有时成雨梦，隔帘无处说春心————一从灯夜到如今！

这三首的末句都是用推挽法的：第一首是推开说，（作客旅途的辛苦，家居的女人哪能知道。）二、三两首都用倒挽法。（从现在的所见所感回忆从前。）又如辛弃疾的下片：

引入沧浪鱼得计，展成①寥阔鹤能言——几时高处见层轩？

题目是《席上赵景山提干赋溪台和韵》。从眼前的境界再翻腾一层，是推开。又是用问语振起，写得很好，这类例子可惜不太多。前人写这调子的结句，有不少是用问语的，如欧阳炯的下片：

独倚画屏愁不语，斜敧瑶枕髻鬟偏——此时心在阿谁边？

欧阳修的下片：

白发戴花君莫笑，六么催拍盏频传——人生何处是尊前？

李清照下片：

---

① "成"，底本作"开"，据《全宋词》（P. 1926）改。

玉鸭熏炉闲瑞脑，朱樱斗帐掩流苏——通犀还解辟寒无？

这样以问句作结，更能表达含蓄不尽之情，比作直叙语好。

以上是我所想到的《浣溪沙》结句的几种作法。当然前人写这个调的好作品，决不限于这些作法。他们也有在一片里三句并列，表面上不推挽、不转便结束的。如辛弃疾的两首，其一是《常山道中即事》的下片：

忽有微凉何处雨？更无留影霎时云；卖瓜人过竹边村。

词写乡村夏景。上两句说远处的雨，这里只觉得微微凉气，天空偶有些薄云，忽然没有踪影了，这是写暍热天气，末句七字写行路人求凉的心情，瓜、竹是止渴歇阴之物，望见便生凉意。用眼前事物，淡淡七字，烘托心情。全片三句都是景语，表面齐头并列，第三句却确是好结束。它和陆游一首写暑雨的结句"忽有野僧来打门"，写出凉意，可说异曲同工。

另一首也是写乡村的，下片也是三句景物并列的：

啼鸟有时能劝客，小桃无赖已撩人，梨花也作白头新。

第一句用梅尧臣《禽言》诗，说"提葫芦"鸟的叫声好像劝人吃酒；第二句说桃花勾人春思；第三句连下说雪白的梨花，好像老人的白头发，"新"字形容白发鲜明，也用古语"白头如新"（说朋友交情），映带上片第一句的"父老"。全片写农家丰岁的欢乐心情，觉得眼前风物无不称心，末句并且带些谐谑风味。虽然三句并列，第三句也确是好收尾，不得和第二句互换地位。因为上片"父老争言雨水匀，眉头不似去年甓，殷勤谢却甀中尘"，都是写父老的，这下片末句也是开这个父老的玩笑。三句里实是意有侧重。这种全片三句并列的作法，表面文字，不转不收，骨子里却是有转有收，即转即收。这比前举各例，好像更难着笔了。不过，一首作品的成败，主要原是由于它的内容，我这里只就形式方面说说它的利病而已。

关于小令《浣溪沙》的结句作法，已如上述。与它同体制的，还有《梦江南》。

《梦江南》全首五句，最要注意的也是末了一句。这里举皇甫松的两首作比较：

> 兰烬落，屏上暗红蕉。闲梦江南梅熟日，画船吹笛雨潇潇。人语驿边桥。

开头"兰烬"指灯花。灯残了，屏风上画的红蕉颜色也黯淡了，是说已是夜深时候。下三句写梦境：在梅雨时节听画船的笛声，十四字概括地写出了江南水乡的光景，真像一幅画图。清代名画家费丹旭（晓楼）就把这两句画成一幅名画。但是不无缺憾的是，这十四字若作为一首七绝的后半首，是韵味无穷的好诗；但作为《梦江南》，后面着一句"人语驿边桥"，便嫌全首情景不集中，难免"蛇足"之讥。这个调子的结构同《浣溪沙》一样，最忌末了拖一个孤零零的尾巴。

皇甫松另一首却写的恰好：

> 楼上寝，残月下帘旌。梦见秣陵惆怅事，桃花柳絮满江城，双髻坐吹笙。

这词开头写夜景，后三句写梦境，和前首作法全同。其所以胜过前首的，是末句紧接上两句，构成一个美好意境。"双髻"以局部见全体，写出整个美人的形象。"桃花柳絮"和笙声似无必然的联系，不同前首的笛声和雨声密切相关，但它的意境是相通的。唐人郎士元有一首《听邻家吹笙》七绝说：

> 凤①吹声如隔彩霞，不知墙外是谁家。重门深锁无寻处，疑有碧桃无数花。

不见吹笙之人，而想象笙声出于无数碧桃之下，这是以碧桃之艳形容笙声之美，以色写声，是艺术意境之所谓"通感"。这词以"桃花柳絮满江城"作背景，写吹笙的人，也有同样艺术效果。并且它用一个旖旋风光的回忆场景，反点第三句的"惆怅"，手法意象更曲折幽美了。

《梦江南》又名《望江南》，皇甫松这两首是写"梦"，温庭筠有一首是写"望"，也是晚唐词里的名作：

> 梳洗罢，独倚望江楼。过尽千帆皆不是，斜晖脉脉水悠悠。肠断白蘋洲。

这是写一个女子盼望她的情人而终于失望的心情。她希望眼前过去的船只，必有一只是载她的情人归来的，然而望到黄昏，依然落空。于"过尽千帆"句之下，用"斜晖脉脉"七字作烘托，得情景相生之妙。"过尽千帆"是写眼前事物，也兼写情感，含有古乐府"天下人无限，慊慊独为汝"的意思。清代谭献词："红杏枝头侬与汝，千花百草从渠许。"也同此意。

---

① "凤"，底本作"风"，据《全唐诗》（P. 2786）改。

"斜晖脉脉水悠悠"不仅仅是景语，也用它来点时间，联系开头的"梳洗罢"句，说明她从早到晚，已是整整望了一天了。也兼用它来表情，（王国维《人间词话》说"一切景语皆情语"。）"斜晖脉脉"可以比喻她对情人的脉脉含情，依依不舍。"水悠悠"是指无情的他，像悠悠江水，一去不返。"悠悠"在这里是形容无情，如"悠悠行路心"，是说像过路的人对我全不关心。这样两面对比，才逼出下文"肠断白蘋洲"的"肠断"来。若仅作泛泛景语看，"肠断"二字便没有来路，并且使全首结构松懈，显不出这末句"点睛"的作用。我以为，就这一词看，应如此体会，就温庭筠这一作家的全部作品风格看，也应如此体会。

（温词手法都很精深细密，与韦庄清疏之作不同。）

这词字字精炼，陪衬的字句都有用意：如开头的"梳洗罢"，也不是虚设之辞，含有"女为悦己者容"的意思。古时人采蘋花寄相思，末句的"白蘋洲"，也关合全首情意。这好像电影中每一场景、每一道具，都起特定的作用。末了五字必不是泛泛填凑。但是若不体会上句"斜晖脉脉水悠悠"七字情景交融之妙，则末句也会成为孤零零的尾巴，这样就辜负作者的匠心了。

前人对这个调的末句，大概有承上、总结、转折、伸明等几种作法。"双鬓坐吹笙"是承上，"肠断白蘋洲"是总结，至于作转折的，如杨慎"咏雪"：

> 晴雪好，万瓦玉鳞浮。照夜不随青女去，羞明应为素娥留——只欠剡溪舟。

末句忽作怅望不满之词，却有不尽之意。他另有一首"咏月"，也同此作法：

明月好，流影浸楼台。金界三千随望远，雕阑十二逐人来——只是欠传杯。

末句伸明本意的，我最爱王世贞一首：

歌起处，斜日半江红。柔绿篱添梅子雨，淡黄衫耐藕丝风。家在五湖东。

"柔绿"十四字是美句，末着"家在五湖东"五字，意韵更足，是伸明也是补足，在这个调子里，似乎更胜于李煜的"花月正春风"。

宋词用典举例

　　古典文学作品善于运用典故的，对作者当时说，也算是"古为今用"。

　　多用典故，是我国古典文学作品里一个突出的现象。它对作品有利有弊。有些作者用典故来炫博矜奇，用典故来粉饰空无内容的作品，它的流弊就很大。有的运用人人熟知易解的典故，用得很恰当，能以少数文字表达比较丰富的意思，能给人以具体、鲜明的印象，有的并且能起"古为今用"的作用。这种是完全应该肯定的。

　　一般人鉴于滥用典故的流弊，总以多用典故为诫，这有时也是因噎废食之论。我们应该分别对待这问题，不可粗率地否定一切用典故的作品。这里面有两种粗率的看法。一类认为多用典故的作品就不是好作品，不是上乘作品，这是忽略了有些典故的本身是有其思想性的。一类则拿所用的典故的思想性来连坐这篇作品的思想性，这是混淆作品的题材和主题的区别。这里举两首宋词作例子来讨论这个问题。

一首是辛弃疾的《永遇乐·京口北固亭怀古》：

> 千古江山，英雄无觅，孙仲谋处。舞榭歌台，风流总被、雨打风吹去。斜阳草树，寻常巷陌，人道寄奴曾住。想当年、金戈铁马，气吞万里如虎。　　元嘉草草，封狼居胥，赢得仓皇北顾。四十三年，望中犹记、烽火扬州路。可堪回首，佛狸祠下，一片神鸦社鼓！凭谁问，廉颇老矣，尚能饭否？

这首词一共用了孙权、刘裕、宋文帝、北魏太武帝（佛狸）、廉颇五件典故。全首词不用典故的只有"四十三年，望中犹记，烽火扬州路"三句。辛弃疾词以多用典故出名，这首在整部辛词里算是最突出的一首了。但是他用这些典故和一般文人的用典故不同，因为这首词里的五件典故，它本身的思想性和作者这首作品的思想性是紧紧地联系的，并且这些典故都是京口（今镇江）这个地方的历史掌故，是这个"京口北固亭怀古"题目里应有的文章。这首词是辛弃疾六十五岁被韩侂胄起用为镇江知府时作的。上片怀念孙权、刘裕。孙权曾经北抗曹操；刘裕也曾北伐，先灭山东的南燕，后灭陕西的后秦。辛弃疾孝宗乾道己酉进《美芹十论》，也主张先取山东，曾说："不得山东则河北不可取，不得河北则中原不可复。"下片用王玄谟劝宋文帝北伐事，意思是惋惜文帝不曾作好准备，冒险北伐，以致大败，让佛狸深入南方。这原是为韩侂胄而发的，当时侂胄要以伐金自立大功，不肯听辛弃疾先作充分准备的劝告，后来果然一败涂地，不出辛弃疾之所料。中段回忆自己少年时从北方起义南来时事。结句以廉颇自比，表达为国效劳的忠心。这时辛弃疾虽任边防重职，但韩侂胄并不尊重他的意见，次年他便被劾落职了。

这首词里用这些典故，一方面原是这个"怀古"题目里应有的历史事实，一方面又是借用历史事实表达自己的思想，并且拿它来对统治集团作规劝和斗争，这也是用历史的经验为当前的政治服务。若论这些典故在这首词里所起的政治性、思想性的作用，可以说是全宋词里用典故的作品中①最突出的一首，尽管它用得这么多，但对作品的内容说，完全是有利无弊的，完全是应该肯定的。决不应拿它和一般文士用典故来装饰的作品相提并论。当时岳珂著《桯史》，却讥这首词"微觉用事多耳"。这还是一般文士的见解，未能深识这首词用典故的特色。

其次，谈谈姜夔过扬州作的《扬州慢》：

> 淮左名都，竹西佳处，解鞍少驻初程。过春风十里，尽荠麦青青。自胡马窥江去后，废池乔木，犹厌言兵。渐黄昏，清角吹寒，都在空城。　　杜郎俊赏，算而今、重到须惊。纵豆蔻词工，青楼梦好，难赋深情。二十四桥仍在，波心荡、冷月无声。念桥边红药，年年知为谁生！

姜夔二十余岁作这首词，是他集子里的名作。有人说它"纵豆蔻词工，青楼梦好"几句是冶游狎妓的口气，因而判定它是一首思想性很差的作品。我以为不尽然。"青楼梦好"几句，用杜牧扬州诗。杜牧这诗原是"唐人好狎"风气下的产物。一般地说，作品里所用的典故，原和作品本身的思想内容有其一致性。但也不能一概而论，有些作品不能因为它所用典故的思想性而连坐这首作品本身的思想性。这种情形在古典文学里相当多，随便举个例子，杜甫诗："远愧梁江总，还家尚黑头。"江总是一个没有品格的文人，我们可以因此就贬低杜甫这首作品

---

① "中"，底本作"的"，据文意改。

的思想性吗? 辛弃疾《鹧鸪天》:"书咄咄,且休休。""咄咄书空"用殷浩故事,亦复如此。

姜夔在南渡兵火之后,写这首凭吊扬州的词。凭吊扬州首先令人想到的是它在唐代的繁华,繁华是这个地方的历史特征。杜牧这些诗对这方面说,是有其代表性的,所以历代文人借它作典故用。后来刘克庄作过扬州的《沁园春》:"更无人报,书记平安。"亦用杜牧事。经扬州而回忆它的繁华,也犹之经长安、洛阳而回忆它是古代帝都一样。姜夔用"青楼梦好"几句,也正好为"清角吹寒,都在空城""废池乔木,犹厌言兵"写荒凉景象的句子作反衬,不能因此就说它的思想性差。孔尚任《桃花扇》的《余韵》一出,回忆金陵亡国前的情况,有"眼见他起朱楼,眼见他宴宾客,眼见他楼塌了。这青苔碧瓦①堆,俺曾睡风流觉"。这里也有冶游狎妓的句子,我们不能因此就贬低它含有国家民族兴亡大感慨的思想性。

姜夔这首词的主题思想,他已经在小序里用"黍离之悲"一句话点明,那是怀念故国、憎恨敌人残暴的感情。我们读这首词首先被激动的,是"自胡马窥江去后,废池乔木,犹厌言兵",是"渐黄昏,清角吹寒,都在空城"几句,这是表达主题的文字。它用杜牧"青楼梦好"几句,只是这个主题反衬的材料。同样的材料可以为不同的主题服务,我们不能因为它所用的材料的思想内容是该批判的,便连坐整首作品。因为估定一首作品的思想性,主要的是它的主题思想而不是它的材料。

固然,这首词有它的局限性。张孝祥写的《六州歌头》,在当时有鼓舞人心的作用。而姜夔这首词的感情毕竟与孝祥的《六州歌头》不同,这由于他们的政治地位和生活感情不同。姜夔在南宋,只是一个

---

① "瓦",底本作"草",据《桃花扇》(P.430)改。

落拓江湖的高人雅士，不是属于社会反抗势力一面的人物，这首词有其局限，我们原不应过高估计它的思想性。但是若由于它用杜牧的典故，就认为它是思想性很差，我却不同意。从前也有人拿杜甫《哀江头》诗的"细柳新蒲为谁绿"来比姜夔的"念桥边红药，年年知为谁生"几句，并说《扬州慢》是爱国感情很浓厚的作品，我也不同意，这都是不合分寸的说法。

以上是我对有些人粗率地批判古典文学用典故的一点看法。辛弃疾有些词原有好"掉书袋"的弊病，姜夔也有许多情感不健康的作品，但对上举的他们的两首词，却要仔细研究，作出恰如其分的评价。

把运用典故这一古典文学创作方法提高到理论上来接受，当然还要深入研究讨论，本文只作些粗浅的举例说明而已。

谈有寄托的咏物词

　　在宋词里，除了多数写闺情的以外，还有不少咏物词。这些咏物词大约可以分为三类：第一类是单纯描写事物形象，没有什么寓意的，如史达祖的《双双燕》、吴文英的《宴清都·连理海棠》等。第二类是搬弄典故，毫无意义的。第三类最可贵，即是有寄托的咏物词。

　　这第三类作品，在我国文学发展史上有其悠久的传统。早在《离骚》中就有用"美人""香草"来寄托君臣。《楚辞》的《橘颂》则整篇以"橘"比喻作者的人品，如"受命不迁，生南国兮。深固难徙，更壹志兮"。杜甫也作了许多咏物诗，如咏房兵曹胡马的"所向无空阔，真堪托死生"两句，实是写人的品格。上句写马的骁勇，说它所要去的地方，是无远（空阔）不达的，是比喻人的才力。下句说骑马者可以把生命交托给它，这是用来比喻忠贞。杜甫还有一首咏"萤"诗，起句是："幸因腐草出，敢近太阳飞。""太阳"是比皇帝，上句用"幸""腐"字，无疑是借萤火指斥宦官的。（宦官是受过腐刑的人。）

宋代的大词家咏物而有寄托的作品，我们首先想到的是苏轼的一首《卜算子·黄州定慧院寓居作》：

> 缺月挂疏桐，漏断人初静。谁见幽人独往来？缥缈孤鸿影。
>
> 惊起却回头，有恨无人省。拣尽寒枝不肯栖，寂寞沙洲冷。

这首词是元丰三年苏轼初到黄州贬所之作。（王文诰《苏诗总案》编入元丰五年，疑误。）首二句写夜深，用"缺""疏""断"几个字极写幽独凄清的心境。下面"谁见"两句，说只有幽人独自往来。"幽人"指作者自己，是主。"孤鸿"是对"幽人"的衬托，是宾。下片把两者合在一起，写"孤鸿"也就是写作者自己。下片用"惊""恨""寒""寂寞""冷"这许多字面，更明显地写出作者在患难之中"忧谗畏讥"的情绪。苏轼元丰二年（四十四岁时）因咏诗讽刺时政，被人弹劾，几乎丧命。次年贬到黄州，他在给友人李廌[①]的信中写道："得罪以来，深自闭塞。扁舟草履，放浪山水间，与渔樵杂处，往往为醉人所推骂，自喜渐不为人识。"可见当时他畏惧的心情。他的朋友陈慥约他到武昌去住，他也不敢去。他给陈慥信说："又恐好事君子，便加粉饰，云'擅去安置所而居于别路'。传闻京师，非细事也。虽复往来无常，然多言者何所不至。"读他这些信札，我们可以了解他以"惊起却回头"的孤鸿自比的用意。他在这种战战兢兢的境遇里，即使有高枝好栖，还是拣来拣去"不肯栖"，只好宿在沙洲里，耐寂寞，耐寒冷。

这原是一首很好的有寄托的咏物词，但后来有些人不懂作者的含

---

① 按：当为李之仪，字端叔；李廌，字方叔。

义，便造出温都监女儿的故事，说这首词是为一个女子作的，孤鸿是指这女子。故事是这样的：惠州温氏女，颇有色，年十六，不肯许配人。见了苏轼，一往情深，时常徘徊窗外，听轼吟咏。后来轼渡海南行，女遂卒，葬于沙滩侧。轼回惠，因作《卜算子》词。南宋时代都市里说"评话"的人，时常把古人诗词敷衍作故事来说唱。这首词被附会为爱情故事，大抵出于这种评话家。就这首词的本身来说，这样附会是有损于它的意义的。

宋代的大词家，除了苏轼以外，陆游、辛弃疾也都作有寄托的咏物词，如前面谈过的陆游的《卜算子·咏梅》，就是以梅花来象征自己高洁的品格的。辛弃疾的咏物词比苏、陆二家更多，一共有六十多首，占他全部词作的十分之一，其中咏花的多至四五十首，这是前人所少有的。它的风格也和前人不同，有用《楚辞》词汇写的，有用史书故事写的。用《楚辞》的如《喜迁莺·赵晋臣敷文赋芙蓉见寿，用韵为谢》，它的下片：

> 休说，搴木末。当日灵均，恨与君王别。心阻媒劳，交疏怨极，恩不甚兮轻绝。千古《离骚》文字，芳至今犹未歇。都休问，但千杯快饮，露翻荷叶。

这首词是咏荷花的。芙蓉有两种：一是木芙蓉，一是荷花。《尔雅·释草》："荷，芙蕖。"注："别名芙蓉。"这词上片用潘妃步步生莲花、六郎貌似莲花的故事，无疑是咏荷花。词的上片写荷花的姿态，这里从略。下片多用《楚辞·九歌》。首句是从《湘君》"采薜荔兮水中，搴芙蓉兮木末"两句来的。《湘君》的原意是说：薜荔缘木而生，芙蓉生长在水里，若采薜荔于水中，搴芙蓉于木末，必然一无所得。"木末"即树梢。词中"休说，搴木末。当日灵均，恨与君王别"，意思是：不要说自己的所求不能实现吧，看当年屈原的遗恨，是和君王分别，不也是如此吗？（分别是说楚王和他不同心，"灵均"是屈原的字。）下面"心阻媒劳"三句也用《湘君》："心不同兮媒劳，恩不甚兮轻绝。……交不忠兮怨长，期不信兮告余以不闲。"原意是说楚王听了小人谗言，不信任屈原。辛弃疾这里以"信而见疑，忠而被谤"的屈原自比，写出自己不能实现报国壮志的苦闷。末了几句是说《离骚》的时代虽然离现在很久了，但是它的文字却万世流芳。（"芳菲菲而难亏兮，芬至今犹未沫"也是《离骚》句。）这样的君臣遭遇，自古皆然，所以末了说"都休问"，还是痛饮一场吧！"露翻荷叶"是借荷叶比酒杯。这首词通过咏花，写出作者的牢骚不平。辛词用《楚辞》的很多，这是其一。

辛弃疾咏花词中，咏梅的更多，共有十余首，有些也是有寄托的。如《临江仙》："更无花态度，全是雪精神。"就是以梅花来表现自己的品格。又如《鹧鸪天》的上片：

桃李漫山过眼空，也宜恼损杜陵翁。若将玉骨冰肌比，李蔡为人在下中。

这里以桃李与梅花比较，用史传人物来打比喻。《史记·李将军列传》说李广的族弟李蔡为人在下中，名声出李广下甚远，然广不得爵邑，官不过九卿，而蔡封侯，位至三公。这是说：桃李虽然漫山满谷，而过眼即空，好像李蔡一样，只是下中品的人才。

一般咏花草的词，大都是属婉约体的。婉约派大家周邦彦、姜夔、吴文英都有许多咏花的作品。它们多半是单纯咏物的，如吴文英的《宴清都》等。姜夔则以咏花写自己的爱情故事，如《暗香》《疏影》等。

辛弃疾是豪放派大家，我们知道他有许多反映国家大事的豪放词，殊不知他还有这样多的咏物、咏花的作品，这一点是值得注意的。

咏花词一般都是用纤丽的字面、美人的故事，而辛弃疾却运用《楚辞》《史记》这些大作品，这种手法，也是前所少有的。

辛弃疾写了许多有寄托的咏物词，这与他的身世遭遇有关。他之所以在词中以《楚辞》《史记》咏花，是为了寄托自己被猜忌、被排斥的身世之感。以上所举的几首词，都是他被迫退隐时期的作品。正因为他的咏物词有这样深刻的寓意，所以它的思想意义就比单纯描写物象的咏物词高得多了。

唐宋词录最

前记

　　唐宋词约略可分数类：

　　（一）应歌。《花间》《尊前》，下逮周邦彦、姜夔之作，皆以合乐为主。苏轼、辛弃疾虽为例外，然苏以《浣溪沙》歌渔父词，仍不废应歌也。

　　（二）抒情。李煜亡国以后之作，始脱离伶工口吻，自写身世之感。苏轼以降，南宋辛弃疾、刘辰翁诸家，又自抒情进而言志。

　　（三）体物。南宋咏物之作，附庸蔚为大国。苏、姜犹偶尔托物起兴，史达祖、吴文英始专工刻划，宋季王沂孙、张炎诸家则假此为抒情言志之具。同体之中，复有浅深之别。

　　（四）造理。北宋晏殊、欧阳修胸襟酝酿，已萌其端。苏轼之后，难为踵美。苏轼一家之作，其间亦有等第：如《定风波》（莫听穿林打叶声）、《临江仙》（夜饮东坡醒复醉）诸篇，似犹未离迹象；若《卜算子》（缺月挂疏桐）、《洞仙歌》（冰肌玉骨）、《永遇乐》（明月如霜）以及

《贺新郎》(乳燕飞华屋)、《水调歌头》(明月几时有)等,若远若近,可喻不可喻,超象外而得环中,信非张、吴之徒所能企望。此等不但苏氏之盛制,殆为宋词之极作。自伶人、文人之词进为学人之词,论词至此,叹观止矣。

　　兹编所录,各体略备,发凡于此,卷中不复赘述。初学取资,倘不遗此。

三七年三月罗苑

温庭筠

本名岐，字飞卿，唐太原人，《花间集》收其词六十余首。

菩萨蛮

小山[1]重叠金明灭，鬓云欲度香腮雪。懒起画蛾眉，弄妆梳洗迟。　　照花前后镜，花面交相映。新贴绣罗襦，双双金鹧鸪。

[1]唐人十种眉样，有小山眉。或云，画屏。

更漏子

玉炉香，红蜡泪，偏照画堂秋思。眉翠薄，鬓云残，夜长衾枕寒。　　梧桐树，三更雨，不道离情正苦。一叶叶，一声声，空阶滴到明。

南歌子

　　髻堕[1]低梳髻，连娟[2]细扫眉。终日两相思，为君憔悴尽，百花时。

[1][2]二词皆叠韵，形容低与细。

梦江南

　　梳洗罢，独倚望江楼。过尽千帆皆不是，斜晖脉脉水悠悠，肠断白蘋州。

韦　庄

　　字端己，五代杜陵人，仕孟蜀累官至吏部尚书，同平章事。《花间集》收其词四十余首。

思帝乡

　　春日游，杏花吹满头。陌上谁家年少，足风流。妾拟将身嫁与，一生休。纵被无情弃，不能羞。

木兰花

　　独上小楼春欲暮，愁望玉关芳草路。消息断，不逢人，却敛细眉归绣户。　　坐看落花空叹息，罗袂湿斑红泪滴。千山万水不曾行，魂梦欲教何处觅？

牛希济

五代陇西人，仕蜀，词见《花间集》。

生查子

春山烟欲收，天澹稀星小。残月脸边明，别泪临清晓。　语已多，情未了。回首犹①重道："记得绿罗裙，处处怜芳草。"

顾　夐

五代时人，仕蜀，词见《花间集》。

诉衷情

永夜抛人何处去，绝来音，香阁掩。眉敛，月将沉，争[1]忍不相寻。怨孤衾，换我心、为你心，始知相忆深。

[1] 同"怎"。

孙光宪

字孟文，五代时贵平人。仕荆南，降宋。词见《花间集》《尊前集》。

谒金门

留不得，留得也应无益。白纻春衫如雪色，扬州初去

---

① "犹"，底本作"独"，据《全唐五代词》（P.545）改。

日。　　轻别离，甘抛掷，江上满帆风疾。却羡彩鸳三十六，孤鸾还一只。

李　煜

字重光，南唐后主，国灭降宋，被害。年四十二。

虞美人

春花秋叶何时了？往事知多少！小楼昨夜又东风，故国不堪回首月明中！　　雕阑玉砌应犹在，只是朱颜改。问君能有几多愁？恰似一江春水向东流。

蝶恋花

遥夜亭皋闲信步。才过清明，早觉伤春暮。数点雨声风约住，朦胧澹月云来去。　　桃李依依春暗度。谁在秋千，笑里低低语。一片芳心千万绪，人间没个安排处。

乌夜啼

林花谢了春红，太匆匆！无奈朝来寒雨晚来风！　　胭脂泪，相留醉，几时重？自是人生长恨水长东！

浪淘沙

帘外雨潺潺，春意阑珊。罗衾不耐五更寒。梦里不知身是客，一晌[1]贪欢。　　独自莫凭阑！无限江山，别时容易见时难。流水落花春去也，天上人间。

[1] 片刻。

冯延巳

字正中，五代时广陵人，仕南唐。有《阳春集》。

谒金门

杨柳陌，宝马嘶空无迹。新著荷衣[1]人未识，年年江海客。　　梦觉巫山[2]春色，醉眼花飞狼藉。起舞不辞无气力，爱君吹玉笛。

[1]"制芰荷以为衣"，见《离骚》。
[2]宋玉《神女赋》，楚襄王[①]梦见神女于巫山。

晏　殊

字同叔，北宋临川人，仕至同平章事兼枢密使，有《珠玉词》。

浣溪沙

一曲新词酒一杯，去年天气旧池台，夕阳西下几时回？　　无可奈何花落去，似曾相识燕归来，小园香径独徘徊。

浣溪沙

一向[1]年光有限身，等闲离别易销魂，酒筵歌席莫辞

① "襄王"，底本作"襄玉"，据文意改。

频。　　满目山河空望远，落花风雨更伤春，不如怜取眼前人。

[1] 即一晌，片刻也。

范仲淹

字希文，其先邠人，后徙吴县，仕至枢密副使、参知政事。今存词六首。

渔家傲

塞下秋来风景异，衡阳雁[1]去无留意。四面边声连角起。千嶂里，长烟落日孤城闭。　　浊酒一杯家万里，燕然[2]未勒归无计。羌管悠悠霜满地。人不寐，将军白发征夫泪。

[1] 衡山有回雁峰，相传雁至衡阳不过，遇春而回。
[2] 汉窦宪追击匈奴，勒铭于燕然山，在今蒙古。

苏幕遮·怀旧

碧云天，黄叶地。秋色连波，波上寒烟翠。山映斜阳天接水。芳草无情，更在斜阳外。　　黯乡魂，追旅思。夜夜除非，好梦留人睡。明月楼高休独倚。酒入愁肠，化作相思泪。

御①街行·秋日怀旧

纷纷坠叶飘香砌。夜寂静，寒声碎。真珠帘卷玉楼空，天

① "御"，底本作"卸"，据《全宋词》（P.11）改。

淡银河垂地。年年今夜，月华如练，长是人千里。　　愁肠已断无由醉。酒未到，先成泪。残灯明灭枕头敧，谙尽孤眠滋味。都来[1]此事，眉间心上，无计相回避。

[1] 宋时方言。

张　先

字子野，宋吴兴人，有《张子野词》。

天仙子

水调[1]数声持酒听，午睡醒来愁未醒。送春春去几时回？临晚镜，伤流景，往事后期空记省。　　沙上并禽池上暝，云破月来花弄影。重重翠幕密遮灯，风不定，人初静，明日落红应满径。

[1] 曲调名，隋炀帝开汴河，自造《水调》。

欧阳修

字永叔，庐陵人，仕至参知政事。有《六一词》。

踏莎行

候馆[1]梅残，溪桥柳细，草薰风暖摇征①辔。离愁渐远渐无穷，迢迢不断如春水。　　寸寸柔肠，盈盈粉泪，楼高莫近

---

① "征"，底本作"正"，据《欧阳修全集》(P.1997) 改。

危阑倚。平芜尽处是春山，行人更在春山外。

[1]《周礼》："市有候馆。"注："楼可观望者也。"

蝶恋花

庭院深深深几许？杨柳堆烟，帘幕无重数。玉勒雕鞍游冶处，楼高不见章台路。　　雨横风狂三月暮。门掩黄昏，无计留春住。泪眼问花花不语，乱红飞过秋千去。

蝶恋花

谁道闲情抛弃久？每到春来，惆怅还依旧。日日花前常病酒，不辞镜里朱颜瘦。　　河畔青芜堤上柳。为问新愁，何事年年有。独立小桥风满袖，平林新月人归后。

蝶恋花

几日行云何处去？忘了归来，不道春将暮。百草千花寒食路，香车系在谁家树。　　泪眼倚楼频独语。双燕来时，陌上相逢否？撩乱春愁如柳絮，依依梦里无寻处。

采桑子

群芳①过后西湖[1]好，狼藉残红。飞絮濛濛，垂柳阑干尽日风。　　笙歌散尽游人去，始觉春空。垂下帘栊，双燕归来细雨中。

---

① "群芳"，底本作"芳群"，据《欧阳修全集》（P.1992）改。

[1]此颍州西湖。欧阳修尝官颍州①。

柳 永

字耆卿，初名三变，崇安人②。词名《乐章集》。

八声甘州

对潇潇暮雨洒江天，一番洗清秋。渐霜风凄惨，关河冷落，残照当楼。是处[1]红衰翠减③，苒苒物华休。惟有长江水，无语东流。　　不忍登高临远，望故乡渺邈，归思难收。叹年来踪④迹，何事苦淹留？想佳人、妆楼颙望，误几回、天际识归舟[2]。争知我、倚阑干处，正恁[3]凝愁！

[1]到处也。

[2]"天际识归舟"，江淹诗。

[3]如此。

倾 杯

鹜落霜州，雁横烟渚，分明画出秋色。暮雨乍歇，小楫夜泊，宿苇村山驿。何人月下临风处，起一声羌笛。离愁万绪，闻岸草、切切蛩吟如织⑤。　　为忆芳容别后，水遥山

---

① "颍州"，底本作"颖州"，据上文改。
② "人"，底本作"入"，据文意改。
③ "减"，底本作"灭"，据《乐章集校笺》（P.578）改。
④ "踪"，底本作"纵"，据《乐章集校笺》（P.578）改。
⑤ "织"，底本作"纤"，据《乐章集校笺》（P.718）改。

远，何计凭鳞翼。想绣阁深沉，争知憔悴损，天涯行客。楚峡[1]云归，高阳[2]人散，寂寞狂踪迹。望京国，空目断、远峰凝碧。

作词法

[1] 谓妓女，用巫山神女事，见前。

[2] 谓酒伴，《史记》：郦生自称高阳酒徒①。

苏 轼

字子瞻，号东坡，宋眉山人。有《东坡乐府》。

江城子

乙卯正月二②十日夜记梦[1]。

十年生死两茫茫。不思量，自难忘。千里孤坟，无处话凄凉。纵使相逢应不识③，尘满面，鬓如霜。　　夜来幽梦忽还乡。小轩窗，正梳妆。相顾无言，惟有泪千行。料得年年肠断处，明月夜，短松冈。

[1] 此轼梦亡妻王夫人作。乙卯为熙宁八年，王卒于治平二年，至乙卯正十年。王葬眉山。轼时官密州。

水调歌头

丙辰中秋，欢饮达旦，大醉，作此篇，兼怀子由。

---

① "徒"，底本作"徙"，据《史记》（P.2704）改。

② "二"，底本作"三"，据《苏轼词编年校注》（P.141）改。

③ "识"，底本作"认"，据《苏轼词编年校注》（P.141）改。

明月几时有？把酒问青天。不知天上宫阙，今夕是何年？我欲乘风归去，惟恐琼楼玉宇，高处不胜寒。起舞弄清影，何似在人间。　　转朱阁，低绮户，照无眠。不应有恨，何事长向别时圆。人有悲欢离合，月有阴晴圆缺，此事古难全。但愿人长久，千里共婵娟[1]。

[1] 状人物美好之词①。孟郊诗有"花婵娟""竹婵娟""妓婵娟""月婵娟"句。

永遇乐

彭城夜宿燕子楼，梦盼盼[1]，因作此词。

明月如霜，好风如水，清景无限。曲港跳鱼，圆荷泻露，寂寞无人见。统[2]如三鼓，铿然一叶，黯黯梦云②惊断。夜茫茫、重寻无处，觉来小园行遍。　　天涯倦客，山中归路，望断故园心眼。燕子楼空，佳人何在？空锁楼中燕。古今如梦，何曾梦觉？但有旧欢新怨。异时对、黄楼[3]夜景，为余浩叹。

[1] 唐时徐州妓，姓关。张建封纳为妾，筑燕子楼以居之。建封卒，楼居十五
　　年不嫁，后不食死。
[2] 耽，上声。《晋书·邓攸传》："统如打五鼓，鸡鸣天欲曙③。"报更声也。
[3] 轼官徐州，于黄河堤筑楼，名黄楼。

---

① "词"，底本作"调"，据文意改。
② "云"，底本作"雪"，据《苏轼词编年校注》（P.247）改。
③ 底本此二句颠倒，据《晋书》（P.2340）改。

定风波

三月七日，沙湖道中遇雨，雨具先去。同行皆狼狈，余独不觉，已而遂晴，故作此[1]。

莫听穿林打叶声，何妨吟啸且徐行。竹杖芒鞋轻胜马，谁怕？一蓑烟雨任平生。　　料峭春风吹酒醒，微冷，山头斜照却相迎。回首向来萧瑟处，归去，也无风雨也无晴。

[1] 此元丰壬戌①，谪官黄州时作。沙湖在黄州。

洞仙歌

余七岁时，见眉山老尼，姓朱，忘②其名，年九十岁。自言尝随其师入蜀主孟昶宫中，一日大热，蜀主与花蕊夫人夜纳凉摩诃池上，作一词，朱具能记之。今四十年③，朱已死久矣，人无知此词者。但记其首两句，暇日寻味，岂《洞仙歌令》乎，乃为足之云。

冰肌玉骨，自清凉无汗。水殿风来暗香满。绣帘开，一点明月窥人，人未寝，欹枕钗横鬓乱。　　起来携素手，庭户无声，时见疏④星渡河汉。试问夜如何？夜已三更，金波[1]淡、玉绳[2]低转。但屈指西风几时来，又不道流年，暗中偷换。

[1] 谓月光。
[2] 星名。

---

① "戌"，底本作"戍"，据文意改。
② "忘"，底本作"亡"，据《苏轼词编年校注》（P.413）改。
③ 底本"年"后衍"来"，据《苏轼词编年校注》（P.413）删。
④ "疏"，底本作"蔬"，据《苏轼词编年校注》（P.413）改。

临江仙[1]

夜饮东坡醒复醉，归来仿佛三更。家童鼻息已雷鸣。敲门都不应，倚杖听江声。　　长恨此身非我有，何时忘却营营？夜阑风静縠纹[2]平。小舟从此逝，江海寄余生。

[1] 此亦谪官黄州时作。

[2] 水波。

卜算子·黄州定慧院寓居作

缺月挂疏桐，漏断人初静。谁见幽人独往来？缥渺孤鸿影。　　惊起却回头，有恨无人省。拣尽寒枝不肯栖，寂寞沙州冷。

水龙吟·次韵章质夫[1]杨花词

似花还似非花，也无人惜从教坠。抛家傍路，思量却是，无情有思。萦损柔肠，困酣娇眼，欲开还闭。梦随风万里，寻郎去处，又还被，莺呼起。　　不恨此花飞尽，恨西园、落红难缀。晓来雨过，遗踪何在，一池萍碎[2]。春色三分，二分尘土，一分流水。细看来不是杨花，点点是、离人泪[3]。

[1] 名樂。

[2] 古语：杨花落水化萍。

[3] 此调结句十三字，依谱本作五四四句法，兹依文义分句。

贺新郎

乳燕飞华屋。悄无人、桐阴转午，晚凉新浴。手弄生绡白团扇，扇手一时似玉。渐困倚、孤眠清熟。帘外谁来推绣户，枉教人梦断瑶台曲。又却是，风敲竹。　　石榴半吐红巾蹙。待浮花、浪蕊都尽，伴君幽独。秾艳一枝细看取，芳心千重似束。又恐被、西风惊绿。若待得君来向此，花前对酒不忍触。共粉泪，两簌簌[1]。

[1] 音速，密也。

晏几道

字叔原，殊子。有《小山词》。

临江仙[1]

梦后楼台高锁，酒醒帘幕低垂。去年春恨却来时。落花人独立，微雨燕双飞[2]。　　记得小蘋[3]初见，两重心字[4]罗衣。琵琶弦上说相思。当时明月在，曾照彩云归。

[1] 此忆故姬，或悼亡姬词。
[2] 二句唐人翁宏①诗，见《诗话总龟》。
[3] 姬名。
[4] 未详，或衣上文绣。又吴曾《能改斋漫录》载时人诗："认得吴家心字香，玉窗春梦紫罗囊。余薰未歇人何在，洗破征衣更断肠。"此词"两重心字"，殆谓两番薰香耶？

---

① "宏"，底本为方框，据《诗话总龟·前集》（P.122）补。

阮郎归

旧香残粉似当初，人情恨不如。一春犹有数行书，秋来书更疏。　　衾凤冷，枕鸳孤，愁肠待酒舒。梦魂纵有也成虚，那堪和梦无！

生查子

金鞭美少年，去跃青骢马。牵系玉楼人，绣被春寒夜。　　消息未归来，寒食梨花谢。无处说相思，背面鞦韆下。

生查子

关山魂梦长，鱼雁音尘^[1]少。两鬓可怜青，只为相思老。归梦碧纱窗，说与人人^[2]道。真个别离难，不似相逢好。

[1] 消息。
[2] 那人。

生查子

坠^①雨已辞云，流水难归浦。遗恨几时休？心抵秋莲苦。忍泪不能歌，试托哀弦语。弦语愿相逢，知有相逢否？

思远人

红叶黄花秋意^②晚，千里念行客。飞云过尽，归鸿无信，何处寄书得。　　泪弹不尽临窗滴，就砚旋研墨。渐写到别

---

① "坠"，底本作"堕"，据《全宋词》（P.228）改。
② "意"，底本作"忆"，据《全宋词》（P.254）改。

来，此情深处，红笺为无色。

鹧鸪天

　　醉拍青衫惜旧香，天将离恨恼疏狂。年年陌上生秋草，日日楼中到夕阳。　　云渺渺，水茫茫，征人归路许多长。相思本是无凭语，莫向花笺费泪行。

秦　观

字少游，高邮人，有《淮海长短句》。

踏莎行

　　雾失楼台，月迷津渡，桃源[1]望断无寻处。可堪孤馆闭春寒，杜鹃声里斜阳暮。　　驿寄梅花，鱼传尺素，砌成此恨无重数。郴江[2]幸自绕郴山[3]，为谁流下潇湘[4]去？

[1][2][3][4]皆在湖南，此观贬官郴州时作。

贺　铸

字方回，卫州人。有《东山乐府》。

横塘路

　　凌波[1]不过横塘路，但目送，芳尘去。锦瑟华年[2]谁与度？月桥花院，琐窗朱户，惟有春知处。　　飞云冉冉蘅皋暮，彩笔新题断肠句。若问闲情都几许？一川烟草，满城风絮，梅子黄时雨。

[1]曹植《洛神赋》:"凌波微步。"

[2]李商隐[①]诗:"锦瑟无端五十弦，一弦一柱思华年。"

石州引

薄雨收寒，斜照弄晴[②]，春意空阔。长亭柳蓓才黄，倚马何人先折？烟横水漫，映带几点归鸿，平沙销尽龙荒[1]雪。犹记出关来，恰如今时节。　　将发，画楼芳酒，红泪清歌，便成轻别。回首经年，杳杳音尘[2]都绝。欲知方寸，共有几许新愁？芭蕉不展丁香结。憔悴一天涯，两厌厌风月。

[1]《汉书》:"龙荒幕朔，莫不来庭。"龙，谓匈奴祭天龙城；荒，谓荒服也。

[2]消息也，见前。

周邦彦

字美成，钱唐人，尝为大晟府提举。有《清真集》。

满庭芳

风老莺雏，雨肥梅子，午阴嘉树清圆。地卑山近，衣润费炉烟。人[③]静乌鸢自乐，小桥外、新绿溅溅。凭阑久，黄芦苦

---

① "李商隐"，底本作"李商稳"，据史实改。
② "晴"，底本作"情"，据《东山词校注》（P.447）改。
③ "人"，底本作"入"，据《清真集笺注》（P.94）改。

竹，拟泛九江船[1]。　　年年，如社燕，飘流瀚海，来寄修椽。且莫思身外，长近尊前[2]。憔悴江南倦客，不堪听、急管①繁弦。歌筵畔，先安簟②枕，容我醉时眠。

[1] 用白居易《琵琶行》。

[2] 杜甫诗："莫思身外无穷③事，且尽尊前有限杯。"

少年游

并刀[1]如水，吴盐[2]胜雪，纤手破新橙。锦幄初温，兽香[3]不断，相对坐调笙。　　低声问"向谁行[4]宿？城上已三更。马滑霜浓，不如休去，直是少人行。"

[1] 并州出刀。

[2] 唐宋时吴盐，即今淮盐，为我国制盐最著名者。

[3] 香炉作兽状者。

[4] 行，音杭。谁行，犹谁边。

夜游宫

叶下斜阳照水，卷轻浪、沉沉千里。桥上酸风射眸子。立多时，看黄昏，灯火市。　　古屋寒窗底，听几片、井梧飞坠。不恋单衾再三起。有谁知，为萧娘[1]，书一纸。

[1] 杨巨源《崔娘诗》："风流才子多春思，肠断萧娘一纸书。"唐人以萧郎、

---

① "管"，底本作"营"，据《清真集笺注》（P.95）改。

② "簟"，底本作"箪"，据《清真集笺注》（P.95）改。

③ "穷"，底本作"家"，据《杜诗详注》（P.789）改。

萧娘为男子、女子之泛称。

六丑·落花

正单衣试酒,怅客里、光阴虚掷。愿春暂留,春归如过翼,一去无迹。为问家何在?夜来风雨,葬楚宫倾国[1]。钗钿堕处遗香泽,乱点桃蹊,轻翻柳陌。多情为谁追惜?但蜂媒蝶使,时叩窗隔。　东园岑寂,渐蒙笼暗碧[2]。静绕珍丛底,成叹息。长条故惹行客,似牵衣待话,别情无极。残英小、强簪巾帻。终不似、一朵钗头颤袅,向人欹侧。漂流处、莫趁潮汐。恐断鸿[3]、尚有相思字,何由见得。

[1]韩偓诗:"人若有情争不哭,夜来风雨葬西施。"

[2]谓绿叶。

[3]"鸿"当是"红"之误,借用红叶题诗事。

李清照

字易安居士,济南人,李格非女,赵明诚妻。有《漱玉集》。

醉花阴

薄雾浓云愁永昼,瑞脑消金兽[1]。佳节又重阳,玉枕纱厨,半夜凉初透。　东篱把酒黄昏后,有暗香盈袖。莫道不消魂,帘卷西风,人比黄花瘦。

[1]香炉。

声声慢

寻寻觅觅，冷冷清清，凄凄惨惨戚戚。乍暖还寒时候，最难将息。三杯两盏淡酒，怎敌他、晚来风急？雁过也，正伤心，却是旧时相识。　　满地黄花堆积，憔悴损，如今有谁堪摘？守著窗儿，独自怎生[1]得黑？梧桐更兼细雨，到黄昏、点点滴滴。这次第[2]，怎一个愁字了得？

[1] 如何。

[2]《朱子语类》："或言东坡虽说佛家语，亦说得好。先生曰：'他甚次第见识，甚次第才智。'""甚次第"犹今言"那等""那般"。"这次第"即"这等""这般"。

辛弃疾

字幼安，又字稼轩，济南人。仕南宋湖南、江西、福建、浙东诸处安抚使，试兵部侍郎①，有《稼轩长短句》。

贺新郎·别茂嘉十二弟

绿树听鹈鴂②。更那堪、鹧鸪声住，杜鹃声切。啼到春归无寻处，苦恨芳菲都歇。算未抵、人间离别。马上琵琶关塞③黑[1]，更长门[2]翠辇辞金阙[3]。看燕燕，送归妾[4]。　　将军百战身名裂[5]。向河梁[6]、回头万里，故人长绝。易水萧萧

---

① "侍郎"，底本作"待郎"，据史实改。
② "鹈鴂"，底本作"鹈鴂"，据《辛弃疾词校笺》（P.78）改。
③ "塞"，底本作"山"，据《辛弃疾词校笺》（P.78）改。

西风冷，满座衣冠似雪[7]。正壮士、悲歌未彻[8]。啼鸟还知如许恨，料不啼清泪长啼血。谁共我，醉明月？

[1] 晋傅玄①《琵琶赋·序》谓汉乌孙公主嫁昆弥，于马上作此乐。

[2] 汉宫名。

[3] 皇宫。

[4]《诗经》："燕燕于飞。"卫庄姜送归妾诗。

[5] 李陵事。

[6] 古诗："携手上河梁。"相传李陵别苏武作。

[7] 荆轲刺秦王事。

[8] 高渐离击②筑、歌变徵送荆轲。

摸鱼儿

淳熙[1]己亥，自湖北漕[2]移湖南，同官王正之置酒小山亭，为赋。

更能消、几番风雨，匆匆春又归去。惜春长怕花开早，何况落红无数。春且住！见说道、天涯芳草无归路。怨春不语。算只有殷勤，画帘蛛网，尽日惹飞絮。　　长门事，准拟佳期又误。蛾眉曾有人妒。千金纵③买相如赋[3]，脉脉此情谁诉？君莫舞！君不见、玉环飞燕[4]皆尘土。闲愁最苦。休去倚危栏，斜阳正在，烟柳断肠处。

[1] 宋孝宗年号。

---

① "傅玄"，底本作"传玄"，据史实改。
② "击"，底本作"系"，据文意改。
③ "纵"，底本作"踪"，据《辛弃疾词校笺》（P.527）改。

[2] 宋称转运使为漕司，所职催科①征赋、出纳金谷、应办上供、漕輂纲②运
之事。乃一路之监司也。

[3] 司马相如有《长门赋》。相传汉武陈皇后失宠，居长门宫。相如为作此赋，
帝见而伤之，后得亲幸。

[4] 唐杨玉环、汉赵飞燕。

水龙吟·登建康赏心亭

楚天千里清秋，水随天去秋无际。遥岑远目，献愁供恨，
玉簪螺髻。落日楼头，断鸿声里，江南游子。把吴钩[1]看了，
栏干拍遍③，无人会，登临意。　　休说鲈鱼堪脍，尽西风、季
鹰归未[2]？求田问舍，怕应羞④见，刘郎才气[3]。可惜流年，
忧愁风雨，树犹如此！倩何人唤取，红巾翠袖，揾英雄泪？

[1] 刀名。

[2] 张翰，字季鹰，仕晋，知天下将乱，秋风起，思吴下鲈羹莼菜，即辞官归。

[3]《三国志·陈登传》：许汜⑤曰："昔见陈元龙，元龙自上大床卧，使客卧下
床。"刘备曰："君求田问舍，言无可采。如小人，欲卧百尺楼上，卧君于
地，何但上下床之间邪？"

祝英台近·晚春

宝钗分，桃叶[1]渡，烟柳暗南浦。怕上层楼，十日九风

① "科"，底本作"料"，据《文献通考》卷六一（P.1849）改。
② "纲"，底本作"网"，据《文献通考》卷六一（P.1849）改。
③ "遍"，底本作"编"，据《辛弃疾词校笺》（P.478）改。
④ "羞"，底本作"差"，据《辛弃疾词校笺》（P.478）改。
⑤ "许汜"，底本作"许汜"，据《三国志·魏书七》（P.229）改。

雨。断肠片片飞红，都无人管，更谁劝、啼莺声住？ 鬓边
觑，应把花卜归期，才簪又重数。罗帐灯昏，哽咽梦中语：是
他春带愁来，春归何处？却不解、带将愁去①。

[1] 晋王献之妾名，献之尝临渡歌以送之，后人因名渡曰桃叶。在今江宁。
　　此"渡"字疑作动词用。

青玉案·元夕

　　东风夜放花千树，更吹落，星如雨[1]。宝马雕车香满路。
凤箫声动，玉壶[2]光转，一夜鱼龙[3]舞。　　蛾儿雪柳[4]黄
金缕，笑语盈盈暗香去。众里寻他千百度。蓦然回首，那人却
在，灯火阑珊处。

[1] 花与星，皆喻灯。

[2] 未详，或谓酒壶。

[3] 亦喻灯。

[4] 以乌金纸剪为蚨蝶，朱粉点染，以小铜丝缠缀针上，迎春元日，冶游者插
　　之巾帽，柳永词所谓"闹蛾儿"也。见王夫之《姜斋文集》。雪柳亦首饰。

破阵子·为陈同甫[1]赋壮词以寄之

　　醉里挑②灯看剑，梦回吹角连营。八百里分麾下炙，五十
弦翻塞外声，沙场秋点兵③。　　马作的卢[2]飞快，弓如霹雳

---

① "去"，底本作"左"，据《辛弃疾词校笺》（P.747）改。
② "挑"，底本作"桃"，据《辛弃疾词校笺》（P.879）改。
③ "兵"，底本作"岳"，据《辛弃疾词校笺》（P.879）改。

弦惊。了却君王天下事，赢得生前身后名，可怜白发生！

[1] 名亮，浙江永康人。

[2] 马名，《相马经》："马白额入口齿者，名曰榆雁，一名的卢。奴乘客死，主乘弃市，凶马也。"

鹧鸪天·鹅湖[1]归，病起作

枕簟溪堂冷欲秋，断云依水晚来收。红莲相倚浑如醉，白鸟无言定自愁。　　书咄咄[2]，且休休[3]，一丘一壑[4]也风流。不知筋力衰多少，但觉新来懒上楼[5]。

[1] 在江西。

[2] 晋殷浩初黜放，口无怨言，但终日书空，作"咄咄怪事"四字。见《晋书》本传。

[3] 司空图居中条山，作亭名"休休"，曰："量才，一宜休；揣分，二宜休；鼋而瞆，三宜休；又小也惰、长也率、老也迂，三者非济时用，则又宜休。"

[4] 晋明帝问谢鲲曰："君自谓与庾亮何如？"答曰："端委庙堂，使百僚准则，臣不如亮；一丘一壑，自谓过之。"

[5] 二句亦作宋人陈善诗。

鹧鸪天

有甚闲愁可皱眉，老怀无绪自伤悲。百年旋逐花阴转，万事长看鬓发知。　　溪上枕，竹间棋，怕寻酒伴懒吟诗。十分筋力夸强健，只比年时病起时。

陆 游

字务观，又字放翁，山阴人。作《渭南集》《放翁词》。

卜算子·咏梅

　　驿外断桥①边，寂寞开无主。已是黄昏独自愁，更著风和雨。　　无意苦争春，一任群芳妒。零落成泥碾[1]作尘，只有香如故。

[1] 你演切，磨也。

夜游宫·记梦，寄师伯浑[1]

　　雪晓清笳乱起，梦游处、不知何地。铁骑无声望似水。想关河：雁门西，青海际。　　睡②觉寒灯里，漏声沉、月斜窗纸。自许封侯③在万里。有谁知，鬓虽残，心未死？

[1] 本名浑甫，蜀人，见《老学庵④笔记》。

姜 夔

字尧章，居武康白石洞天，号白石道人，番阳人。有《白石道人歌曲》。

---

① "桥"，底本作"格"，据《放翁词编年笺注》（P.124）改。
② "睡"，底本作"瞳"，据《放翁词编年笺注》（P.61）改。
③ "侯"，底本作"候"，据《放翁词编年笺注》（P.61）改。
④ "庵"，底本脱，据史实补。

齐天乐

丙辰岁，与张功父[1]会饮张达可之堂，闻屋壁间①蟋蟀有声，功父约予同赋，以授歌者。功父先成，辞甚美。予徘徊茉莉②花间，仰见秋月，顿起幽思，寻亦得此。蟋蟀中都呼为促织，善斗，好事者或以三二十万钱致一枚，镂象齿为楼观以贮之。

庾③郎[2]先自吟愁赋，凄凄更闻私语。露湿铜铺[3]，苔侵石井，都是曾听伊处。哀音似诉。正思妇无眠，起寻机杼。曲曲屏山，夜凉独自甚情绪？　　西窗又吹暗雨。为谁频断续，相和砧杵？候馆[4]迎秋，离宫吊月，别有伤心无数。豳诗[5]漫与。笑篱落呼灯，世间儿女。写入琴丝，一声声更苦。

[1] 名镃，张俊孙。有《南湖诗余》。

[2] 庾信。

[3] 即金铺。古以金为铺首，饰门上，作龙蛇或诸兽形，用以衔环，一名铜兽。即今环组，又门环双曰金铺，单曰屈膝，即屈戌④。

[4] 见前。

[5] 《诗经·豳风》有咏蟋蟀。

念奴娇

予客武陵，湖北宪治[1]在焉。古城野水，乔木参天。予与二三友，日荡舟其间。薄荷花而饮，意象幽闲，不类人境。秋水且涸，荷叶出地寻丈，因列

---

① "间"，底本脱，据《姜白石词编年笺校》(P.58)补。

② "茉莉"，底本作"末利"，据《姜白石词编年笺校》(P.59)改。

③ "庾"，底本作"廋"，据《姜白石词编年笺校》(P.59)改。

④ "屈戌"，底本作"屈戌"。曾昭聪《明清俗语辞书及其所录俗语词研究》(P.461)云："'屈戌''曲须'当是'屈膝'的音转，'屈戌'又是'屈戌'的误字。"据改。

坐其下。上不见日，清风徐来，绿云自动。间于疏处窥见游人画船，亦一乐也。揭来吴兴，数得相羊荷花中，又夜泛西湖，光景奇绝，故以此句写之。

闹红一舸，记来时尝与，鸳鸯为侣。三十六陂[2]人未到，水佩风裳[3]无数。翠叶吹凉，玉容销酒，更洒菰蒲雨。嫣然摇动，冷香飞上诗句。　　日暮青盖亭亭，情人不见，争忍凌波去。只恐舞衣寒易落，愁入西风南浦。高柳垂阴，老鱼吹浪，留我花间住①。田田多少，几回沙际归路。

[1] 宋置诸路提点刑狱官，掌察所部疑留狱讼，劝课农桑，而按其官吏之不法者，别其廉吏，以达于朝，世称为宪司。

[2] 王安石诗："杨柳鸣蜩绿暗②，荷花落日③红酣。三十六陂烟水，白头想见江南。"三十六，极言其多，非地名。

[3] 佩喻荷花，裳喻荷叶。

琵琶仙

《吴都赋》云："户藏烟浦，家具画船。"[1]唯吴兴为然。春游之盛，西湖未能过也。己酉岁，予与萧时父载酒南郭，感遇成歌。

双桨来时，有人似、旧曲桃根桃叶[2]。歌扇轻约飞花，蛾眉正奇绝。春渐远、汀州自绿，更添了、几声啼鴂④。十里扬州，三生杜牧[3]，前事休说。　　又还是、官烛分烟[4]，奈愁里、匆匆换时节。都把一襟芳思，与空阶榆荚[5]。千万缕、藏鸦细柳，为玉尊、起舞回雪。想见西出阳关，故人初别[6]。

① "住"，底本作"往"，据《姜白石词编年笺校》(P.30)改。
② "暗"，底本作"晴"，据《容斋随笔》四笔卷七(P.710)改。
③ "日"，底本作"叶"，据《容斋随笔》四笔卷七(P.710)改。
④ "啼鴂"，底本作"啼鴂"，据《姜白石词编年笺校》(P.28)改。

[1] 此乃唐李庾《西都赋》句，非《吴都赋》，原句云："户闭烟浦，家藏画舟。"

[2] 晋王献之歌："桃叶复桃叶，渡江不用楫。"桃叶，献之妾，妹名桃根。

[3] 杜牧扬州诗："春风十里扬州路，卷上珠帘总不如。"

[4] 唐韩翃诗："日暮汉宫传蜡烛，轻烟散入五侯①家。"

[5] 韩愈诗："杨花榆荚无才思。"

[6] 用王维阳关诗。

长亭怨慢

予颇喜自制曲，初率意为长短句，然后协以律，故前后阕多不同。桓大司马云："昔年种柳，依依汉南。今看摇落，凄怆江潭②。树犹如此，人何以堪。"[1]此语予深爱之。

渐吹尽、枝头香絮。是处人家，绿深门户。远浦萦回，暮帆零乱，向何许？阅人多矣，谁得似、长亭树？树若有情时，不会得、青青如此！　日暮，望高城不见，只见乱山无数。韦郎[2]去也，怎忘得、玉环[3]分付？第一是、早早归来，怕红萼、无人为主。算只有并刀[4]，难剪离愁千缕。

[1] 此庾信《枯树赋》句。

[2][3] 唐韦皋少游江夏，馆姜氏，与青衣名玉箫者有情，以玉环赠别，见《云溪友议》。

[4] 杜甫诗："安得并州快剪刀。"

---

① "入五侯"，底本作"人五侯"，据《全唐诗》（P.2757）改。

② "潭"，底本作"南"，据《姜白石词编年笺校》（P.36）改。

淡黄柳

客居合肥南城赤阑桥[1]之西，巷陌凄凉，与江左异。惟柳色夹道，依依可怜，因度此阕，以纾客怀[2]。

空城晓角，吹入垂杨陌。马上单衣寒恻恻。看尽鹅黄嫩绿[3]，都是江南旧相识。　　正岑寂，明朝又寒食。强携酒，小桥宅。怕梨花落尽成秋色。燕燕飞来，问春何在？唯有池塘自碧。

暗　香

辛亥之冬，予载雪诣石湖[1]，止既月，授简索句，且征新声。作此两曲。石湖把玩不已，使工妓隶习之，音节谐婉，乃名之曰《暗香》《疏影》。

旧时月色，算几番照我，梅边吹笛？唤起玉人，不管清寒与攀摘。何逊[2]而今渐老，都忘却、春风词笔。但怪得、竹外疏花，香冷入瑶席。　　江国，正寂寂。叹寄与路遥，夜雪初积。翠尊易泣，红萼无言耿相忆。长记曾携手处，千树压、西湖寒碧。又片片、吹尽也，几时见得？

[1] 范成大退老，居苏州之石湖。
[2] 杜甫诗："东阁官梅动诗[4]兴，还[5]如何逊在扬州。"

疏　影

苔枝缀玉，有翠禽小小，枝上同宿。客里相逢，篱角黄

---

① "桥"，底本作"楼"，据《姜白石词编年笺校》（P.35）改。
② "怀"，底本作"坏"，据《姜白石词编年笺校》（P.35）改。
③ "绿"，底本作"禄"，据《姜白石词编年笺校》（P.35）改。
④ "诗"，底本作"得"，据《杜诗详注》（P.781）改。
⑤ "还"，底本作"也"，据《杜诗详注》（P.781）改。

昏，无言自倚修竹。昭君不惯胡沙远，但暗忆、江南江北。想佩环、月夜归来[1]，化作此花幽独。　　犹记深宫旧事，那人正睡里，飞近蛾绿[2]。莫似春风，不管盈盈，早与安排金屋。还教一片随波去，又却怨、玉龙[3]哀曲。等恁时、重觅幽香，已入小窗横幅。

[1] 杜甫咏昭君："环佩空归月夜魂。"
[2] 宋武帝女寿阳公①主，人日卧檐下，梅花落于额上，成五出之花，号为梅花妆。
[3] 笛也。笛有《落梅花》曲。

点绛唇·丁未冬过吴松[1]作

燕雁无心，太湖西畔随云去。数峰清苦，商略黄昏雨。　　第四桥[2]边，拟共天随[3]住。今何许，凭栏怀古，残柳参差舞。

[1] 即吴淞江，太湖支流，一名松陵江，亦名松江，又名吴江，俗名苏州湖。
[2] 甘泉桥，一名第四桥，在吴江。
[3] 陆龟蒙，号天随子，居松江上甫里。

史达祖

字邦卿，汴人。为韩侂胄堂吏，有《梅溪词》。

---

① "公"，底本作"宫"，据《太平御览》卷三〇改。

绮罗香^①·咏春雨

做冷欺花，将烟困柳，千里偷催春暮。尽日冥迷，愁里欲飞还住。惊粉重、蝶宿西园，喜泥润、燕归南浦。最妙它、佳约风流，钿车不到杜陵^[1]路。　　沉沉江上望极，还被春潮晚急，难寻官渡。隐约遥峰，和泪谢娘^[2]眉妩。临断岸、新绿生时，是落红、带愁流处。记当日、门掩梨花，剪灯深夜语。

[1] 在长安南，即乐游原，唐时春游胜地。

[2] 唐李德裕以《望江南》曲悼亡妓谢姑娘，后以"谢娘"为女妓通称。

三姝媚

烟光摇缥瓦。望晴檐多风，柳花如洒。锦瑟横床，想泪痕尘影，凤弦常下。倦出犀帷^[1]，频梦见、王孙骄马。讳道相思，偷理绡裙，自惊腰衩^[2]。　　惆怅南楼遥夜^[3]。记翠箔^[4]张灯，枕肩歌罢。又入铜驼^[5]，过旧家门巷，首询声价。可惜东风，将恨与、闲花俱谢。记取崔徽^{②[6]}模样，归来暗写。

[1] 以犀饰帷。

[2] 衣旁开口曰衣衩。

[3] 长夜。

[4] 以翠饰帘。

[5] 洛阳街名。汉铸铜驼三枚相对。俗语曰："金马门外集众贤，铜驼陌上集少年。"

---

① "香"，底本作"春"，据《全宋词》（P.2325）改。

② 底本"徽"后衍"徽"，据《全宋词》（P.2330）删。

[6]唐时河中倡，与裴敬中相爱，别后托人写真寄敬中。元稹为作《崔徽歌》。

刘克庄

字潜夫，莆田人，有《后村别调》。

贺新郎·送陈真州子华[1]

北望神州[2]路。试平章、这场公事，怎生分付。记得太行山百万，曾入宗爷[3]驾驭，今把作[4]握蛇骑虎。君去京东[5]豪杰喜，想投戈下拜真吾父。谈笑里，定齐鲁。　　两河[6]萧瑟惟狐兔。问当年、祖生[7]去后，有人来否。多少新亭挥泪客[8]，谁梦中原块土，算事业须由人做。应笑书生心胆怯，向车中闭置如新妇[9]。空目送，塞鸿去。

[1]陈韡，字子华，侯官人，时自兴化军改知真州。

[2]京师，指汴京。

[3]宗泽。

[4]当是"把侣"之误，譬似也。

[5]路名，宋置。其地东至海，西至汴，南极淮泗，北薄于河。

[6]谓黄河南北。

[7]祖逖。

[8]在江宁县南，晋南渡时，诸名士对泣于此。

[9]《梁书》："闭置车中，如三日新嫁娘[①]，令人无气。"

---

① "如三日新嫁娘"，底本作"为三日为新嫁娘"，《梁书·曹景宗列传》（P.181）作"如三日新妇"，据改。

吴文英

字君特，四明人，有《梦窗词》。

宴清都·连理海棠

绣幄鸳鸯柱。红情密、腻云低护秦树。芳根兼[1]倚，花梢钿合，锦屏人妒。东风睡足交枝，正梦枕、瑶钗燕股。障滟蜡、满照欢丛，嫠蟾[2]冷落羞度。　　人间万感幽单，华清惯浴，春盎风露。连鬟并暖，同心共结，向承恩处。凭谁为歌长恨，暗殿锁①、秋灯夜语[3]。叙旧期、不负春盟，红朝翠暮。

[1]当是"蒹"之误。
[2]月。
[3]"华清""长恨"及此句，皆用杨妃事，切题"连理"。

点绛唇·试灯夜初晴

卷尽愁云，素蛾临夜新梳洗。暗尘不起，酥润凌波[1]地。　　辇路[2]重来，仿佛灯前事。情如水，小楼熏被，春梦笙歌里。

[1]见前。
[2]京师街道。

风入松

听风听雨过清明，愁草瘗花铭。楼前绿暗分携路，一丝

---

① "锁"，底本作"销"，据《全宋词》（P.2882）改。

柳、一寸柔情。料峭春寒中酒，交加晓梦啼莺。　　西园日日扫林亭，依旧赏新晴。黄蜂频扑鞦韆索，有当时、纤手香凝。惆怅双鸳[1]不到，幽阶一夜苔生。

[1] 女履绣鸳者。

三姝媚·过都城旧居有感

湖山经醉惯。渍春衫、啼痕酒痕无限。又客长安，叹断襟零袂，涴尘谁浣。紫曲[1]门荒，沿败井、风摇青蔓。对语东邻，犹是曾巢，谢堂双燕。　　春梦人间须断。但怪得、当年梦缘能[2]短。绣屋秦筝，傍海棠偏爱，夜深开宴。舞歇歌沉，花未减、红颜先变。伫久河桥欲去，斜阳泪满。

[1] 京师巷陌，犹言紫陌。

[2] 如此也。

刘辰翁

字会孟，庐陵人。有《须溪词》。

兰陵王·丙子[1]送春

送春去，春去人间无路。鞦韆外、芳草连天，谁遣风沙暗南浦？依依甚意绪？漫忆海门飞絮。乱鸦过，斗转城荒，不见来时试灯处。　　春去，最谁苦？但箭雁沉边，梁燕无主，杜鹃声里长门暮。想玉树凋土，泪盘如露[2]，咸阳送客屡回顾，斜日未能度。　　春去，尚来否？正江令恨别①[3]，庾信②愁赋[4]。（原注："二人皆北去。"）苏堤尽日风和雨。叹神游故国，花记前度。人生流落，顾孺子，共夜语。

[1]德祐二年。是年三月，元伯颜破临安，宋亡。

[2]曹丕移咸阳承露盘于邺，铜人出泪。

[3]江淹有《别赋》。

[4]庾信有《哀江南赋》。

王沂孙

字圣与。会稽人。有《花外集》。

眉妩·新月

渐新痕悬柳，澹彩③穿花，依约破初暝。便有团圆意，深深拜，相逢谁在香径？画眉未稳，料素娥、犹带离恨。最堪爱、一曲银钩小，宝帘挂秋冷。　　千古盈亏休问。叹谩磨玉斧，难补金镜。太液池[1]犹在，凄凉处、何人重赋清景？故山夜永，试待他、窥户端正。看云外山河，还老桂花旧影。

[1]汉、唐池名，在长安。此指宋故宫。

---

① "别"，底本脱，据《全宋词》（P.3213）补。

② "庾信"，底本作"廋信"，据《全宋词》（P.3213）改。

③ "彩"，底本作"影"，据《全宋词》（P.3354）改。

齐天乐·萤

　　碧痕初化池塘草，荧荧野光相趁。扇薄星流，盘明露滴，零落秋原飞磷。练裳暗近。记穿柳生凉，度荷分暝。误我残编，翠囊[1]空叹梦无准。　　楼阴时过数点，倚阑人未睡，曾赋幽恨。汉苑飘苔，秦陵坠叶，千古凄凉不尽。何人为省。但隔水余晖，傍林残影。已觉萧疏，更堪秋夜永。

[1]晋车胤家贫，囊萤夜读。

齐天乐·蝉

　　一襟余恨宫魂[1]断，年年翠阴庭树。乍咽凉柯，还移暗叶，重把离愁深诉。西窗过雨。怪瑶佩流空，玉筝调柱。镜暗妆残，为谁娇鬓[2]尚如许。　　铜仙铅泪似洗，叹移盘[3]去远，难贮零露。病翼惊秋，枯形阅世，消得斜阳几度。余音更苦。甚独抱清高，顿成凄楚。谩想熏风，柳丝千万缕。

[1]《太平寰宇志》："齐女怨王而死，变为蝉，王悔之，名曰齐女。"
[2]魏文帝宫人莫琼树，制蝉鬓，缥缈①如蝉翼。
[3]见前。

张　炎

字叔夏，号玉田。张俊五世孙，西秦人，家杭。有《山中白云词》。

---

① "缥缈"，底本作"缥渺"，据《苏氏演义（外三种）·中华古今注》（P.100）改。

甘　州

赠沈尧道，并寄赵学舟。

记玉关踏雪事清游，寒气脆貂裘。傍枯林古道，长河饮马，此意悠悠。短梦依然江表[1]，老泪洒西州[2]。一字无题处，落叶都愁。　　载取白云归去，问谁留楚佩，弄影中州？折芦花赠远，零落一身秋。向寻常、野桥流水，待招来、不是旧沙鸥。空怀感，有斜阳处，却怕登楼。

[1] 江外，长江以南。

[2] 晋羊昙醉过西州门，诵曹植诗忆谢安而恸哭。

解连环·孤雁

楚江空晚。怅离群万里，恍然惊散。自顾影、欲下回塘，正沙净草枯，水平天远。写不成①书，只寄得、相思一点。料因循误了，残毡拥雪[1]，故人心眼。　　谁怜旅愁荏苒。谩长门[2]夜悄，锦筝弹怨。想伴侣、犹宿芦花，也曾念春前，去程应转。暮雨相呼[3]，怕蓦地、玉关重见。未羞他、双燕归来，画帘半卷。

[1] 用苏武雁帛传书故事。

[2] 唐人咏雁诗："长门灯暗数声来。"又："二②十五弦弹夜月，不胜清怨却飞回。"

[3] 杜甫咏雁："暮雨相呼急。"

---

① "成"，底本作"得"，据《全宋词》（P.3470）改。

② "二"，底本作"三"，据《全唐诗》（P.2688）改。

清平乐

候蛩凄断，人语西①风岸。月落沙平江似练，望尽芦花无雁。　　暗教愁损兰成[1]，可怜夜夜关情。只有一枝梧叶，不知多少秋声。

[1] 庾信小名。

_____

① "西"，底本作"东"，据《全宋词》（P.3493）改。

评夏承焘、吴熊和《读词常识》

小川环树　撰　王连旺　译

北京　中华书局　1962年9月（11月第二次印刷）　第三页（图版4页）

　　词或者诗余（以下统称"诗余"）是特殊的韵文，与通常的诗（以下统称"旧诗"）有所区别。关于旧诗的形式及作法即作诗法方面的知识，在日本很早就广为人知，介绍作诗法的书籍也为数不少。但凡从事中国文学的研究人员，大概都知晓律诗、绝句、古诗。而与之相反，能够正确认识诗余的形式及作词法的人在中国为数较少，在日本则少之又少。

　　最近，我在《人民中国》日语版创刊十周年纪念版上看到了某人投稿的一幅刺绣图版，上面绣制了毛泽东《沁园春》（北国春光）墨迹。令我感到奇异的是，全篇添加了句读标点，因为当今挥毫作旧诗者不加句读乃为通例。这种做法大概是出于作者（抑或是刺绣制作者）的热心，考虑到阅读诗余需要一定的预备知识。

　　在中国文学史上，诗余这一genre（文学体裁）兴起的时间相对较晚，作家作品数量与旧诗相比也比较少。但是，并不意味着诗余这一genre就可以被轻视甚至无视。诗余在明代一度衰落，清代又再度复兴，逮至清末殊为隆盛，并流行至今。毋庸置疑，诗余最为盛行的时代是唐末五代至宋代这一时期，故而这一genre在文学史上应占有不小的地位。

但是，当我们想学习诗余形式的一般常识时，时常又为没有合适的参考书而感到困惑。随着清末以来词学的发达，也刊行了数种入门书。但是，这些书籍并非面向初学者，晦涩难懂之处甚多。而且即使是此类书籍也绝版已久，难以入手。购得夏、熊二氏所著《读词常识》后，多年之渴望得以慰藉，不胜欣喜。此书虽为小册，但几乎涵盖了诗余读者应该具备的所有预备知识，叙述简明，甚得要领。

以下，介绍该书内容的同时，提出二三问题点加以探讨。第一章、第二章为《词的起源与特点》《词的名称》，概括梳理了当今学者的通说；第三章《词调》谈论诗余的音乐性。笔者所言音乐性有两个含义：一是乐曲本身的音乐性，一是乐曲（特别是melody）和与之相匹配的歌词（即诗余的本文）的对应性。前者属于某一宫调（以现代西方音乐言之，相当于C调、F调等），具有固定的音乐氛围。后者所填歌词是否与前者相匹配，宋代学者已有议论。第三章第一节至第五节主要论述以上问题。宋代诗余的乐谱今已不传，这些看似无用之论，但从读者或者研究者的角度来看，不能忽视某种乐调或乐曲所固有的气氛、情调这一事实。我们拥有的资料虽然非常有限，但这一事实应该可以成为理解作品的一个线索。第六节《词调的分类和变格》的解说非常有益。其一"令、近、引、慢"文笔畅快，解析甚明。叙述南宋张炎《词源》时认为"现在还不能做出较为圆满的解释"，这也可以理解。"急"与"慢"的相异确实是因为"节奏"的不同所致，但实际状况至今不甚明了，我们无须责难著者。

第七节《词谱》所说之处，与下一章相关联。诗余原本是乐曲的歌词，正如创作诗余被称作"填词"一样，每一个字都需要符合乐曲的旋律。宋代及其以前的可以被称为专业作家的词人群体均熟知全部乐曲及其音乐性质，但正如前文所述，由于宋代词谱散佚，我们无法听到乐曲本身。该书作者虽未明言，但事实上清朝以来的诗余作家，都只是模仿唐宋作品进行创作，虽称为"填词"，实际上已与乐曲无关（盖因此为常识，可能著者认为没有必要加以介绍）。幸运的是，日本存有被称为"雅乐"的乐谱，曲名与宋词的词牌相同者甚多。加之，可以通过与传至邻国朝鲜的雅乐（推测也保留了宋乐之旧）进行比较研究，可以在一定程度上复原宋词的乐曲。最近，林谦三潜心解读江户时期写本《魏氏乐谱》全本，获得成功，使我们能够听到明代诗余的乐曲。可以说，是这一研究领域的一大成果。我们热切期待《魏氏乐谱》全曲以五线谱的形式刊行。这虽然是明末的唱法，但应该传承有序，可以为了解宋代歌曲的音乐性质提供重要线索。

有关音乐性的问题，特别重要的是第四章《词与四声》。"词牌"不同，诗余的句数、句子长短、押韵法等亦不同。这从清朝学者所著的词谱类著作（《词律》《钦定词谱》等）中可窥其大概。我们曾经介绍过的王力《汉语诗律学》（参见《中国文学报》1958年第9期所载书评），更是将之图式化。参照词谱创作诗余时，各句的韵律（平仄）与旧诗（特别是近体诗）不同。正如该书所示，比如三字句，有三字皆平或者三字皆仄的情况（第95页）。此外，关于一个字的声调，仅如旧诗分为平仄二类尚不充分。即使同为仄声，有时也必须区分上声、去声、入声。特别是诗余的尾句（亦称为结句，宋元时期称为煞句）非常重要，比如某一词牌尾句的二字均为仄声的话，有时必须选用去声、上声（第55页）。最先关注到这一点的是清朝的万树［著有《词律》，康熙二十四年（1685）刊］，我认为万氏可能从昆曲的唱法与歌词的关系中得到了启示。昆曲虽上承元曲，但学界通常将二者作为不同的genre加以研究，但这与研究元曲曲词作法的周德清在《中原音韵》附录［泰定元年（1324）刊］"煞句定格"所论一致，周氏之言并非没有依据。如此来看，诗余尾句相当于乐曲最后的小节。Melody与歌词声调必须非常契合的说法确为的论。

为了探明其具有什么实际意义，必须复原词牌的乐谱，还要知晓宋代语音声调（所谓"调值"）的实际情况，但要满足以上两个条件非常困难。复原乐谱方面，林谦三等人的研究取得进展的话，可以满足我们的期待，而宋代四声的调值却难以把握。但是，从这个角度分析宋代作品，是研究诗余发展史的必要路径。我非常期待从事中国学研究的学者们在这方面取得进展，发表学术成果。从这个意义上来讲，我认为该书的第四章具有重要意义。

此外，第四章（一平声）"上声用作平声字也是宋人成例"（第57页）的论断不容忽视，我们曾经关注到元曲里也有同样的现象（《中国文学报》第9期，第162页）。万树最早注意到，宋人有将诗余中上声字置于应为平声字之处的情况。但是，这在宋元音韵史上是一个重要的事实，关于这一点，我们期待更为细致的研究。

第五章《词韵的分部与协法》止于通说。关于这一部分，王力《汉语诗律学》的记述更胜一筹。诗余的押韵与近体诗不同，而与曲韵即周德清《中原音韵》所记之处非常接近，只是在入声作为独立的韵调押韵这一点上，与曲韵（元朝音）相异。此外，如果是与现代语音明显接近的话，应该举例讲解其与现代语音的主要区别。

第六章《词的分片与句式》，讲解甚有裨益。特别是分为前后二段的作品（"双调"），不论是作者还是读者都需要了解前段与后段的关系。但是，此处若是采用王力分析唐诗的方法，论述一下宋代语法要点的话就更为完美了，虽然这是书评作者无理的要求。特别是宋代特有的"虚字"用法，难以进行确切解释，我想对于外国的读者，都和我一样非常期待像著者这样的专家们做出概括性解说。

第七章《词书》，记述简明。指引读者应该读哪些书的同时，还附以解说指导读者该如何读。例如："唐五代词人词，大半为歌而作，不以寄托身世；北宋人虽有写情言志之作，却很明白，不待深求；惟南宋末年人，亡国之痛，不敢显言，最不易读。"（第106页）此言看似平凡，实则非凡。可以读出，这是著者对过度解读北宋以前的作品，甚至牵强附会的现象的一种批判。我能够深刻地感受到，诸如此类的"只言片语"，是著者多年精读与钻研的深厚功力的自然流露。

我虽然列举了该书多处缺点，展卷再读，即使有些许小的缺陷，与此之前的同类书籍相比，该书无疑更胜一筹，是以斗胆妄评。

原刊日本《中国文学报》第19期，1963年10月

本次整理征引文献

阮元校刻：《十三经注疏》，中华书局2009年景清嘉庆刻本。

司马迁撰，裴骃集解，司马贞索隐，张守节正义：《史记》，中华书局1982年版。

班固撰，颜师古注：《汉书》，中华书局1962年版。

陈寿撰，裴松之注，陈乃乾点校：《三国志》，中华书局1982年版。

房玄龄等：《晋书》，中华书局1974年版。

萧子显：《南齐书》，中华书局1972年版。

姚思廉：《梁书》，中华书局1973年版。

郑文宝撰，张剑光整理：《南唐近事》，《全宋笔记》第1编第2册，大象出版社2003年版。

程大昌撰，许逸民校证：《演繁露校证》，中华书局2018年版。

洪迈撰，孔凡礼点校：《容斋随笔》，中华书局2005年版。

马缟：《中华古今注》，吴企明点校：《苏氏演义（外三种）》，中华书局2012年版。

李昉等：《太平御览》，《四部丛刊三编》景宋本。

马端临撰，上海师范大学古籍研究所、华东师范大学古籍研究所点校：《文献通考》，中华书局2011年版。

彭定求等编：《全唐诗》，中华书局1960年版。

曾昭岷、曹济平、王兆鹏、刘尊明编：《全唐五代词》，中华书局1999年版。

唐圭璋编：《全宋词》，中华书局1965年版。

唐圭璋编：《全金元词》，中华书局1979年版。

周密编，查为仁、厉鹗笺：《绝妙好词笺》，清乾隆十五年（1750）钱唐徐氏刻本。

黄昇编：《唐宋诸贤绝妙词选》，《四部丛刊初编》景上海涵芬楼藏明覆宋本。

沈辰垣等编：《御选历代诗余》，文渊阁《四库全书》本。

孙克强、裴喆编：《论词绝句二千首》，南开大学出版社2014年版。

庾信著，倪璠注，许逸民点校：《庾子山集注》，中华书局1980年版。

杜甫著，仇兆鳌注：《杜诗详注》，中华书局1979年版。

温庭筠著，刘学锴校注：《温庭筠全集校注》，中华书局2007年版。

欧阳修著，李逸安点校：《欧阳修全集》，中华书局2001年版。

柳永著，陶然、姚逸超校笺：《乐章集校笺》，上海古籍出版社2016年版。

苏轼著，邹同庆、王宗堂编年校注：《苏轼词编年校注》，中华书局2002年版。

贺铸著，钟振振校注：《东山词校注》，上海古籍出版社1989年版。

周邦彦著，罗忼烈笺注：《清真集笺注》，上海古籍出版社2008年版。

辛弃疾：《稼轩长短句》，元大德三年（1299）广信书院刻本。

辛弃疾著，辛更儒编年笺注：《辛弃疾词编年笺注》，中华书局2018年版。

辛弃疾著，吴企明校笺：《辛弃疾词校笺》，上海古籍出版社2018年版。

陆游著，夏承焘、吴熊和笺注：《放翁词编年笺注》，上海古籍出版社1981年版。

姜夔著，夏承焘编年笺校：《姜白石词编年笺校》，上海古籍出版社1981年版。

吴文英著，吴蓓笺校：《梦窗词汇校笺释集评》，浙江古籍出版社2014年版。

张炎著，吴则虞校辑：《山中白云词》，中华书局1983年版。

孔尚任著，谢雍君、朱方遒评注：《桃花扇》，中华书局2016年版。

阮阅编，周本淳点校：《诗话总龟》，人民文学出版社1987年版。

万树撰，徐本立拾遗，杜文澜补遗：《词律》，上海古籍出版社2013年景清光绪二年（1876）刻本。

王奕清等：《钦定词谱》，中国书店2009年景清康熙五十四年（1715）内府刻本。

龙榆生：《唐宋词格律》，上海古籍出版社2014年版。

戈载：《词林正韵》，上海古籍出版社1981年景清道光元年（1821）刻本。

陈澧：《切韵考》，清光绪十年（1884）《番禺陈氏东塾丛书》刻本。

张文炜：《张氏音辨》，才记书栈1917年版。

夏承焘：《唐宋词论丛》，上海古典文学出版社1956年版。

夏承焘：《唐宋词论丛（增订本）》，中华书局1962年版。

夏承焘：《夏承焘集》，浙江古籍出版社、浙江教育出版社1997年版。

作词法

夏承焘：《读词常识》，中华书局1981年版。

曾昭聪：《明清俗语辞书及其所录俗语词研究》，上海辞书出版社2015
　　年版。